SV

PAUL CELAN
DIE GEDICHTE AUS DEM NACHLASS

Herausgegeben von
Bertrand Badiou, Jean-Claude Rambach
und Barbara Wiedemann

Anmerkungen von
Barbara Wiedemann und
Bertrand Badiou

Suhrkamp Verlag

Erste Auflage 1997

Copyrightnachweise am Schluß des Bandes
Satz: Hümmer, Waldbüttelbrunn
Druck: Wagner GmbH, Nördlingen
Printed in Germany

DIE GEDICHTE AUS DEM NACHLASS

ZEITRAUM MOHN UND GEDÄCHTNIS

Nicht aufgenommene Gedichte

BEISAMMEN

Im Himmel der Nelken weilt auch ein Mund, dir zu lächeln.
Der kennt noch die Wege zu dir,
das halbe Blatt deiner Nacht,
das verstummte Gewächs unsrer Schreie.

Er leuchtet dem Dunkel voraus und spricht an den Toren
die Worte:

Das Schwere war schwer;
ein Hauch war der Wind, der dich fortriß;
ein Herz, was noch schlägt unterm Schnee.

Die Tore gehn auf, wenn sie hören, daß solches hier wahr
bleibt:
mein Aug zieht mit deinem dort ein
als dunkelstes Paar im Gefolge.
Es regnet wie immer, wenn Aug sich zu Aug fügt,
und dem dunkelsten Paar wird bereitet ein sprühender Schlaf
einer schwebenden Nelke zur Linken.

Die Nacht, die die Stirnen uns maß, verteilt nun das Laub der
Platane:

das gelbe, im Regen gereifte, ist mein,
wenn ich denk, daß die Liebe ein Kahn ist,
so schwer von Gold und Gewinn, daß niemand ihn rudert,
daß er herrenlos kreuzt vor der Bucht der verschollenen
Augen;
dem der Himmel so oft seinen Stern zeigt,
daß er glaubt, dich zu kennen,
und Odysseus nicht folgt auf der Irrfahrt.

Das rote, im Torweg des Herzens gehäufte, ist dein:
du weißt, wer mich schleift, wenn ich denk, was die Nacht will.
Du weißt, wo ich lieg, weil ichs dachte.
Du legst dich zu meinen Gedanken.

Das übrige aber ist niemandes Laub:
es erficht sich, das braune, den Abend;
es erkennt unsern Sohn.

AUS ALLEN WUNDEN

Wirf mir den Handschuh der Stille vors Herz:
nur einmal im Herbst grünt der Stein – das war gestern;
das war, als das Salz auf den Straßen so rot war;
so rot, daß man glaubte, die Zeit breche an,
der man winkt mit den Mitternachtsschleiern;
das Tulpenwetter der Zeit,
da der Wunsch eines jeglichen Glas füllt,
eines jeglichen Wiege und Sarg,
eines jeglichen Fußspur –
die Zeit, die dein Aug aus dem Eis führt,
dich schürzen läßt deinen Schatten
und den Glocken ihr Schweigen entlockt, wenn du tanzt.

Wirf mir den Handschuh der Stille vors Herz:
das war gestern
und liegt mit uns beiden im Blut.

DER TOD

Für Yvan Goll | … |

Der Tod ist eine Blume, die blüht ein einzig Mal.
Doch so er blüht, blüht nichts als er.
Er blüht, sobald er will, er blüht nicht in der Zeit.

Er kommt, ein großer Falter, der schwanke Stengel schmückt.
Du laß mich sein ein Stengel, so stark, daß er ihn freut.

O Blau der Welt, o Blau, das du mir vorsprachst!
Ich leg mein Herz mit Spiegeln aus. Ein Volk von Folien
steht deinen Lippen zu Gebot: du sprichst, du schaust,
du herrschest.
Dein Reich liegt offen, überglänzt von dir.

Doch dunkelts dir, doch weicht die blaue,
die Schwester Welt aus deiner Worte Mitte,
so leg den Riegel vor das Tor der Weite:
verhülln will ich die Scherben an der Herzwand –
In dieser Kammer bleibt dein Gehn *ein* Kommen.

Verstreute Gedichte

Aus scharfen Kräutern totem Geist
gewinnst du Nacht und siedest Zucker
Vom Halm der Zukunft weht ein Galgenflor
Du Mühle Gott du mahlst was du gewesen

Vernunft der Hufe! Schlummerwort des Hiebs!
Aus Mehr und Minder schöpft der Becher Leere
Schön kämmt dein Zahn den Menschen neben dir
Die Zeit ist was wir gestern knirschen hörten

Der du hier folgst als wär ich noch nicht blind
als wären Aug und Auge noch ein Paar:
Du schreite siebenmal von Schritt zu Schritt
und siebenmal sag nein zu jeder Sieben

KÖNIGSSCHWARZ

Nur die Nacht vor den Augen laß reden:
nur das Blatt, das hört, wo noch Wind ist;
nur die Stimme im Vogelbauer.

Nur sie, nur sie allein.
Dich aber tritt mit dem Fuß und sprich zu dir selber: Sei tapfer,
sei würdig des Steins über dir,
bleib Freund mit den Bärten der Toten,
füg Blume zu Wurm,
hiß dein Segel auf Särgen,
nimm die Käfer der unteren Fluren an Bord,
gib Kunde den Trüben.

Gib ihnen zwiefache Kunde:
von dir und von dir,
von beiden Tellern der Waage,
vom Dunkel, das Einlaß begehrt,
vom Dunkel, das Einlaß gewährt.

Gib Kunde den Käfern,
gib Kunde den Trüben,
füg Blume zu Wurm,
hiß dein Segel auf Särgen,
bette dein Herz dir zu Häupten.

BILDNIS EINES SCHATTENS

Deine Augen, Lichtspur meiner Schritte;
deine Stirn, gefurcht vom Glanz der Degen;
deine Brauen, Wegrand des Verderbens;
deine Wimpern, Boten langer Briefe;
deine Locken, Raben, Raben, Raben;
deine Wangen, Wappenfeld der Frühe;
deine Lippen, späte Gäste;
deine Schultern, Standbild des Vergessens;
deine Brüste, Freunde meiner Schlangen;
deine Arme, Erlen vor dem Schloßtor;
deine Hände, Tafeln toter Schwüre;
deine Lenden, Brot und Hoffnung;
dein Geschlecht, Gesetz des Waldbrands;
deine Schenkel, Fittiche im Abgrund;
deine Kniee, Masken deiner Hoffart;
deine Füße, Walstatt der Gedanken;
deine Sohlen, Flammengrüfte;
deine Fußspur, Auge unsres Abschieds.

Am schwarzen Rand deiner Sehnsucht
schläft die Fremde mit julifarbenem Haar.
Nicht sie ist dein Sommer:
ihr ging der schattige Stern deines Auges nicht früh genug auf.
Sie lag, eine Nebelschalmei, im Sand von Marokko,
sie lag zwischen Bärten und Messern,
als du in den Stein über dir ihr loses, ihr Herz schnittst.

Sie ringelt ihr Haar um den Dorn eines Mondstrahls,
die schottische Rose,
Leslie, das Nest deiner Himmel,
Leslie, der Hauch und der Schimmer,
Leslie, der Tod, dem du lächelnd das Fußgelenk küßt.

LÄSTERWORT

Gib mir den Schaum der Nacht – ich wars, der schäumte.
Gib mir den Dunst – ich war es selber.
Gib mir ein leichter Haar, ein dunkler Aug, ein schwärzer
Kissen:
gib mir den dritten nach dem zweiten Tod.

Das Siebenmeer laß strömen in mein Glas:
ich kann so lange trinken als du glaubst, ein Gift zu mischen,
so lange als dein Frühling Lippenpaare täuscht,
und länger als du Sonnen wendest und umwölkst.

Du bist mein Tischgenoß, du trinkst von meinem Durst,
du bist wie ich, doch bin ich nicht wie du,
denn du teilst aus und ich teil ein;
doch was du einschenkst, trink ich aus:
nie schmeckt es bittrer als ich selber war,
und noch dein Siebenmeer ist meine Siebenträne.

TRINKLIED

Streiflicht der Träume, Irrwisch der Liebe, Sonnen im
nächtlichen Moor!
Trunken die Becher, trunken die Tische, trunken die Zecher
davor!

Bei den vergrabnen, bei den Gedanken kehren wir Künftigen
ein –
O wie mir mundet, was ihr vergossen – mir schäumen Hauch
noch und Schein!

Das euch zuinnerst im Nebel das Wort reicht – nehmts an die
Herzen, das Licht!
Aber die Helle, sie schwebt wie ein Dunkel – seht, sie leuchtet
uns nicht!

Schön wie ein Haupt, das im Traum erst gekrönt wird, rollt
nun die Erde heran:
Der ist der stärkste unter euch, Götter, der mich jetzt lächeln
sehn kann!

ZEITRAUM VON SCHWELLE ZU SCHWELLE

Verstreute Gedichte

DER ANDERE

Tiefere Wunden als mir
schlug dir das Schweigen,
größere Sterne
spinnen dich ein in das Netz ihrer Blicke,
weißere Asche
liegt auf dem Wort, dem du glaubtest.

Im März unsres Nachtjahrs
stieß ich mein sterngrünes Horn in dein Zelt:
du bettetest es
in die Regenmulde des Abschieds.

Dein Schuh, ich sah's, war gegürtet,
dein Blick
flog mit dem Schnee um die Kuppen der Berge,
und drunten im Brunnen
labte dein Herz schon der Wein, zu dem man kein Brot bricht.

Verteilt
warst du auf Höhen und Tiefen, –
im Sand
lag ich und grub
das verfallene Pfand unsres Sommers hervor.

AUF DER KLIPPE

Leicht willst du sein und ein Schwimmer
im dunklen, im trunkenen Meer:
so gib ihm den Tropfen zu trinken,
darin du dich nächtens gespiegelt,
den Wein deiner Seele im Aug.

Dunkler das Meer nun, trunken:
dunkler und schwerer – Gestein!
Schwer willst auch du sein und rollen,
im Aug den versteinten, den Wein.

ZEITRAUM SPRACHGITTER

Verstreute Gedichte

Auch wir wollen sein,
wo die Zeit das Schwellenwort spricht,
das Tausendjahr jung aus dem Schnee steigt,
das wandernde Aug
ausruht im eignen Erstaunen
und Hütte und Stern
nachbarlich stehn in der Bläue,
als wäre der Weg schon durchmessen.

Hast du ein Aug
für den Widerhaken
in meiner Herzwand,
ein Ohr
für das Gespräch, das wir führen,
er
und ich,
als sei
Raum da für alles Gesagte?

Hast du keins mehr,
so will ich noch einmal kommen
und er sein.

Auf tiefem Grün,
vom Lebensfinger gezeichnet:
die Leuchtspur der Hand,
die Abend und Frühe des Worts griff,
um das nun der Dank
versammelter Fernen aufscheint.

Im Aufgang der Leinwand,
verwandlungswillig:
ein Blau, das emporströmt.

An seinen Ufern, tagweiß:
die Zeit dieses Bildes.

Sie wächst wie dein Auge es will.

ZEITRAUM DIE NIEMANDSROSE

Nicht aufgenommene Gedichte

WOLFSBOHNE

... o
Ihr Blüten von Deutschland, o mein Herz wird
Untrügbarer Kristall, an dem
Das Licht sich prüfet, wenn   Deutschland

Hölderlin, Vom Abgrund nämlich ...

... wie an den Häusern der Juden (zum
Andenken des ruinirten Jerusalem's), immer
etwas u n v o l l e n d e t gelassen werden
muß...

Jean Paul, Das Kampaner Thal

Leg den Riegel vor: Es
sind Rosen im Haus.
Es sind
sieben Rosen im Haus.
Es ist
der Siebenleuchter im Haus.
Unser
Kind
weiß es und schläft.

(Weit, in Michailowka, in
der Ukraine, wo
sie mir Vater und Mutter erschlugen: was
blühte dort, was
blüht dort? Welche
Blume, Mutter,
tat dir dort weh
mit ihrem Namen?

Mutter, dir,
die du *Wolfsbohne* sagtest, nicht:
Lupine.

Gestern
kam einer von ihnen und
tötete dich
zum andern Mal in
meinem Gedicht.

Mutter.
Mutter, wessen
Hand hab ich gedrückt,
da ich mit deinen
Worten ging nach
Deutschland?

In Aussig, sagtest du immer, in
Aussig an
der Elbe,
auf
der Flucht.
Mutter, es wohnten dort
Mörder.

Mutter, ich habe
Briefe geschrieben.
Mutter, es kam keine Antwort.
Mutter, es kam eine Antwort.
Mutter, ich habe
Briefe geschrieben an –
Mutter, sie schreiben Gedichte.
Mutter, sie schrieben sie nicht,

wär das Gedicht nicht, das
ich geschrieben hab, um
deinetwillen, um
deines
Gottes
willen.
Gelobt, sprachst du, sei
der Ewige und
gepriesen, drei-
mal
Amen.

Mutter, sie schweigen.
Mutter, sie dulden es, daß
die Niedertracht mich verleumdet.
Mutter, keiner
fällt den Mördern ins Wort.

Mutter, sie schreiben Gedichte.
O
Mutter, wieviel
fremdester Acker trägt deine Frucht!
Trägt sie und nährt
die da töten!

Mutter, ich
bin verloren.
Mutter, wir
sind verloren.
Mutter, mein Kind, das
dir ähnlich sieht.)

Leg den Riegel vor: Es
sind Rosen im Haus.
Es sind
sieben Rosen im Haus.
Es ist
der Siebenleuchter im Haus.
Unser
Kind
weiß es und schläft.

Gespräche mit Baumrinden. Du
schäl dich, komm,
schäl mich aus meinem Wort.

So spät es ist, so
nackt und messernah wollen
wir sein.

Und schwer,

und schwer wie dein
nun nach Jahren zu zählendes
Da- und Mit-mir-Sein.

Und schwer, du Leichte, und schwer.

Und schwer wie das Hier-
und Hinaus-ins-zweite-
Dunkel-Gewogen-
werden.

Dreimal und abermals dreimal
und immer mit dir.

Schwer und schwer und schwer.

Und niemals mit
verkleidetem Herzen.

GLANZLOSER, ganz
nach innen genommener Blick:

Der Doppel-
schatten, der ich einst war,
er tritt
auseinander, das
Nachtspalier ragt – geh jetzt,
Wort, das zu lang bei der Welt war, rolle
hinaus –

Mit dem Aug eines Kindes, mit
dem Aug seiner Mutter
find ich mein zweites,
mein erstes
Fenster.

HELLIGKEIT

Schweres,
von Stillem geführt.

Im Licht
des auf-
erstandenen
Reiskorns.

ERZÄHLUNG

Einstmals, niemals, damals,
weißt du, da
sah ich das Wasser der Erde.
Die
Irdische, Seelen-
äugige sah ich,
damals:
in
der Träne, die hier vorbeischwamm,
sah ich sie
stehn.

JUDENWELSCH, NACHTS

Ich gab, ich gab – als Stein kommt es zurück.
Es schwirrt.
Es trifft.

Im Eiterlicht, im Angesicht
der Mörder, Hände: Schlaft ihr nicht?

Sie treffen. Sie trafen.
Wir schlafen, wir schlafen.

Und jene – die »andern«?

Wir schlafen: wir wandern.

RICERCAR

Es geht,
was durch die Hände dir ging,
den Weg deiner Hände, den Nacht-,
den Schicksalsweg geht es.

Doch: eine Zeile, einmal
über ein Blatt gehaucht, auf
dem gestern ertrunkenen Tisch –:

Über,
über Nacht, über Nacht, da werden,
da werden
die Tage
weiß.

Der auf den Händen ging, die
dies schrieben: er,
der die Nesselschrift las, der Un-
verstandne, nur er
versteht auch die andern.

MITTERNACHT

Im Schilf, da stehn die Stunden – wo steht das Schilf?
Es steht in deinen Augen,
die ich nicht seh.

Hoch. Dicht. Satt. Tiefgrün.

Ich habe keinen Namen. (Der fault im Menschenmoor.)
Ich habe keinen Namen und nur die eine Hand.
(Die andre liegt beim Namen – sie knospt, sie knospt.
Mit hundert Fingern knospt sie: der Name fault und fault.)

Ich habe keinen Namen und nur die eine Hand:
ich greife mir zwei Kolben, ich greif die schwärzesten.
Ich bieg sie zueinander – die Zeit ist unsre Zeit.

Der Schmerz schläft bei den Worten, er schläft, er schläft.
Er schläft sich Namen zu, Namen.
Er schläft sich zu Tod und ins Leben.

Es geht ein Same auf, weißt du,
es geht, es geht
ein Nachtsame auf, in den Fluten, ein Volk
wächst heran, ein Geschlecht
vom-Schmerz-und-vom-Namen –: stet
und wie von jeher ertrunken
und treu –: das un-
gewesene,
das lebendige
meine, das
deine.

IL COR COMPUNTO

Jauche, Jauche. Jauche und Kot.

Umgestülpt von
tanzenden Zehen,
bildsam geworden von aller
töpfernden Geilheit umher, von all
ihrem fleißigen
Speichel und Schweiß:

noch immer, noch immer,
wieder und immer
dasselbe – ein Kelch –:
so geht das Verzückte reihum,
reihum gehts, reihum.

Getrunken, ihr Münder, getrunken!
Wem gilt der verflüssigte Funke?
On the rocks geschlürft, on the rocks.

Mit ihm geht ein König, der Ekel.
Er sorgt für Neige und Neige.

DAS WIRKLICHE

Vom Kreuz, davon blieb, als Luft,
nur der eine, der Quer-
balken bestehn: er legt sich,
unsichtbar legt er sich vor
die tiefere Herzkammer: du
erinnerst dich an dich selber, du
hebst dich hinaus aus der Lüge –:
frei
vor lauter Beklemmung
atmest du jetzt
und du

sprichst.

LES BLANCS SABLONS

Mit kleinen
Flämmchen
standen wir
hinaus ins Unendliche, hin-
aus.

Mit Galle, mit Galle
– auch sie
war Himmelsessenz –, mit Galle
gossen sie uns
die Münder voll, die zum Kuß
verhärmten.

Öl, das war
auch das. Mit kleineren
Flämmchen
standen wir weiter hinaus:
ins Ort-
lose warfen wir Schatten –: ein Saum,
heidekrautdunkel, gab
einer Insel den Umriß, wir wohnten
schon dort, mit ihr, mit unsrer
noch ungezeitigten Zeit.

IMMERSIO

Bei euch, ihr ewigen
Nimmergesänge, tief
unten, wohin
das Wort *Geliebte*
mir
vorausschwamm ins
Wort *Gefilde*,

da

lieg ich, den
Seelen-
tang voller Namen
um mich –: ein
Ungetaufter, ein
Getauchter.

RHESUS –

Ein-, ein-, ein-
gewurzelt
in unsern Atem ist
das Verborgne: es
trägt eine Frucht, ihre Kerne
stehn, ein Gestirn, nach dem Bild,
dem Zwillingsbild in
unsern Adern
und Venen –: wer
sagt da, das Herz
habe kein Haus und kein Morgen?

MUTA

Seul –: zu dreien gesprochen, stummes
Vibrato des Mitlauts.
Seuls.

. . . .

Ein Bogen, hinauf
ins Vielleicht einer Sprache gespannt,
aus der ich, souviens-
t'en, – aus der ich
zu kommen
glaubte. Und

une corde (eine Saite, eine
Fiber) qui
répondrait.

Wie das ferne
Silber, auch
von Menschen umflogen, ohne
zu kommen hereinkam,
rund,
und uns ansah, mit Augen:

da war
das Wort Schmerz eine Schüssel, aus der
stieg uns entgegen das Wort
Freude – stieg,
stieg hinweg über uns, stieg hinauf
zu uns beiden, unters
Dach,
in das Bett, wo die Nacht,
unsrer Körper
Meisterin, leise bereitlag, ihre
herzdunkle Tiefe voller
Morgen.

Mit der Friedenstaube, so kommt
der Werwolf daher, ein Wald-
ein Widergänger inmitten
gradgespiegelter Lügen.

Geht nur, folgt ihm, er ist nicht
allein. Mit ihm geht das um-
gestülpte Henkerwort, groß-
mäulig, umstarrt
von Goldzahn, Gold-
hauer, Gold-
kralle.

AFFENZEIT. Und
ein lebendiges Nein, menschen-
äugig inmitten
aller
kunstvoll geknüpften
Schlingen und Verse.

Hell,
von der Schmerz-
farbe der Hoffnung; groß
wie die Spur,
die dem Ja seinen Weg wies, un-
ermüdlich, un-
ausräumbar.

Es kommt
eine Hand – keine
Klaue.

EINE HANDSTUNDE hinter
der Bussard-
schwinge, im Jura,
am Lärchenstein,

kam uns, auf
dem Unbeklommenen, wo wir
gingen,
etwas entgegen: das
Rohr, das
denkende.

* * *

WALLISER ELEGIE

Где больше неба мне - там я бродить готов -
И ясная тоска меня не отпускает
От молодых еще воронежских холмов
К всечеловеческим - яснеющим в Тоскане.

Ossip Mandelstamm, 1937.

Над Бабьим Яром памятников нет.

Alexander Jewtuschenko, 1961.

Regungen, Zuckungen, stumme
Triumphe erinnerter
Halbnacht und Nacht. Einsame, phallische
Stunde im Firn.
Regina Vagina.

(Pontisches Einstmals am Rand
des Tartarendorfs. Sand-
gestalt, Sandhaar, Sandmund –:
Als läge, als läge nicht immer
ein längstbegattetes Wort
neben uns, in
allerlei Wehen.

Wir lagen, wir lagen. Ich schwamm,
unsre Nächte im Aug, auf dein Aug zu.
Ein Windlicht,
stand dein Herz auf der Mole, wir flogen
heim hinters Wasser, leuchtend. Ein Fenster
spiegelte uns, es gehörte

zum Haus eines Namens: Christian
Rakowski. – Pontisches,
pontisches Einstmals. Niemals vor lauter
Immer. Meer
mit dem Schimmer der Taiga.

Weiter zurück. Zu dir, Immer-
nahes Verloren.

Stilles und abermals stilles
exodus-farbenes Aug,
leiser,
aus Semipalatinsk
zurückgewanderter Gram:
ein Gehender, sah
ich dich kommen. Wir hatten
zuviel überlebt.

Mauten. Mauten der Heimat. Holz-
geruch sommers, am Rand
einer Kindheit. *Es stand*
– im Buch stand und unter den Buchen –, *es*
stand
eine Sägemühle im Wald. Auf Sensen,
auf Sicheln
trugen sie dich dort vorbei: wie hießt du,
Geköpfte? Du hießt
Judith. *Es stand*
eine Sägemühle im Wald.

Mauten und
Mautenjenseits, Maut-
hausen. Tausend-

stiege, es kam
ein Schritt dort vorbei, ein Aug, anders,
stand im Wurzel-, im Knollen-
werk, sah
den Acker, – es ist
ein Gewächs, weißt du,
das steht,
das steht
bei der Judenhode empor, wer
es gesehn hat, dem –
dem, so er's wiedersieht, wenn
er sich selbst sieht, dem
erblüht eine Seele im
Aug seiner Seele.

Ich habe die Seele gesehen, sie kam,
augenwandlerisch kam sie, offen,
sie kam
mit der einen,
unbeirrbaren Ahnung, ein Licht,
ein zehnmal erloschenes, hell
trug sie's im Schoß, frei,
schwesterlich ging
sie den Schattenweg aufwärts, den Tausend-,
den Mautenweg, den
ungesehenen – Seltsame du, Un-
entwegbare. Lichtschoß.
Salve
Regina.

Ich habe die Seele gesehen, die andre, sie kam
mit dem Schwur,
dem der Tausendstiege geschwornen:

leicht,
so warf sie mir das
Schwere über die Schwelle. Bei ihr
schlief ich mit meinem Glauben.
Sie kam –
und log sich hinweg
zu den Wechsel-
schwüren und -bälgen.
Es steht ein Gewächs – geh,
geh, such dich, du hast
meine Zerknirschung, hast
sie: hast
meinen Segen.
Vale
Vagina.)

Regungen, Zuckungen, stumme
Triumphe erinnerter
Halbnacht und Nacht. Immer-
nahes Verloren, hier,
heute. Kar-
freitagsfahrt mit dir, unter
Nadeln verzwergte
Verzweiflung. Raron.

Verstreute Gedichte

Für Jakob Kaspar Demus, zum 9. Juni 1960.

Lieber Jakob, lieber Kaspar!
Bare Fässer sind nicht faßbar,
Fahre-Bässe fahren sölten,
doch Sankt Pölten bleibt Sankt Pölten.
Frag den Vater, frag die Mutter,
beide wissens von der Butter.
Daher hab ichs und vom Erich,
darum dicht ich jetzt gehörich.
Denn Du hast ja heut Geburtstag,
also denk nicht, daß ich 'schnurz' sag!
Vielmehr sag ich: Alles Gute
unterm Hute, überm Hute!

Unkel Paol

Niemand, vergiß nicht, niemand
wühlte sich wund, auf Herzwegen,
in deinem weichen Innern.
Bis dir ein Wort aus dem Mund trat,
verspart und verschwiegen:
mit ihm, vergiß nicht, lebst du,
aus ihm erwächst dir die Kraft
mir zu lauschen, wenn ich dir sage:
Komm, ich will dich,
ich will dich nicht lieben –

Wie die Tür, wie die Tür
tust du dich auf, immer, inmitten
der Mauern.

Mauern: steinerne
Lider. Menschen-
ort.

Wie
lange, sag,
lagen wir beide im Schnee?
Wie
lange?

Denn, nicht wahr: Wir bleiben
weiß.

Du mit dem Wort, das ich sprach,
du mit dem Schweigen,
du mit dir selbst
in die Welt ge-
stie-
ge-
ne,
du meine Liebe:

verlorene, fehl-
gegangene, wieder
und wieder
heimgeschmerzte: Es ist

spät.

Hilf mir,
hilf dir,
hilf.

Den Stundenweg ging, was ich sagte.
Den Stundenweg ging, was ich schwieg.
Es ging und du gingst,
ins Unendliche gingst du,
vorwärts und rückwärts,
nirgendhin, worthin, dahin.

Laß.
Ein Name tut sich dir auf,
ein zweiter:
Bleib.

Entmischen mußt du, entmischen.
Ein Äußerstes
tun, ein
Innerstes. Ent-
scheiden mußt du dich, aus
Liebe.

Weit, wo du nicht bist, da
bist du, noch immer, geh ihn,
den Herzweg.

Geh, geh. Begeh
das Vergänglichste an dir, das
Tödliche, Dauernde.

Offen, von
Seelenhörnern durchstoßen,
stehen die Stunden, die Münder –: es kann,
aus dem All, ein Verlorenes
kommen, ein Klein-
ewiges, das
innehält als
Muschel, als Aug, als beider
mündiger Schmerz.

Die Kunst zahlt den Preis, der Mensch
zahlt keinen.
Ihr seid für die Freiheit der Kunst,
vom Menschen
sprecht ihr erst unter
diesem
Zeichen.
Und doch
ist derselbe
Gott in uns allen, der Häßlich-
Schöne,
der Wahre.

Wir werden
leben: du,
mein Sohn, und du,
Geliebte, du
seine Mutter, und mit euch
ich – in diesem
eurem
gastlichen Land:
in Frankreich. Mit
seinen Menschen, mit
allen Menschen.

Es klettert die Bohne, die
weiße und die
hellrote – doch
denk auch an die
Arbeiterfahne in Wien –
vor unserm Haus
in Moisville.

MERVILLE-FRANCEVILLE

Soviel
fliegende Wimpel. Es flog auch, mit
der Muschel, die Ferne unter
den wachgesprochenen Schritt. In

der herein-
gesungnen Erinnerung stand
dennoch der Lufthai. Ihm
galten die Pfeile. Das
Endlich-Unendliche spannte
den herz-
sehnigen Bogen.

Hin- und hinaus-
geschrieben in
eine Hand – einen Himmel: die
Goldsilbe Stern. – Es wird sich
der Faden spinnen zu dir, Aster,
im schweren Oktober. Fünf-
fingrig
kommt der Gedanke vorbei – die Raumschiffer droben
melden:
ein Lächeln – ein Lichthof, darin:
der Kranich, fünfmal,
der Kranich!

Dies ist der Augenblick, da
die Werwölfe auf
der Strecke bleiben.
Kein
Scherge mehr
lebt.

Der Mensch, wahr und allein,
geht aufrecht inmitten
der Menschen.

ARS POETICA 62

Das große Geheimnis – beim Bärlapp, da stands,
auf der Wiesen.
Ich hätte es pflücken können, leicht, mit zwei Zehen.

Aber ich hatte zu tun, ich brachte
Hyperion die Sprache bei,
auf die es uns Hymnikern ankam.

Er lernte gerne und brav. Beim Wort
Hure
wuchs ihm der braune
Lorbeer schnell um Taktstock und Klaue: er hatte,
was man zum Reimen braucht, nach
Pindar und einigen
Ungarn, Finnen und Pruzzen.

In seinem Vers
stand die Zeit, im Licht ihrer schwäbischen Stunden,
schnurrbärtig, jung und gesamtstumm.

Sinnig,
hört ich mich sagen,
sinnig –: meinem
andern, gestern
im Schwarzwald halbierten Nachbarn, dem Mann
mit der Dohle (und der vernähten Zäsur!)
fehlte noch dieses Schatzwort.
(Sonst wär auch
die zweite Hälfte gestorben
und aus-
            leg-
                  bar.)

Als aus dem Spendekrug mehr
kam als Wasser. Als
Eiter kam nach dem Mehr.
Und mehr als Eiter. Als
auch das Meer
gekommen war, da

flocht sich ein Atem ein Antlitz, das war
scharf wie der neu-
geborene Kiel, der hinaufsteht, fahrtbereit, ins
andere Meer – das
mit den Splittern und Zeichen
und Zeichensplittern.

Sag nicht, es sei
kein Lid gewesen
über dem Augenpaar in
diesem Gesicht.
                    Fluglider waren, bewimpert, die Blicke
hatten ihr Zelt

DIE WENDE

Das Wort *Trink*, von Gläsern gesungen, von Mündern,
im tiefen
Flaschenhalston,
steht auf dem Tisch, hell,
im Sekundenkleid, wahr,

das Wort *Trinkmichaus*
peitscht die Werwölfe aus
ihrem Balg, zurück
in Untag und Unnacht –

eine
Sprache, ihr Du in der Mitte,
schreibt schon an
ihrer Strahlen-Grammatik, der Rede-Spuk der
wimmelnden Anderthalbstarken
muß unter den Schnee, da erfriert er,

das Wort
Trink
brennt sich auch dir
in den
zurückgeforderten, gehend-lebendigen, ganzen
seelenhaft fruchtbaren,
unerschütterten
Geist.

ZEITRAUM ATEMWENDE

Nicht aufgenommene Gedichte

OBERHALB NEUENBURGS

Für Lotti und Friedrich Dürrenmatt

Woraus
schnitzt die unsichtbar
anwesende Hand
das Sandgesicht des Gerechten?
Aus dem Weinflaschenkorken.

Ölblütig, wie
das unter der weißesten Fahne
kämpfende Schweigen,
kommt der röteste Wein.

Lang
zähle die prüfende Lippe die Jahre.
Lang, was sie berührt,
auch mit Worten.

LE PÉRIGORD

Für Mayotte und Jean Bollack

Wohin, mit Wacholdersporen,
treibst du
das Mittagstier, das man dir lieh?
Zur Blau-, zur Unendlichkeitstränke
in die schöne Dordogne.
Ein weither Gekommener, schließt du
mancherlei Kreise, auch hier,
auch solcherart, in
verbrannter Gestalt.

Geheimnislos, an
üppigen Tabakstauden vorbei,
steigst du sodann
zu dir zurück,
in die Neige, nach oben.

Sekunden
werfen den Wall auf rings.

Ein Gedanke, schmerzlich,
wirft sich herüber.

Turm und Jahrtausend
neben dir stehn
für sich.

Nacht. Und der Rautenspruch, lesbar,
flammt überm Steineichenhügel.
Zum hohlen,

unten beim Brunnen vergrabnen
Leuchtzahn
tastet sie sich, deine trockne,
immer noch stern-
süchtige Seele: ein Tropfen
Feigenmilch fiel
dorthin.

Der Neunzig- und Über-
jährigen Augen,
halb
seherisch, halb
betrogen:
Lerchen, jagt sie hinauf
in die Blaufurche droben.

Unendliche Staubsäule, auch
das,
weiß werdende, heißt es
tragen.

Verstreute Gedichte

Wenn du den Traum fierst, bootnah,
unter dem Mondspan, längsseits
des Lebens, in dieser
Abwrackerstunde. Nichts,

hing in der Gaffel, so sehr
warst du in Not.

Welche Stimme hat, was du hast?
Die Grünstimme hinterm
Rathaus in Kopenhagen.
Mit allen Scheren
zerschneidet sie sieben Teufel
zu siebenzig fetten
Gedanken.

Wenn du geflogen kommst, ohne Seele,
bleibst du mir treu.
Mein letzter
unverweslicher Zahn
dankts dir auf dänisch. Auch er
schwamm den Hungersund abwärts,
auch er
glomm wie das zwölfmal
von Spatzen durchflogene Drüben.

ZUM JAHRES- BZW INSTRUMENTWECHSEL

Da wo die geige meist, da geigt die meise eben.
Am geigsten, GEIGER, geig – count down, wir leben!

Mutter, Mutter.

Der Luft entrissne,
der Erde entrissne.

Herunter-,
Herauf-
gezerrte.

Vor die Messer
schreiben sie dich,
kulturflott, linksnibelungisch, mit
dem Filz-
schreiber, auf Teakholztischen, anti-
restaurativ, proto-
kolarisch, prä-
zise, in der neu und gerecht
zu verteilenden Un-
menschlichkeit Namen,
meisterlich, deutsch,
mannschmannsch, nicht
ab-, nein wiesen-
gründig,
schreiben sie, die
Aber-Maligen, dich
vor
die
Messer.

Etwas tun,
etwas
tun
in der Höhe, der
Tiefe.
Etwas, auf Erden.

ZEITRAUM FADENSONNEN

Nicht aufgenommenes Gedicht

BELAGERT

Die Wahngänge: sag,
daß es Wahngänge sind,
von den Meuchel-
mündern und -schriften und -zeichen,
sag, sie seien erdichtet
von dir.

Sag nicht vom Regen:
er regnet.
Sag: es
regnet.

Sag
Sag nicht
Sag
Sag nicht
Sag
Sags nicht

Gedichte aus dem Umkreis von

EINGEDUNKELT

UM DEIN GESICHT die Tiefen,
die Tiefen blau und grau,
das Singende, Gereifte –
du weiß-und-ungenau.

Der stufenlose Abgrund,
er tut sich selber auf –
Es kommt das Sink-und-sinke,
und erst zuletzt der Lauf.

Die Geierschnäbel brechen
sich von dir selber frei, –
Geräusche ihr, kaukasisch,
im Großen Einerlei.

FLÜSSIGES GOLD, in den Erd-
wunden erkennbar,
und du, wie soviel Münder außen und innen
verrenkt zur Warnung
von Sinn- und Notspruch.

An den versiegelten, reifen
Schoten des Lippen-
blütlers – der Unbotmäßige, auch
hier horcht er sich durch.

Die Atemlosigkeiten des Denkens,
auch auf den Gletscherwiesen,
ohne Beweis.

Über den Großen Steinschild
stürzt ein Morgiger heim.

»Ihr Tiefgesenke
mit euren Trögen aus Lehm,
unterwegs.«

Rauhbrüchiges schabt
an Namen und Stimmen herum,
eine unverlierbare Nothand
brennt Sterniges ab.

Der durch nichts zu trübende Blick.

Einen Tod mehr als du
bin ich gestorben,
ja, einen mehr.

Kantige, schief-
gesichtige Sippe,
mit hellem Holz erspäht.
Dahergekraucht kommt sie,
durch Königsstaub.

Hier wohnen wir nicht.

Umdrängt jetzt
von Unverlierbarem,
groß und unverschwiegen: du.

Hör dich ein, sieh dich ein,
sprich dich ein.

Unterhöhlt
vom flutenden Schmerz,
seelenbitter,

inmitten des Worthörigen
steilgestellt, frei.

Die Schwingungen, die sich
noch einmal
bei uns
melden.

VOR SCHAM, vor Verzweiflung,
vor Selbst-
ekel fügst du dich ein,

sprachfern,
kommt das Unirdische, kippt
in sich zurück,

beim erdig Umher-
liegenden, bei
den Ulmenwurzeln
hebt es ein neues Gelaß aus,
ohne Geträum,

einmal, immer

Im Kreis, leer
daherreden gehört,
mit hündischem Laut
in einigen Pausen –

Sie höhnen dir nach, und du
mit Vorbedeutetem in der Kehle,
plumpen Mundes,
durchschwimmst die Schicksalsstrecke.

Der Schrei einer Blume
langt nach einem Dasein.

Das Narbenwahre, verhakt
ins Äußerste, nicht zu
Entwirrende,

Längst ist der Schautanz getanzt,
der schwergemünzte,
hier, in der Einfahrt,
wo alles noch einmal geschieht,

endlich,
heftig,
längst.

DAS SEIL, zwischen zwei
Köpfe gespannt, hoch oben,
langt, auch mit deinen Händen,
nach dem Ewigen Draußen,

das Seil
soll jetzt singen – es singt.

Ein Ton
reißt an den Siegeln,
die du erbrichst.

Mit dem rotierenden
Sehklumpen stößt du zusammen,
bei Eisfeuerschein:

Erblickt, erblickt! – Durchstoßen, –

Du weißt,
daß geschrien wird, auch
an deiner Statt,

Mehr als das
zu wissen, steht dir nicht zu,
das Spiel geht weiter,

es wälzt sich
durch die erste beste
Buchstabenöffnung

und meldet ungehört
Gewinn und Verlust.

Oder es kommt
der türkische Flieder gegangen
und erfragt sich
mehr als nur Duft.

NOTGESANG der Gedanken
von einem Gefühl her,

das hat
der wachgesungenen
Namen nicht viele,

stachlig,
so, unverkennbar,
aus dem Hartlaubgebüsch,
steht es mit ihnen hervor, dir
entgegen,

stachlig,

Es geht ein kleines Sterben
umher, umher

Zeitlücke, unterhalb
der drei Zirren,
sibyllengrau, silbrig,

Enthimmeltes, rund
um die Boje des Schwimmenden,
Ersten,

Zeitlücke, wieder,
am selben Ort, da,
wohin die Ortlosigkeiten,
die dunkelstimmigen,
dich betten kommen
in lauter zerschlissenes
Fahnen-Vorbei,

Der Nächste und Dritte:
bekrönt mit
Rebellen-Tand
und scheppernden
Narrenschellen,
Weisenschellen.

Mit Seetang-Geschmeide gefesselt.

Die Anrufungen, alle, freigetrunken,
die kämpferischen Klagelaute, – freigelauscht.

Hier herrscht die Ertrunkene Kette.

Den schmalsten Schultern aufgeladen
die übrige Dämmerfracht.

Du hier und du, ihr sollt bleiben:

Es ist euch
noch Anderes zugedacht,
und auch die Klage
will in die Klage
will in sich zurück.

Die leere Mitte, der wir singen halfen,
als sie nach oben stand, hell,

als sie die Brote vorbeiließ, gesäuert und ungesäuert,

von Rotem umdunkelt, von Andrem,
von Fragen, dir folgend,

seit langem.

Das am Gluteisen hier
vorbeigedolmetschte Drüben:

So leicht, von Lobgesängen,
wird unsereins nicht satt.

Von sechs Funken her
gesteuerte Härten
kommen. Und kein

Nebenbei.

Erlisch nicht ganz – wie andere es taten
vor dir, vor mir,

das Haus, nach dem Knospenregen,
nach der
Umarmung,
weitet sich über uns aus,
während der Stein
festwächst,

ein Leuchter, groß und allein,
taucht hinzu,
erkennt,
als die Schale, ganz aus Porphyr,
aufbricht, wie
es von Verborgenem
wimmelt, unabwendbar,

erfährt,
wo die offenen Augen jetzt stehn,
morgens, mittags, abends, nachts.

WILDNISSE, den Tagen um uns einverwoben.

Alleingängerisch, wieder
und wieder, rauscht,
über die Meldetürme hinweg,
eines großen weißen Vogels
rechte Schwinge
hinzu.

Schreib dich nicht
zwischen die Welten,

komm auf gegen
der Bedeutungen Vielfalt,

vertrau der Tränenspur
und lerne leben.

Der Geist, flüssig,
angesammelt, wie Wasser,
in den Bechern am Weltrand.
Dorthin, in Polar-
kappennähe verwiesen
der rauchige Steinschild, der aufklingt.

Sichtbar, gleichen
Namens, noch immer,
die Erde und die ihr
zufallende, weit-
äugige Großstern-
Masse.

WEIHGÜSSE, zur Nacht,
aus der Tiefe gespaltener,
lehmiger Hände gespendet –

Unterm abgesonderten Licht:
der für immer entstiegene,
flüchtig aufscheinende
Gott,

dem ein Teil deiner selbst
huldigen kommt
in der Pause.

DIE ZERSTÖRUNGEN? – Nein, weniger
als das, mehr
als das,

Es sind die Versäumnisse
mit den schwatzenden Ringel-
tauben an ihrem Rand,

Blick und Gehör, ineinandergewachsen,
erklettern die Kanzel
über der weithin in Streifen
zerschnittenen Grafschaft,

Eine Sprache
gebiert sich selbst,
mit jedem aus
den Automaten gespieenen
Gedicht oder dessen
kenntlich-unkenntlichen
Teilen.

HERBEIGEWEHTE mit dem voll
ausgefächerten Strandhafergruß,
ich werde nicht da sein,
wenn du das Rad der Beglückung schlägst, unterm Himmel,
das himmelnde Rad,
dem ich aus unausdenkbarer Ferne
in die Naben greif,
ein Einsamer, schreibend.

Lindenblättrige Ohnmacht, der
Hinaufgestürzten
klirrender
Psalm.

Verstreute Gedichte

Lebe-Käuzchen, dein Schrei,
ich zähl nicht, wie oft.
Auch du mußt entkerkern.

Bei jedem
Flugzeuggeräusch der Gedanke:
es kommt
der unverfälschte Alarm
und macht dich, den mit allen
Degen Weiterrudernden,
frei und gerad und stark.

Klopfzeichen, Kopfleuchten,
die Mauern entscheiden sich für
den Ritt ins Nachbardorf: nach
Paris.

Unter Omen-Beschuß, ständig.

Blick durch mich hindurch,
da bin ich, noch eimal,
komm
näher, niemals
war ich ein andrer
als ich selbst.

Es war
                Die Tage
ein Leuchten
                            vergessen
zwischen
                    einander
uns

Es war ein Leuchten
                                         Die Tage
vergessen einander
                                     zwischen uns

Es war
Die Tage vergessen einander
das Leuchten Zwischenuns.

Einmal, wars das Leben?, wieder,
war es das Licht?,
reichte sich mir, mit Archen-
Kapitänsgesten,
die stachlige Grenzerhand herüber
und bat mich, sie zu ersetzen.

Ich glaube, ich tats

Den Wind im Rücken,
sterb ich mich ein
in den Großpassat –
und lebe erst recht.

Die Eingeweide des Klangsteins,
breitgetanzt im Licht
des Elendsgestirns.

Das herzrissige, wuchernde
Trauma;

die Zwischenstation
mit allerlei
Aluminiumaufwand,
hochfunktionnell,

als wär ich nicht sterben gekommen hierher,
die aus dem Boden gebißne
Steinnelke tief in mir,
parallel zur Aorta.

Da bist du nun, wieder,
da:

Unzahlkantig,
einstweilen,

die Herztiefe
zusammengeflickt
von den zehn freien
Degen, die ihr Gebet,
das ein Gefecht war,
sein ließen, silbern,

nun, irgendeinmal, irgendwo
wart ihr ja mehr als all das,
mehr und
eins.

ZWITSCHER-HYMNUS AM HYPERURANISCHEN ORT

Ich zwi und zwi
im Nienienie,

aus Vür mach finf,
aus finf mach mü,

aus mü mach mi

Du stehst, ich weiß, zu
mir. (Überm Main die
Möwen, überm
Main):
So lieg zu mir,
zu mir lieg,
mir lieg
zu.

Sichtbar-unsichtbar:

ein
blauweißer Skythe,
zebragewandet, beritten
rotdeutsch,
schwarzwelsch,

vor sich her-
atmend
den Einen
Pfeil.

AUFLEHNUNG, stütz
diesen Brandschlaf
mit deinen von Un-
bedingtheit
ruhlos-genauen
Fackeln.

ZEITRAUM LICHTZWANG

Nicht aufgenommene Gedichte

… und hagelte an mir umher.

Ich frag den Schotter ab: kein Meer rings, keins.

Wie kann das Auge fortgeschwommen sein?
Worin? Wohin?

EIN TEIL aller Teile sein,
in der Größern Zerstreuung,

zerheiligt, zerweiligt,
zernut.

Graumanns Weg,
in Zürich erinnert,
Graumanns Abweg.

Entschwiegenes, warum
leb ich?

Erstiegene Stille:

das Jüngste Gericht
verdammt
seine Posaunen.

Einzelnes verstreutes Gedicht

(Er hatte in der Stadt Paris
den Spatzeneid geschworn,
kein Giftkorn blieb unaufgepickt,
kein Dorn ging je verlorn.

Er hatte in der Stadt Paris
getschilpt vor jedem Tor.
Was sich nie auftat, fliegt jetzt auf,
tschilpt ihm das Jenseits vor.)

ZEITRAUM SCHNEEPART

Nicht aufgenommene Gedichte

Hinter der Hirnstille, in
den Scherben-
gärten,
siedelt die willige Zukunft,

es lüften
sich rote, runde Hüte zum Gruß,
dünne Stöcke sprechen sich Mut zu,

freundlich
fahnts aus den Fenstern,

auch du kommst vorbei, eine helle
Flasche zwischen den Schultern,

manchmal, zwei Zoll hoch,
schnellt der Sprechkorken über dich weg,
verständnis-
innig.

Das Geissblatt blökt:

eine neue Gemeinde
verheidet die Juden,

Leviten marschieren
durch meine Verdammung,
es tempelt
die wundgeschnittene
Pappel,

man sagt, die Zählenden
kannten mich nicht,
im Unterschied
zu –

WER FILZT die frei-
gesteinte Schwermut?
Ein weißer
Knüppelfinger.

Du kommst durch
ohne dich,

das bezwinkert
dein vetternder
Bruder.

Wirklich:

Die Kleinhermetiker kuschen,
die Großhermetiker knurren,

du einer
kommst hier
vorüber,

du einer
kommst hier
voran.

Du,
du Vorgeprägte vom Feindstoß,
in dich ging ich,
in dir ging ich an,
was dich niederhielt,
auch den Abzähl-Haß,
aus dir hob ich
den Sohn,

gib ihn mir wieder,
dann hast du auch dich

Die kleinzweiige
Wirklichkeit
schiebt ihren Wahn
um dich her,
den einen, den andern,

morgen
tritt all das in sich zurück,
die Worte, unverhüllt,
kommen,
die ersten.

An Ungenannt

zerspellen die Waren,
Embleme benannt,
die Scheinwaffen scheuen,
die Giftmixer gießen
üppiges Selbst in ihr Aug,

keiner, der lügt,
kommt dir bei,

getümpelte Meere frieren zu Sommern,
durchvatert
von deinen Säften,
steht Löw,

die Einsamkeit sammelt,

der geerdete Himmel
siegt.

Geengelt
steht die Geschichte
zum entknechteten Knecht,

erschlossen die Borke,
der man die Zwangsjacke umhing,
falterhaft, ein
Windkesselspeicher,

erstiegen der Ast, die Arterie,
wo das Geäffe klein beigibt,
ersichtigt.

ANORGISCH,
das neue Geherz,

Manns genug,
dich zu leichtern, schwuraufwärts,
lötig, läutig,

eingedenklich,
der Zukunft getreu-zuwider,
pfortig.

WIR GEHEN NICHT MÜSSIG:
es geht in uns ein
Erbost und Getrost,

gemündigt,
höht uns die Tiefe,

auch kommt das Gemensch, das Getier
in die Eins,

geursprungt,
blendet der Stab
seinen Sonnen-
schatten, den Un-
mond, rotgold.

Sprüchlein-Deutsch:
entdinglichte Welt, er-
fürchtet, erwirklicht,

Konstanze, heute,
wäre ein Tag,

Dora Dymant, heute,
ein Leben.

MEIN GISCHT
stieg dir ins Hirn, bis unter
die Kammwarze,

Merzende, mit
dem Siebenleuchter Entmerzte,

von deines Vaters Väter
Unruh und Stolz her, Sohn,
wächst du.

Sinn
sieht sich,

drin schlafen die Tore sich Offenheit zu,

entsiegelt,
da, wo die Schalthebel schrumpfen,
brist Glanz auf,

den aufgezweigten
Anstieg aller Bedeutung
raffst du, Sinnsichtiger,
selbst.

SANDENTADELTE, ich
gebe dich drein, ich münze
dich in
den stehenden Brückenkopf um,

dein Jahr ist mein Buch,
der Herr, turbulent,
pfeift dir mein Glied in die Seele,

Randströme, Aschen-
ströme,

Gekönigte, knie
herauf.

PORT BOU – DEUTSCH?

Pfeil die Tarnkappe weg, den
Stahlhelm.

Links-
nibelungen, Rechts-
nibelungen:
gerheinigt, gereinigt,
Abraum.

Benjamin
neint euch, für immer,
er jasagt.

Solcherlei Ewe, auch
als B-Bauhaus:
nein.

Kein Zu-spät,
ein geheimes
Offen.

LIMBISCH, limbisch.

Ein Reizversuch, hippokampisch,
du warst eine Faser davon,
geht ein
ins Koronar-
geräusch,

die Störgrößen
wedeln,

der Herr, subkutan,
ampelt.

Keinerlei Kleinzeit
Komplize.

Willkür, ein Rollschuh,
doch an-
geblasen, bestürmt
alle Physik.

Und wenn ich dich hätte. Und wenn.

Die Sterbenskünste
flirren,
du dust,
ich gewinne.

Gewiddert.

Du brauchst nicht zu zählen,
du Schaft.

Knorpel-
burgen
Boulevard St. Michel,
Beer-Hofmann
klaubt sich ein gläubiges
Fast.

Denn am Immer
wienerts vorbei,

Drohobycz herrscht –
nicht allein.

Am Reizort. Stromstöße,
Impulse, grotesk,
doch alles.

Leitfähig jedes
eingeschlichene Amen,

aber wer hört
sein eigenes Ohr?

Schnürringe sinnen
dem offnen Quadrat nach:

denn es
menscht
die kontraktile
Monade.

Und wer sich nicht hat,
hat sein Daland,

und hat sich
erst recht,

Anatexis, ein Nu,
der Ölfunke, dein
geimmerter Stolz.

Oldest Red: eine Zahnvogelgegend.
Gesungen wird:
Wohin dein Woher?

Erhöhte
Denudation: Bekleidung, das ist:

Kleider, humid,
halten unhaus, versöhnen.

Die Trasse hat Ferien,

vorerkundet,
gegenbreiig
jungsteints:

die Schleppungen
rennen,

Jehuda Halevi
singt den fränkischen Ritter
zustaub.

AUGENGNEISE, umwandelt
von Fiebern,

gehorsam
sammeln sich un-
bändig die Isothermen,

Isoglossen zerfallen
zu einerlei, steinerlei
Freiheit.

STREU MICH NICHT über mich selbst,
in mir
hast du dein Innen,
das schlägt dir die Welt auf,
den Landkartentrumpf,
dem du groß beigibst,
um der Deinen
willen.

KLAMMER AUF, KLAMMER ZU

(Einmal die Klinge, einmal die Schneide, einmal keins.

Nichts ist verloren, nichts ist erkoren,
Einer sagt Eins.)

Wie einen sein Sieg
zur Tränke treibt im
Assynt-Distrikt, heute, bei den
Radiär-Räten,
mantelmenschlich,
eingeschwemmt aus
ultrafarbnem Vertrauen
– nicht das Auge
hörte, das Ohr
sah –,
gibt es sein Weiß
seinem Blauschlick,
harft es ins Happening den
Lippensaurier,
das Schuttkriechen an den
Hirnhängen
entsenkt.

Eiweisskörper, ich höre,
ihr seid die Weise, nach der
ich lebe.

Prost, Klümpchen,
ihr, also,
erscheint.

Zellforscherisch
schick ich euch Gneis
ins
Heterotrophe.

Skat mit
Geokraten. Tarock. Oder, besser,
das Hochgedicht.

Rotspon-Vetter, wenn du
dich jetzt auf den Tisch drischst,
hör ich das Leitgeschiebe
sagen: der Findling,
unverrückbar rebellisch,
ist Trumpf.

NACKTSAMER, hier dein
Gebetsmantel:
sprich dich
frei ins Geborgne.

Und gib dich mir zu
wie gewinnendes
Blau gewinnendem
Weiß.

Gedichtzu, gedichtauf:
hier fahren die Farben
zum schutzfremden,
freistirnigen
Juden.
Hier levitiert
der Schwerste.
Hier bin ich.

AUSSENBÜRTIGER, du
bukst keine Puppe,

die Eulen-
köpfigen mit dem
Wissererfortsatz unter
der Haube
schlugen nichts auf, das da sprach
von So und Somit,

du bist
der Innenbürtige, der
wie die andern Un-
zufällige,
Namenwüchsige ober-
halb des Drahts
und Gekriechs und Geschiebes.

Jetzt wächst dein Gewicht
um alles Leichte,

jetzt entlarvst du
das Nämliche
ohne Namen,

jetzt schickst du die silben-
stechenden Dampfhämmer
unter den Sporn
dessen, der
hinwegsetzt über
das heckige Listholz,

jetzt
schreibst du.

WIEVIELE,
die's nicht wissen in dieser Stadt,
in diesen Ländern und Städten?

Ihnen das Wissen,
das mitträgt am Kampf
gegen den mimigen
Terror.

Dein Stamm, der eine,
bäumt sich noch immer.

Ich höre soviel von euch,
daß ich nichts mehr höre
als Hören,

ich sehe soviel von euch,
daß ich nichts mehr sehe
als Sehen,

soviel rennt mich an
mit Gerede,
daß ich zuweilen spreche
wie einer, der redet,
daß ich zuweilen
spreche wie einer,
der schweigt.

Ich lebe, stark.

DU BIST
OHNE ENDE.
Und niemand gewinnt,
was er nicht war, von dir her.

Friedliche Worte sagen:
du fielst
hinauf in den
Sieg.
Da stehst du, ein Stein, der
hat dich, wie er sich hat.

Ich weiß ja,
daß Du Mitwisser hast,
ich weiß auch:
Du überweißt sie
und Du erwählst.

Gleichewig mit Deiner Jugend
beginnst Du, gleichheutig.

Du, das Gewand
der Tage. Weltkleid.

Und – Biafra! –
stehende Schilde.
Und der Schweißhelikopter.

Aber wer über die Linie
götzt,
den sperrt die Gewissenspranke
in seine
Faust, die heraufstand,
so groß
wie der Ort im Innern,
so groß
wie der äußere Ort,
so groß
wie die Lachmöwenschützen.

Überfluss, Einfluss:
sie nennens
Irrtum
und speichern Heerlagerspeck.

Jetzt beginnts.
Jetzt geht dem Gegoldeten einiges Nichts auf,
wie dir unweit Frankfurts
die Gegen-
wüste
am Horizont.

Und wenn ich nichts hätte als dies,
und wenn dies nichts hätte als mich:
ich hielte im Übergang fest,
was, Ewiger, Dich
entklammert.

Gershom, du sprichst
wie man redet:
dafür
sag ich, ein Sprechender, dir
Dank.

Der Kurzmütige, der
Spender,
ermannt sich in mir, noch immer,

die Geschichte von,
die dich hält,
fürstet durch mich, unter Gleichen,
dazu
zählt dich, der zählt
wie keiner
von uns.

Sie haben dich alle gelesen, jetzt tinten
sie dran,
jetzt schröpfen sie ihr
Feme-Pardon, bei Neonruch,
und zerstäubens:
das nennen sie Welt,

davon
galgts in den Happening-Harfen,
Schaufenster munkeln,
Zufälle kunkeln –

welch ein Reim, gassatim,

jetzt kann der Reimlose hoch
hinaufstehn
in sich.

Alles und nichts
füllt nichts und alles,

draußen, inmitten,
verläßt der Herr seine Leere,
erkenns.

Komm ich dir hinter die Schliche?
Du fabelst.

Obligat
ist die Freiheit,

unbotmäßig
der Bote,

buhlen die Scheinbullen,
scharen sich die
Aufständisch-Hymnischen,

entschränkt,
grenzt der Gesinnte.

IN DEN SCHLAF, IN DEN STRAHL,
sie senden
Durchlicht:
kein Licht. Dein Aug sieht dein Auge: mehr.
Helligkeiten.

Und Israel, Land,
dich halt ich
herauf in das
Leben der Menschen,
der deinen,
die, unvollkommene, bürgen
für erstandenes Stehn, erfüllt,
für den Stoff,
der sich lebdenkt,
den Geist,
der sich denklebt.

Du, Michaela,
und wie du rede-
stammeltest, da:

Du, Aura,
und wie du lippig,
Angejudete, res-
pondiertest, Jüdin,

du Wissend-Unwissende,
am Indifferenzpunkt
der Reflexion

sprach der Bitterplanet
Übergenaues.

Und wie die Gewalt
entwaltet, um
zu wirken:

gegenbilderts im
Hier, es entwortet im Für,

Myschkin
küßt dem Baal-Schem
den Saum seiner Mantel-
Andacht,

ein Fernrohr
rezipiert
eine Lupe.

Übermeister,
du unterst
nach oben:

du schaust an
das Unschaubare,

dein Gesetz
gesteht, daß es höher
hinaufhört
als Blindmund und Blindohr,

und, heia,
ich wache
gegen die Schlaffarbe So.

DIE GESTOHLENEN BRIEFE: lauter
untilgbare Orte, tonstark,
am Judenknochen. Kronland, es stirbt nicht.

Ich war dir zuinne,
da bleib ich,

es kann auch sein,
daß sein kann,

aber, da's allenthalb knechtet,
könige ich,
komm.

Überm Sund, wo du Blau flichst und Weiß,
osterts, entheim-zuheim.

Mehr als du mehrst,
scheffelt.
Komm auf, mit mir.

Dehngrenze: hier will der Schaffner
den Gelbstern sehn. Haut-Heute, seifig.
Doch kommt, kristallischer als
Gedächtnis,
der Trinkarzt. Schlürf ihn herunter.
Auch beginnen die Lärchen. In der
Staudammnis.

Mit Wassertinte
kümmern die scheinbaren Grüße,

Französisch, ich sprach es so gut,
besserte endlich an sich.

Aber was wars denn als
Halbkleines? Es entfernte sich
nicht so weit,
daß es nah kam.

Verstreute Gedichte

ZRTSCH

Zahniger Zorn,
ich zätsche,
zundere,
zaibe.

Es ännt
hinterm Hirn,
es gegittert.

E-e-g! E-e-g!

Ich haare, ich härsche.

Öötschst. Heringst.

In meinem zerschossenen Knie
stand mein Vater,

über-
sterbensgroß stand er
da,

Michailowka und
der Kirschgarten standen um ihn,

ich wußte, es würde
so kommen, sprach er.

24 RUE TOURNEFORT

Du und dein
Spülküchendeutsch – ja, Spül-,
ja, vor – Ossuarien.

Sag: Löwig. Sag: Schiwiti.

Das schwarze Tuch
senkten sie vor dir,
als dir der Atem
narbenhin schwoll,

auch Brüder, ihr Steine,
bildern das Wort zu hinter
Seitenblicken.

Wer steuert den Lichtstreifen an,
den der Turm, den du hältst, sich verschreibt?

Eine, die weiß, wie tief
dein Tod in sie hineinsteht.

Byssus, gezwirnt
im Sinn
der Hirnwindungselle.

Wenn ich jetzt ginge,
käm ich, ein sichtendes
Blindlid.

Als hätte
einer von uns
mitgeschrieben an einem
von ihnen:
so
tintig
nerven sie sich durchs Netz

Niemals, stehender Gram,
bist du vakant,

Vorgas-Träne, an dir
zerspellt die Granate,

da lacht
keiner,
und kein Mimetiker, noch so gelettert,
schrieb je ein Wort auf,
das rebelliert

Bestechlichkeit
ist keine Hoffnung,
Normen, auch Vorwelt genannt,
versanden diesseits
der Freiheit.

Überliefert ist
der im Offenen heimliche
Anfang.

Fiel der Groschen bei dir?
Bei mir
stieg das Nachbardorf auf
mein Pferd.
Wo der Kieselstein liegen
sollte,
stillt der Berg seinen Baum
hinauf ins Gespräch.

Ô les hâbleurs,
n'en sois pas,
ô les câbleurs,
n'en sois pas,
l'heure, minutée, te seconde,
Eric. Il faut gravir ce temps.
Ton père
t'épaule.

Biwaks im Klärschlamm-Massiv,
es wird heller,
die Kehricht-Vögte,
abgeseilt
von sich selber,
strudeln amtabwärts.

Ein Brot geht über die Grate,
ein Glas folgt ihm.
Du kannst sagen, du bist.

GLIMMERGEKRÖSE, an ihm
entlang
schob ich die farbtaube
Stille ins Ziel.

Sie schlitterte weg,
ins H-Kaff,
da pritschelte ja
das bundesgenössische
Denken.

Nachts, wenn der Ring ruht,
kommt ihr zu meinen Fingern,
Wohnerde schwört
eine sammelnde Grenze ins
Unendlich-Nahe,

Geglaubt und Gedacht gehn groß in ihr Spät,
Spät in sein Früh,

es ist der Wortgang,
der Zeitgang,

es stehen noch Rufe,
Finger, mit euch.

Sie bringen ein:
Infarkte, reichsschattengroß.

Und ich bringe aus:
den Trinkspruch aufs Glas,
dem das mittelmeerische
lippige Leben
sich zugoß, das überallherig-genaue,
aus landscharfem
Lüg-nicht. Aus:
Du-bist-es-du.

ICH KENNE DEIN HÖHER.
Ich höhere dich, Erkenntnis.

Sie brüllen dir Schlaf zu:
also
kommt Luft
durch die Garotte.

Ein Präfekt
steht sich Verordnungen ab,
ein Gott
Mitgötterisches,

aber einmal
sah Gleichkönigliches
Gratspur und Spurgrat.

Der mit dem Himmel Hantierende
im Planetarium.
Optische Zufälle, doch
uneingeebnet
ein Wissen, das
mein Sohn trägt, wo es
getragen sein will.

SPÄTE GEDICHTSAMMLUNG

Befahrene Steinblicke und
der Mut auch dazu,
seine Dauer.

Es wächst der Raum hinter dir,
Äsop, im Briefmarkenpräsens,
ansichtskarten-
beredt,
reimt sich für dich
auseinander,
auch dein eigener
Sohn
zifferts dir heim,
in die Fremde.

KLEINSTSEITE

Ich bin der Perlustrierte
und auch Illuminierte,
  das Zündholzschachtelg'sicht.
Der heilige Medardus
behandelt meinen Plattfuß,
  ich klage nicht

VERJAGT aus dir selber, entweichst du dir nicht,
das ist das Spiel,
das die Pinien, mit Sonne beworfen,
den Schatten spenden,
wo sich die Barthaare drängen.

AN DIE ZEHE geschraubt, doch unfühlbar,
die erkenntliche Aster,

Wegmassen stürzen
über sich weg,
auch Bäume,

durch die Schuhlaschen, mit
der Galions-Null im Bund,
steht das noch immer
unbesonnene Ruder,

die eine Nüster des Meers
wirft Schmerzloses auf.

In den Reisfeldern macht sich
die Schwertraupe zu schaffen,

Mondbruch versetzt
Halme,

eine Finte buckelt sich hoch
in die mit-
verfrachtete eßbare
Wahrheit.

LES DAMES DE VENISE

Keine von euch
sah die los-
schwirrende Keule
euch gegenüber?

Dieser scheinbar
Schreitende
wars.

Femiges unterm Glassturz.
Und
das Uhrzeigerdutzend
hertastend hinter
der kleinsten Sekunde
darüber.

Halkyonisches schießt
bärtige Waben in jede
unbezifferte Bucht
zur Linken, zur Linken

EINE MÜCKE, taubengroß,
melkt das Gesicht hinterm Berg,
du hast Abend genug
für das mit dem einen
Steineuter über-
hängende Wort,

wenn doch dein Gedächtnis jetzt käme,
nachsinnig
wie dein ins Ungehörige ver-
franzter
Gott.

Über sich
hinaus
hilft der Gewaltige
stündlich zwischen
Obgleich und Obglanz:

Schraubenjakob,
beiß mir den Schaumstoff der Leiter
bliblau.

Sie füttern dir Pflanzenschutz ein:
das soll deine Hände
beleben,

knote die Keimfrohen los,
bewimpere sie
mit Turmstacheln,

Nimmergeglaubt
macht flügge.

HINTER VERLÄSSLICH vorgeschädigten
Rippen
heddert der amtlich
vertrauerte Fühlkutteln-Knäuel
je nach Bedarf,

weis dich mit ein, frischweg, von dir aus,
eh die blindverordnete Frühe
dich Lehmigen lähmt.

Im Unaufhellbaren
geht eine Tür,
von der
blättern die Tarnflecken ab,
die wahrheitsdurchnäßten.

GLASWABEN, im
Steinglanz gekocht,
kummerdurchblasen,
gastfrei,

du klimperst hindurch,
durch alle,
ein Öltropfen, auf
Dochtsuche, vor lauter
Verlust und Versternung.

ENGLISCHES mimt eine Stille, die rammt
dein Gehör
zwischen Greifenklauen,

eine Scharlachhand flicht
Stimmbänder in
deinen geräumigen
silberbeschlagenen
Magen.

KREUZKOBOLDE, ver-
spielt,
zwischen dem Nagelhundert.

Eine muntere Sargträne schleift
am bärenstimmigen
Lungen-Alraun.

GEHEIMNISUMFLOCKT
stehn die Gottschlucker
in deinen Winter.

Wer auch
der Nebenwelt sekundiert,
den wandern sie ab,
die Gedächtnisschroffen.

Auf den Geisterschwellen
zeichnen tanzende Mücken
die feine Schraffur deines Glücks.

Du wartest den Paukenschlag ab,
mit entsichertem Herzhirn.

LANDSCHAFT, NICHT OHNE FALKEN

Die windigen Isoglossen, semiotisch
entfärbt und verfärbt;
Syntagmen, Syntagmen;
ein Wander-Code, auf Fixstern-Achsen;
eine Wegweiserkette, wundenbeflügelt;
Zeichenwein, in
schmerzbeschrifteten Kufen;
bei
Marstide, Milchblitz.

Die Fahnen wahren den Schein.

Hefte den Blick nicht an sie,
wend ihn nicht ab,
zahl nicht den Brückenzoll.

Ebenbürtige atmen.

Polnische
Betfrösche mit
gefalteten
Dürerhänden
halbieren den letzten
Himmel.

Pulsstrahlen, in der
Arm-
beuge: das
Wort
Geliebte, von Brot-
händen entfaltet und lange
gehalten,
jetzt hier, ein Immer, als
gehörte die Nacht um mich sich, im Schutz
deines Tags.

Es schleichen Köpfe umher
im Bannkreis
der Fehldiktion einer Über-
Kunst,

Kutteln, metallisch am Halse gelegt,
äugen,

ein Bolzen benimmt und benimmt sich
bei apriorischem Schein,

leicht
geneigt,
dominierst du auch diese
Daseins-
Anrainer.

Ungespalten die Rede. Ein Rauchstein,
auf keinen beziehbar.
Ein Hemd.

Hären die Wildgesänge,
ertastet
von deiner unentwegten
Liebkosung.

Narbenheraldik im Dunkeln, wir,
die Entnarbten, inmitten,
mit allem
ausgesendeten Pomp unsres Schicksals,

du singst mir
Verlust zu, ich bin dir
über, ich herrsche
Vorgewußtes herbei,
alswie ein zweites,
mächtiges Glück.

Leb die Leben, leb sie alle,
halt die Träume auseinander,
sieh, ich steige, sieh, ich falle,
bin ein andrer, bin kein andrer.

WÜHL DICH ins Unzerwühlte,
hör den Schmerz darin sagen: ich
war nur, ich
bin,
bin der Gewesne,

greif ihn dir wie eine Flocke,
heb ihn nicht auf,
laß ihn er sein,

sei dein eigner
hauchgetragener,
gegenwissender
Winter

Mit meerischem Tross, auch
unter diesem
Himmel, übst du
Landnahme, draußen,

das Fahnentuch, dem
dein stärkster Gesang galt,
flattert dich zu,

du
winkst.

Durchs Schüttelsieb schick ich den Traum,
du fängst ihn auf, in Seelen-
tellern
und setzt ihn der Speise zu,
die wir Ineinandergeknieten
verschmähen
müssen.

SCHWÄRZE dein letztes
Zinn: das
Ewige Licht
verglast deinen Kopf, die
Mauer, gewitterweiß,
beißt sich fest in die Luft,
aus der er geknetet ist, der
Zinn-
Gleiche,

an ihm
hast du, was du nicht hast,
du gehst aufrecht, dein
Visier, das mit-
zuschwärzende
kleidets noch einmal ein,
macht es stark: dein
Gehirn.

Schläfenhitze, beim
auch drüben erschlüsselten Schmerz
gedungen (er gibt ja nichts frei):
dein
Kissen, das du
frisch überziehst
mit halb-
begnadigtem
Tuch.

Du suchst Zuflucht
beim unauflöslichen
Erbstern – sie wird dir
gewährt. Jetzt
überlebst du dein zweites
Leben

Dein Heim

– in wieviel Häusern? –
erwacht
unter der Last seiner Herkunft,
im scharfen Kahn,
ein Nachbar der Silbenfracht,
elektrisch gereimt und entreimt,
unterwegs
zur Helling,
wo Fahrt aus-
gegeben wird,
in schallenden Sand-
tüten.

Das Vergessen schenkt dir Gedächtnis
am Tag des beflogenen Monds,

schon buddelst du still im Astralstaub,
umstaunt vom Getschilp
der ewigkeitfesten
Mikroben.

Lehmgetier spielt
mit der Stahl-
wolle: ein zweites
Leben überlebt
das erste, der Brodem
fährt durch den Hauch,
die Buch-
staben stehn aufwärts,
dennoch:
dien noch,
fürchte noch,
fürste
noch.

DEN UNTERM SILBENFLUG
zutode Getragnen angehn,
ihn herüber-
meißeln mit seiner eignen un-
verdorrten
Rechten,

ihm die Tore
auftun zur Stadt,

sie mitbefestigen, beide,
mit Unverwirktem

Im Blutdschungel, da
steht der Abschied, schmal-
fingrig, an
jeder Kuppe, herz-
förmig, ein
Brennglas, da
erbeuten die Tiger
Tag.

Bei Erdschein
Schlaf fordern
vom wachen Neben-
himmel.

Das mückenbeinige Leben,
anagrammatisch zuhause
im Düsenfächer,

die
Gewißheit, hinzu-
geblasen, macht
beim eigenmächtigsten Tropfstein
fauchend Station.

Der Wahrheitskonsum,
liebäugelnd mit
selbstgehäufelten Kippen.

Befruchtet
von entsiegeltem Fortsein:
der Glanz einer Klage, er,
ja er
erstürmt
die Lichter.

FAHNIGE STECKLINGE, zum
Gutenachtsagen an-
geheuert, links
vom Steuer,

Augenscharen, ozeanisch
von innen, für immer,
über den sich
blindschwimmenden
Walen,
wälzen ihre
Spätschäden dort-
hinauf ins nach oben zu
Ergründende.

Die dich beschwatzenden
Finsternisse, das Feuer
im Ausgräberhaus,

die leuchtende Nachangst
– hier hängt
dein ins Glockenseil eingeflochtener Name
mit herein –,
die Nachangst, zwischen
zwei Löschzügen
deutet die stehen-
gebliebene Rebzeile, schlürft
einen Pappbecher
Leben.

KRALLIGER LICHT-MULM, bau ihn nicht ab:
die zerstäubte
Zeit, die gepulverten
Organellen: aus ihm
herrschen beide dich an,
glänzen beide dich an.

Ich schachte die Spur deines Schritts aus:
die Welt
ergießt sich
in die entscheidende Lücke,

ich liebe dich wieder
am Fieberrand meiner selbst,

du blätterst entklumpt
in meinen befernten
Beweisen.

IRRES GOLD, irres Kupfer,
tief im beleidigten Nichts:
mit Gebetstacheln, un-
aufhörlich,
berennt ihr mein Knie.

DIE MENSCHENSCHERBEN
klirren herein,
es wird hell hinterm Licht,
die Benzin-
Götter
nabeln im nackten
Gedanken-Gestänge,
das regierende
Hungerzelt
erläßt
die feurig-eßbare
Amnestie.

KLEINE SILBE, kurze Heimat,
in der du dich eingeheimnißt verlierst,

der Eine, Viele,
der Nachbar
im beseelten Kristall
fügt dir zehn Tage Nachwahn
zu.

Dir in die un-
gefalteten Hände
gewogen:
meiner Verzweiflung laut-
lose Geduld.

SPÄTE VERSTREUTE GEDICHTE

Das leise Gemerk,
feucht noch von Augen:
dein Weg
knüpft sich hinein.

Im Zeithub,
beim Weltentziffern,

die Möwe hängt sich herein,
die Kreide formiert sich,

vom Eis gegenüber
nickt der selbst-
und gemeingefährlichste aller
Namen.

KEW GARDENS

Jetzt, wo
du dich häufst, wieder,
in meinen Händen,
abwärts im Jahr,

löst die angestammelte Meise
sich auf in lauter
Blau.

Welt
fingert an dir: befrag
ihre Härten,

die umnagelte Mandel: bei ihr
vergewissere dich,
daß du zu dir kommst, an deinen
lichtfühligen Rändern.

Über lauter verhökerten linken
Freiaugen hängst du
hinein in den Tod,
der will dich nicht haben,

Flutlichttürme erjagen
die immer noch sichtbare
Ringspur,

geh ran,

die endlich
umgestülpten Nöte
karren auch dich
in die Klitsche
Wahrheit

SCHWER ZU DATIERENDE GEDICHTE

Dem das Gehörte quillt aus dem Ohr
und die Nächte durchströmt:
ihm
erzähl, was du abgelauscht hast
deinen Händen.

Deinen Wanderhänden.
Griffen sie nicht
nach dem Schnee, dem die Berge
entgegenwuchsen?
Stiegen sie nicht
in das herzendurchpochte Schweigen des Abgrunds?
Deine Hände, die Wandrer.
Deine Wanderhände.

Sieglos lebst du mit mir,
klein
und beladen.

Nur draußen, wo
unsre Seelen noch stehn, auf dem Unland, da
singts. Singt es
im Abglanz
dessen, der neben uns ging.

Ob Wolke, ob Stern: wir
sehen nicht auf.

Rück näher, komm:
daß es nicht zweimal wehe
durch unser
offenes Haus.

PAUL CELAN – KURT LEONHARD

Kurt Leonhard Paul Celan

EIN- UND AUSFAHRT FREIHALTEN! GEDICHT!
(Fuß- und zehnötlich geschützt)

Die Weichen sind gestellt,
die Würfel sind gefallen.

Die Weichen sind gefallen,
die Würfel sind gestellt.

Die Fallen sind gestellt,
die Würfel sind gewichen.

franco, FORTE
AM
NEUNTEN NEUNTEN
NEUNTAUSEND
NEUNHUNDERT
NEUNUND
NEUNZ
IG

Paul Celan *Kurt Leonhard*

ANHANG

Auch wir wollen sein,
wo die Zeit das Schwellenwort spricht,
das Tausendjahr jung aus dem Schnee steigt,
das wandernde Aug
ausruht im eignen Erstaunen,
und Hütte und Stern
nachbarlich stehn in der Bläue,
als sei der Weg schon durchmessen.

WOLFSBOHNE

... o
Ihr Blüten von Deutschland, o mein Herz wird
Untrügbarer Kristall, an dem
Das Licht sich prüfet, wenn Deutschland

Hölderlin, Vom Abgrund nämlich ...

... wie an den Häusern der Juden (zum Andenken des ruinierten Jerusalems), immer etwas u n - v o l l e n d e t gelassen werden muß...

Jean Paul, Das Kampaner Tal

Leg den Riegel vor: Es
sind Rosen im Haus.
Es sind
sieben Rosen im Haus.
Unser
Kind
weiß es und schläft.

(Weit, in Michailowka, in
Gaissin, in
der Ukraine, wo
sie mir Vater und Mutter erschlugen: was
blühte dort, was
blüht dort? Welche
Blume, Mutter,
tat dir dort weh
mit ihrem Namen?

Mutter, dir,
die du *Wolfsbohne* sagtest, nicht:
Lupine.

Gestern kam einer von ihnen und
tötete dich
zum andern Mal in
meinem Gedicht.

Mutter.

Mutter, wessen
Hand hab ich gedrückt,
da ich mit deinen
Worten ging nach
Deutschland?

In – –, sagtest du immer, in
– – an
der Elbe,
auf
der Flucht.
Mutter, es wohnten dort ...

Du, die du Wolfsbohne sagtest.
Sie, die die Wolfsschanze bauten. – Wer
lebt?
Auf der Atemspur lebst du, auf
Atemsuche, im
Gedicht.

Mutter, ich habe
Briefe geschrieben.
Mutter, es kam keine Antwort.
Mutter, es kam eine Antwort.
Mutter, ich habe
Briefe geschrieben an –
Mutter, sie schreiben Gedichte.
Mutter, sie schrieben sie nicht,
wär das Gedicht nicht, das
ich geschrieben hab um
deinet-
willen, um
deines
Gottes
willen.
Gelobt, sprachst du, sei
der Ewige und
gepriesen, drei-
mal
Amen.

Mutter, sie schweigen.
Mutter, sie dulden es, daß
die Niedertracht uns verleumdet.
Mutter, keiner
fällt den Mördern ins Wort.

Mutter, sie schreiben Gedichte.
O
Mutter, wieviel
fremdester Acker trägt deine Frucht!
Trägt sie und nährt
die da töten!

Mutter, ich
bin verloren.
Mutter, wir
sind verloren.
Mutter, mein Kind, das
dir ähnlich sieht.)

Leg den Riegel vor: Es
sind Rosen im Haus.
Es sind
sieben Rosen im Haus.
Es ist
der Siebenleuchter im Haus.
Unser
Kind
weiß es und schläft.

Mutter, Unverlorene, mit uns,
den Unverlorenen,
siegst du.
Und mit uns Wahr und Gerecht und Gerade,
um
der versöhnenden
Liebe
willen.

Und schwer.
Und schwer wie dein
nun nach Jahren zu zählendes
Da- und Um-mich-Sein.

Und schwer, Geliebte, und schwer.

Und schwer wie das Hier-
und Hinaus-ins-zweite-
Dunkel-Gewogen-
Werden.

Dreimal schwer.
Dreimal und abermals dreimal,
und immer mit dir.

Schwer und schwer und schwer.
Und niemals mit
verkleidetem Herzen.

Es geht,
was durch die Hände dir ging,
den Weg deiner Hände, den Nacht-,
den Schicksalsweg geht es.
Es geht seiner Wege.

Die Zeile, einmal
über ein Blatt gehaucht, auf
schwimmendem Tisch:

Über Nacht, über Nacht, da werden,
da werden die Tage, da werden
die Tage
weiß.
Kola – Atem-
meere. Dorthin
taucht der Sinn, taucht der Uhrzeiger, zu
den Namen.
Auch unter
dir, vom Maulwurf auf-
geworfene Erde, hat
das Herz eine Uhr.

Hauchschrift, Handschrift.
Der auf den Händen ging, die
es schrieben, er,
der die Nesselschrift las, der
weiterlas, der Un-
gelesene, Un-
verstandene, er
atmete, er
schrieb:
an die Atem-, die Ich-
Diebe.

MITTERNACHT

Im Schilf, da stehn die Stunden –
das Schilf, wo stehts?
Es steht in deinen Augen,
die ich nicht seh.
  Hoch. Dicht. Satt.
  Tief-
  grün.
Ich bin der Namenlose –
ich steh davor.
Mit meiner einen Hand:
davor, davor.
  Der Name: verloren
  im Menschen-
  Moor.
  Die Hand, die andre:
  wo?

Hoch. Satt. Dicht.
Tief-
grün.
Die Kolben, die schwarzen.
Die schwärzesten – zwei.
Hand, du bist frei,
du legst sie zusammen –
Der Kuß ists, du weißt.

MIT DER KUNKELTAUBE, so kommt
der Werwolf daher, ein Wald-
und Wiedergänger inmitten
zurechtgespiegelter Lügen.

Geht nur, folgt ihm, er ist
nicht allein.
Mit ihm geht das um-
gestülpte Henkerwort, groß-
mäulig, umstarrt
von Goldzahn, Goldhauer, Gold-
kralle.

WALLISER ELEGIE

Regungen, Zuckungen, stumme
Triumphe erinnerter
Halbnacht und Nacht. Einsame, phallische
Stunde im Firn.
Regina Vagina.

(Pontisches Einstmals am Rand
des Tartarendorfs. Sand-
gestalt, Sandhaar, Sandmund –:
Als läge, als läge nicht immer
ein längstbegattetes Wort
neben uns, in
allerlei Wehen.

Wir lagen, wir lagen. Ich schwamm,
unsre Nächte im Aug, auf dein Aug zu.
Ein Windlicht,
stand dein Herz auf der Mole, wir flogen
heim hinters Wasser, leuchtend. Ein Fenster
spiegelte uns, es gehörte
zum Haus eines Namens (auch ihn
grab ich zutag, mit der Tiefe): Christian
Rakowski. – Pontisches,
pontisches Einstmals. Niemals vor lauter
Immer. Meer mit dem Schimmer der Taiga.
(Weißt du noch, wessen
Schlaf es war, damals, der
die Folie gelegt hinters Fenster? Oberhalb Kronstadts, auf
den Karpaten-
Kanzeln, im
Mönchsgebäu, unter

den Sinterdecken, da
klommen wir in uns hinan
an dem Atem-
seil mit
den Schmerz-
knoten.
Bis du mich losschnittst um
Johanni, Corina. Im
Bild dieser Wunde
hat sie ihr Grab, eine Mittel-
meerwelle spült sie dorthin mit ihrem
ertrunknen Jerusalemsstern.)

Weiter zurück. Zu dir, Immer-
nahes Verloren.

Stilles und abermals stilles
exodus-farbenes Aug,
leiser
aus Semipalatinsk
zurückgewanderter Gram:
ein Gehender, sah
ich dich kommen. Wir hatten
zuviel überlebt.

Mauten. Mauten der Heimat. Holz-
geruch sommers, am Rand
einer Kindheit. *Es stand*
– im Buch stand und unter den Buchen –, *es*
stand
eine Sägemühle im Wald. Auf Sensen,
auf Sicheln
trugen sie dich dort vorbei: wie

hießt du,
Geköpfte? Du hießt
Judith. *Es stand*
eine Sägemühle im Wald.

Mauten und
Mautenjenseits, Maut-
hausen. Tausend-
stiege, es kam
ein Schritt dort vorbei (wars
schon damals ein Lügenschritt? Ein
Schritt wars, und
wer küßt sie nicht gern von jedem
schreitenden Fuß, die
Lüge?) Ein Aug
– e i n A u g –, anders,
stand im Wurzel-, im Knollen-
werk, sah
den Acker – – – Es ist
ein Gewächs, weißt du,
das steht,
das steht mit der roten
Judenwurz in dich hinein – wer
es gesehn hat, dem –
dem, so ers wiedersieht, wenn
er sich selbst sieht, dem
erblüht eine Seele im
Aug seiner Seele.

Ich singe: Ich habe
die Seele gesehn.
(Gesehen – Gesehen – Geküßt)
Sie kam,

augenwandlerisch kam sie, offen.
Sie kam mit der einen
unbeirrbaren Ahnung, ein Licht,
ein zehnmal erloschnes, hell
trug sie's im Schoß, frei,
schwesterlich ging
sie den Schattenweg aufwärts, den Tausend-,
den Mautenweg, den ungesehenen – Selt-
same du, Un-
entwegbare. Lichtschoß.
Salve Regina.)

Regungen, Zuckungen, stumme
Triumphe erinnerter
Halbnacht und Nacht. Immer-
nahes Verloren, hier,
heute. Kar-
freitagsfahrt mit dir, unter
Nadeln verzwergte
Verzweiflung. Raron.

DIE ATEMLOSIGKEITEN DES DENKENS,
auch auf den Gletscherwiesen,
ohne Beweis.

Über den großen Steinschild
stürzt ein Morgiger heim.

»Ihr Tiefgesenke mit euren
Trögen aus Lehm,
unterwegs«.

Rauhbrüchiges schabt
an Namen und Stimmen herum,

eine unverlierbare Nothand
brennt Sterniges ab.

Der durch nichts zu trübende Blick.

Einen Tod mehr als du
bin ich gestorben,
ja, einen mehr.

Kantige, schief-
gesichtige Sippe,
mit hellem Holz erspäht.
Dahergekraucht kommt sie,
durch Königsstaub.

Hier
wohnen wir nicht.

Umdrängt jetzt
von Unverlierbarem,
groß und unverschwiegen: du.

Hör dich ein, sieh dich ein,
sprich dich ein.

Schreib dich nicht
zwischen die Welten,

am Rand der Tränenspur lerne
leben.

Lindenblättrige Ohnmacht, der
Hinaufgestürzten
klirrender
Halbpsalm.

PARIS, KLEINSTSEITE

Ich bin der Perlustrierte
und auch Illuminierte,
das Zündholzschachtelg'sicht,

der heilige Medardus
behandelt meinen Plattfuß,
ich klage nicht

ABBILDUNGEN

Auch wir wollen sein,
wo die Zeit das Schwellenwort spricht,
das Tausendjahr jung aus dem Schnee steigt,
das wandernde Aug
ausruht im eigenen Entfernen.
Und Höhe und Stern
nachbarlich stehn in der Bläue,
als wäre der Weg schon durchmessen.

Paul Celan

Und schwer.

Und schwer wie dein
nun nach Jahren zu zählendes
Da- und Um-mich-Sein.

Und schwer, geliebte, und schwer.

Und schwer wie das Hin-
und Hinaus-ins-zweite-
Dunkel-Gezogen-
Werden.

Dreimal schwer.
Dreimal und abermals dreimal,
und immer mit dir.

Schwer und schwer und schwer.
Und niemals mit
verkleidetem Herzen.

—

Écrit à Paris, le 15 décembre 1960.
Transcrit à Montana, le 23 décembre 1960, "sur le pont des années", en vous attendant, avec vos lilas blancs.

Paul

47/14, 73

Ô les hâbleurs,
n'en sois pas,
ô les câbleurs,
n'en sois pas,
l'heure, minutée, la seconde,
Eric. Il faut savoir ce temps.
Ton père
t'épaule.

EDITORISCHES NACHWORT

Paul Celan hat kaum 500[1] Gedichte zur Veröffentlichung bestimmt – etwas weniger als noch einmal so viele[2] haben sich nach seinem Tod im Nachlaß gefunden. Ein solches Verhältnis zwischen dem vom Autor anerkannten Werk und der tatsächlichen literarischen Produktion zeigt den hohen Anspruch, den er an die Gedichte gestellt hat, einen Anspruch, den zu ermessen erst durch den Nachlaß möglich wird: was wurde für die Veröffentlichung ausgewählt, was nicht, und warum?

Die Entscheidung darüber, welche Gedichte er, und in welchem Kontext, zur Veröffentlichung freigeben wollte, hat Paul Celan in den verschiedenen Phasen seines Schaffens in unterschiedlicher Weise getroffen. Unpublizierte Gedichte sind zwar aus allen Werkepochen erhalten. Während aber in manche Gedichtbände, etwa »Von Schwelle zu Schwelle«, »Sprachgitter«, »Atemwende« oder »Lichtzwang«, von wenigen Ausnahmen abgesehen, jeweils alle Gedichte der Zeit, so scheint es, Aufnahme gefunden haben, gibt es in anderen Perioden große Komplexe von Unveröffentlichtem, die im Umfang fast an den der gleichzeitig entstandenen Veröffentlichungen heranreichen. Neben dem Frühwerk und der ersten Pariser Zeit, in der die Entscheidungen für die endgültige Gestalt von »Mohn und Gedächtnis« getroffen wurden, ist hier vor allem an die Jahre 1959-1963 zu denken, in denen »Die Niemandsrose« entstand; an die Gedichte aus dem Frühjahr und dem Sommer 1966, die, obwohl zeitlich den »Fadensonnen« zuzuordnen, unabhängige Zyklen bilden; an die im überaus fruchtbaren Sommer 1968 zeitgleich mit den beiden letzten Zyklen von »Schneepart« geschriebenen Gedichte; und schließlich an das nach dem Spätsom-

1 498, ohne »Schneepart« und »Zeitgehöft«, jedoch mit den verstreut veröffentlichten Gedichten, den Gedichten aus »Der Sand aus den Urnen«, die nicht in »Mohn und Gedächtnis« übernommen wurden, sowie dem fragmentarischen Zyklus »Eingedunkelt«

2 476, mit den posthum veröffentlichten Bänden »Schneepart« und »Zeitgehöft«, dem kurz nach Celans Tod veröffentlichten Gedicht »Beidhändige Frühe«, den nicht von Celan veröffentlichten Teilen des Frühwerks (einschließlich der Prosagedichte) und den 218 Gedichten des vorliegenden Bandes

mer 1968 Entstandene, das Paul Celan selbst nicht mehr zu Zyklen geordnet und für eine Veröffentlichung vorbereitet hat.

Für eine kleine Gruppe von Gedichten aus dem Nachlaß hatte Paul Celan eine Publikation erwogen, wenn auch nicht realisiert. Ein Band schwebte ihm vor, in dem zu bereits veröffentlichten »Versen« – so seine ›Gattungsbezeichnung‹ für Gedichte wie etwa die »Abzählreime«[3] – und eventuell Aphorismen[4] auch unveröffentlichte ›Gelegenheitsgedichte‹ (zu recht unterschiedlichen Gelegenheiten) treten sollten.[5] Gerade den umfangreichen Nachlaß der beiden letzten Lebensjahre jedoch hat er mit apodiktischen Etiketten belegt wie »Nicht veröffentlichen!«, »Niemals veröffentlichen!«, »Unveröffentlichbar«.[6] Vernichtet, wie er es mit anderen Arbeiten ganz offensichtlich getan hat – das zeigen Spuren, von den Resten herausgerissener Notizbuch-Manuskripte bis zu ›verwaisten‹ Titeln –, hat Paul Celan diese Gedichte jedoch nicht. Vielmehr hat er sie aufbewahrt, z. T. sogar wohlgeordnet und mit allen ihren Vorstufen. Beides, das Publikationsverbot wie der Akt des Bewahrens, muß als Teil des *einen* letzten Willens gesehen werden. So wird die vorliegende Publikation von 218 Nachlaßgedichten, die sich in Teilbereichen über einen ausdrücklich geäußerten Willen hinwegsetzt, gerade auch durch jene Ambivalenz im Umgang mit dem eigenen Werk legitimiert.

Die beschriebene Ambivalenz veranlaßt zu Gedanken über die Gründe für Celans Entscheidungen gegen eine Publikation und damit auch über den Charakter des nachgelassenen Werkes. Denkan-

3 Zuerst veröffentlicht in: »Streit-Zeit-Schrift«, Stierstadt i. T., Heft 1, 1958, S. 324, unter dem Titel »Abzählreim«, dann in: »Gesammelte Werke in fünf Bänden«, hrsg. von Beda Allemann und Stefan Reichert, unter Mitwirkung von Rolf Bücher, Frankfurt am Main 1983, Bd. III, S. 133

4 Unter dem Titel »Gegenlicht« zu einem kleinen Teil veröffentlicht in: »Die Tat«, Zürich, 12. 3. 1948, siehe auch: »Gesammelte Werke in fünf Bänden«, Bd. III, S. 163-165

5 Siehe die Erklärungen zum Gedicht »Für Jakob Kaspar Demus, zum 9. Juni 1960« im vorliegenden Band (S. 385)

6 Siehe die Anmerkungen zu »Schneepart« (Nicht aufgenommene Gedichte) und »Späte Gedichtsammlung«, im vorliegenden Band S. 468 und S. 494 f.

stöße könnte die Tatsache geben, daß gewidmete Gedichte selten und zunehmend weniger Aufnahme in die gedruckten Gedichtbände gefunden haben, aus dem »Atemwende«-Manuskript etwa werden gerade solche ausgeschlossen. Z.T. mögen Konflikte mit Widmungsträgern eine Rolle gespielt haben. Im Falle des nach der Auseinandersetzung mit Claire Goll noch aus dem Druck-Manuskript von »Mohn und Gedächtnis« zurückgezogenen Widmungsgedichts für Yvan Goll[7] liegt eine derartige Deutung nahe. Hinzu kommt aber in jedem Fall, und das scheint ein ganz allgemeines Ausschlußkriterium zu sein (neben, denn das gibt es sicher auch, einem qualitativen), eine sehr persönliche, allzu persönliche Dimension dieser Gedichte, eine zu offensichtliche Prägung durch die äußeren Umstände ihrer Entstehung, eine zu heftige Emotionalisierung in extrem schwierigen Lebensphasen, wie etwa der Goll-Affäre oder den in Zusammenhang mit schweren psychischen Krisen stehenden Klinikaufenthalten. Eine Lesenotiz aus dem Januar 1969, »Les éléments troubles de l'esprit, ce seront (demain) les meilleurs. – A. Gide«, zeigt gerade in diesem Zusammenhang Celans Ambivalenz. Sein nachgelassenes Gedichtwerk erscheint so als die andere, die Rück- und Kehrseite des autorisierten Werkes: oft zu ›hell‹, zu ›durchsichtig‹ und damit zu verletzlich, oft auch zu polemisch, um der Öffentlichkeit – zumindest zu Lebzeiten, das »demain« der Lesenotiz mag für Celan das Danach meinen – anvertraut werden zu können, aber gleichzeitig doch wesentlich, also unveröffentlich- aber auch unzerstörbar. Diese beiden Seiten, die in einem keineswegs zufälligen Verhältnis zueinander stehen, gehören zu einem Ganzen, sie sind voneinander abhängig und aufeinander bezogen. Der Status der beiden Werkteile aber ist, das soll betont werden, nicht der gleiche. Wie im Fall der Druckplatte in bezug auf den Abzug einer Radierung – man verstehe das Bild als Hommage an Gisèle Celan-Lestrange, deren Entscheidung im Jahr 1989 diese Ausgabe ihr Entstehen verdankt – gibt der nachge-

7 »Der Tod«, siehe im vorliegenden Band S. 14

lassene Teil des Werkes, für sich genommen, kein adäquates Bild des Dichters Paul Celan, dem von ihm selbst veröffentlichten Werk vermag er aber Kontur zu geben. Die hier versammelten Gedichte können also auch helfen, die Ästhetik des autorisierten Werkes schärfer zu bestimmen.

Zum Gedicht-Nachlaß im eigentlichen Sinn gehören neben dem bereits veröffentlichten Frühwerk[8] alle in Paul Celans Pariser Jahren, d. h. zwischen dem Juli 1948 und dem April 1970 entstandenen Gedichte, die er nicht selbst publiziert bzw. für den Druck vorbereitet hat. Nicht dazu gehört »Lichtzwang«, das zwar – mit Ausnahme des schon im Frühjahr 1969 mit Radierungen von Gisèle Celan-Lestrange unter dem Titel »Schwarzmaut«[9] publizierten ersten Zyklus – posthum erschienen ist, dessen Manuskript Celan jedoch beim Verlag noch einreichen konnte. Eine Zwischenstellung nimmt »Schneepart« ein. Celan hat zwar keine autorisierte Druckvorlage hinterlassen, wohl aber seiner Frau Gisèle eine sorgfältige, zyklisch gegliederte und paginierte Reinschrift als Geschenk übergeben.[10] Zum Nachlaß im engeren Sinn gehört dagegen »Zeitgehöft«, eine Zusammenstellung des Nachlaßbetreuers Beda Allemann, deren Bestand und Reihenfolge vom Autor auch durch Inhaltsentwürfe in Form von Titellisten nicht autorisiert ist.[11] Da diese Sammlung wie auch das posthum veröffentlichte Gedicht »Beidhändige Frühe«[12], dessen Entstehung am 29. 9. 1969 ebenfalls in den Bereich der »Zeitgehöft«-Gedichte[13] fällt, bereits in den 3. Band der »Gesammelten Werke« aufgenommen wurde, ist hier auf eine erneute Publikation verzichtet. Der Status freilich dieser

8 »Das Frühwerk«, hrsg. von Barbara Wiedemann, Frankfurt am Main 1989

9 in 85 Exemplaren bei Brunidor in Vaduz/Liechtenstein

10 Siehe dazu das Faksimile der Handschrift (Frankfurt am Main 1976) und die editorische Vorbemerkung im Band 10.2 der »Werke. Historisch-kritische Ausgabe«, hrsg. von Rolf Bücher unter Mitarbeit von Axel Gellhaus und Andreas Lohr-Jasperneite, Frankfurt am Main 1994, S. 9

11 Siehe die Bemerkung in der Erstausgabe, Frankfurt am Main 1976, S. 67

12 Zuerst in: »L'Éphémère«, été 1970, S. 177, siehe auch: »Gesammelte Werke in fünf Bänden«, Bd. III, S. 152

13 25. 2. 1969-13. 4. 1970, dazu ein Gedicht vom 2. 9. 1968

letzten Gedichte Paul Celans ist kein anderer als der jener, die ihnen zeitlich unmittelbar vorausgehen und den vorliegenden Band abschließen. Aufgenommen sind dagegen sowohl die einzelnen im Briefwechsel Paul Celan – Franz Wurm[14] publizierten, bisher unveröffentlichten Gedichte, als auch, trotz separater Nachlaß-Publikation[15], die Teile des Zyklus »Eingedunkelt«, die über das von Paul Celan selbst zum Druck freigegebene Zyklusfragment[16] hinausgehen. Der vorliegende Band faßt somit die bisher nicht in den »Gesammelten Werken« und dem »Frühwerk«-Band enthaltenen nachgelassenen Gedichte Paul Celans zusammen.

Der Nachlaß, so, wie er sich heute im Deutschen Literaturarchiv in Marbach befindet, dem wir für die Bereitstellung der Quellen und die tatkräftige Unterstützung herzlich danken, enthält das nach Celans Tod vorgefundene Material sowie Abschriften von fremder Hand, die zwar erst nachträglich in den Nachlaß gelangt sind, aber für Celan selbst noch bestimmt waren. Auch wenn die Endfassung einiger weniger Texte aus anderen Quellen stammt – *jedes* in den vorliegenden Band aufgenommene Gedicht hat zumindest Spuren im so beschriebenen Nachlaß hinterlassen. Zum größeren Teil finden sich die Gedichte in Form von Handschriften bzw. Typoskripten in wohl meist von Celan selbst zusammengestellten Mappen oder als Reinschriften in Heften. Die die Einordnung erleichternden Aufschriften stammen meist ebenfalls von der Hand Celans, gelegentlich auch von der seiner Frau, die ihn zu Lebzeiten beim Ordnen seiner Manuskripte unterstützt hat. Darüber hinaus liegen Gedichthandschriften in den Notizbüchern, den Taschenkalendern und Tagebüchern, sowie in den Korrespon-

14 Paul Celan – Franz Wurm: »Briefwechsel«, hrsg. von Barbara Wiedemann in Verbindung mit Franz Wurm, Frankfurt am Main 1995

15 »Eingedunkelt und Gedichte aus dem Umkreis von Eingedunkelt«, hrsg. von Bertrand Badiou und Jean-Claude Rambach, Frankfurt am Main 1991

16 Zuerst in der Anthologie »Aus aufgegebenen Werken«, Frankfurt am Main 1968, S. 149 - 161. Der Autor hat, anders als in der Nachbemerkung zu dieser Veröffentlichung behauptet (S. 194), »den anschließenden größeren Teil der Gedichte« wie auch die zeitlich vorausgehenden Gedichte keineswegs vernichtet.

denzen (ganz besonders in der mit Gisèle Celan-Lestrange) vor, vereinzelt auch, auf lose eingelegten Blättern oder direkt notiert, in Büchern der ebenfalls in Marbach aufbewahrten Bibliothek. Ergänzendes Material wurde aus anderen, privaten wie öffentlichen, Beständen zur Verfügung gestellt. Wir danken Linde Birk, Jakob und Klaus Demus und dem Dürrenmatt-Archiv im Schweizerischen Literaturarchiv Bern für ihr Entgegenkommen.

Aus dem derart zusammengetragenen Material wurden einige wenige Gedichte deshalb ausgeschlossen, weil nicht mit Sicherheit geklärt werden konnte, ob es sich nicht um Übersetzungen handelt; dazu zwei im weiteren Kontext der Goll-Affäre entstandene, äußerst polemische Verstexte, deren Publikation zumindest in diesem Rahmen nicht möglich scheint. In die vorliegende Ausgabe wurden dann ausschließlich solche Gedichte aufgenommen, von denen eine in Form und Status zu erkennende Endfassung vorliegt. Unter dieser Prämisse ausgeschlossen wurden also Texte, die den Charakter flüchtiger Vers-Notizen haben, offensichtlich unvollendet liegengebliebene Arbeiten und solche, deren weitere Bearbeitung mit großer Sicherheit noch vorgesehen war – derartige Entscheidungen sind, das liegt auf der Hand, schwierig und im Einzelfall möglicherweise auch anders zu treffen. Als Kriterien dienen Uneindeutigkeit (auch hinsichtlich unleserlicher Stellen) und syntaktische Unvollständigkeit. Fehlende Interpunktion dagegen kann kein Ausschlußkriterium sein, da Celan auf den Schlußpunkt häufig ganz offensichtlich bewußt verzichtet. Zum anderen spricht die Kennzeichnung eines Gedichts durch das Zeichen »-i-« gegen einen abgeschlossenen Status und damit für einen Ausschluß aus dem Textkorpus des vorliegenden Bandes. Ursprünglich Kürzel für »idée«, dient es zur Markierung einer Vielzahl von verschiedenen Materialien, von Exzerpten, Lesenotizen, Wortstudien, Reflexionen bis hin zu mehr oder weniger (z. T. sehr weit) fortgeschrittenen, ja, abgeschlossen wirkenden Entwürfen in Vers und Prosa, darunter auch Übersetzungen. Das Zeichen steht, überblickt man den Nachlaß im ganzen, allgemein für den vorläufigen Status eines Dokuments. Konvolute unter dem Gesamt-Etikett »-i-« stellen oft heterogenes Material zusammen, sind also als eine Art Reservoir zu betrachten für die weitere Arbeit. Die Einzelblätter selbst aus den Konvoluten tragen nicht in jedem Fall zusätzlich die Markierung. Die Zusammenfassung der Blätter zu einem solchen Konvolut ist sicherlich manchmal recht zufällig, von den Stimmungen abhängig, in denen der Ordnungsvorgang ablief, einige Mappen sind im übrigen erst posthum so gekennzeichnet worden. Die Einordnung eines Manuskripts unter das Etikett »-i-« spricht also allein ebensowenig gegen die Aufnahme des betreffenden Gedichts in den vorliegenden Band wie das Vorhandensein einzelner durch »-i-« gekennzeichneter Varianten (solche liegen auch für später veröffentlichte Gedichte vor). Als Kriterium für den Ausschluß eines Textes kann nur die *explizite* Kennzeichnung *aller* Textzeugen durch die Markierung »-i-« gelten.

Einen ähnlich vorläufigen Status hat der aufgegebene Zyklus »Pariser Elegie«, der abgesehen von der »Walliser Elegie« vor allem Texte im Entwurfszustand enthält, von denen nur einige für »Die Niemandsrose« weiterbearbeitet oder in Teilen mit Gedichten daraus verbunden wurden. Zeichen für die Vorläufigkeit scheint die hier häufige, sonst ungewöhnliche Kennzeichnung der Blätter oben rechts durch den Zyklustitel. Dies ist durchgehend in einem Zyklusprojekt aus dem Sommer 1966 zu beobachten, das den Titel »Nachtstück« tragen sollte: Die zu einem Konvolut zusammengestellten Texte, von denen einzig das Widmungsgedicht für Henri Michaux, »Die entzweite Denkmusik«[17], zugleich der einzige längere Text, veröffentlicht wurde, sind nicht eindeutig als unabhängige Einzelgedichte erkennbar, möglicherweise stellen sie auch Teile eines längeren Gedichtes dar, dessen Konturen aber im überlieferten Material nicht sichtbar werden.

17 Zuerst in: »Les Cahiers de L'Herne«, Paris 1966, Nr. 8, S. 32, siehe auch: »Gesammelte Werke in fünf Bänden«, Bd. III, S. 135

Die Gliederungsprinzipien des vorliegenden Bandes sind durch Celans eigene Ordnungsprinzipien, allen voran die Periodisierung nach den veröffentlichten Gedichtbänden, vorgegeben. Eckdaten für diese Perioden oder ›Zeiträume‹ sind einmal, wenn bekannt, die Entstehungsdaten des jeweils frühesten und spätesten Gedichts im betreffenden Band, sowie ergänzend der Zeitpunkt, an dem sich Paul Celan vom Manuskript getrennt hat, indem er es dem Verlag zuschickte. Im Fall von »Mohn und Gedächtnis« wird unterschieden zwischen den Gedichten, die bereits mit »Der Sand aus den Urnen« vorlagen – sie sind dem Frühwerk zuzuordnen –, und den beiden Zyklen »Gegenlicht« und »Halme der Nacht«, die erstmalig unter dem neuen Titel publiziert wurden. *Ihre* Eckdaten sind die Grundlage für den ersten hier relevanten Zeitraum. Der letzte der Zeiträume konstituiert sich einmal durch Ausschluß aus dem letzten von Celan selbst noch (durch die Zusammenstellung von »Schneepart«) abgegrenzten, zum anderen durch die Präsenz mindestens eines Textzeugen in einem Notizbuch, das für die »Schneepart«-Gedichte noch nicht zur Verfügung stand. Auf die leichten zeitlichen Überschneidungen mit dem Zeitraum »Schneepart« sei ebenso hingewiesen wie auf die zwischen den Zeiträumen von »Atemwende« und »Fadensonnen«. Die wenigen schlecht datierbaren, und damit keinem konkreten Zeitraum mit Sicherheit zuzuordnenden Gedichte schließen, zusammen mit dem einzelnen, in Gemeinschaftsarbeit entstandenen, jeweils in eigenen Kapiteln das Textkorpus ab.

Auch die weitere Gliederung der zu einem Zeitraum zusammengefaßten Gedichte ist vorgegeben durch Celans Unterscheidung zwischen solchen Gedichten, die eng zu den jeweiligen Bänden gehören, aus denen sie im Laufe der Arbeit daran ausgeschieden wurden, und solchen – sie sind bei weitem in der Minderzahl –, die, nach den erhaltenen Dokumenten, für einen zu publizierenden Zyklus nie vorgesehen waren. Als Unterscheidungskriterium gilt die Präsenz des Titels in einem der Zyklus-Entwürfe, wie sie in Form von Inhaltsangaben und Titellisten vorliegen, und nicht das bloße Vorhandensein eines der Textzeugen in einem der dem betreffenden Gedichtband zuzuordnenden Konvolute.

Die Ordnung innerhalb der so beschriebenen Unterkapitel, von denen das der »Nicht aufgenommenen Gedichte« dem der »Verstreuten Gedichte« immer vorausgeht, ist strikt chronologisch. Auch dieses Ordnungsprinzip ist von Celan durch die meist chronologische Anordnung der publizierten Gedichtbände vorgegeben, und es ist überhaupt erst möglich durch die in den allermeisten Fällen vorhandenen Datierungen, bis hin zur Numerierung der an ein und demselben Tag geschriebenen Gedichte, bis hin zu bis auf die Minute genauen Zeitangaben. Durch die große Sorgfalt in diesem Bereich, vor allem seit den ersten Anzeichen der Goll-Affäre im Zeitraum »Sprachgitter«, entzieht Celan nicht nur jeder Diskussion um die Entstehungszeit einzelner Gedichte den Boden, sondern er zeigt auch sehr deutlich, wie sehr er sich von konkreten Daten herschreibt, die ihm – so formuliert er in der Büchner-Rede, die auch unter dem Eindruck der Goll-Affäre konzipiert wurde, – »eingeschrieben« bleiben.[18] Von den verschiedenen Fassungen eines Gedichtes ist in der Regel die erkennbar späteste für den Druck ausgewählt. Hier sind jedoch in zweierlei Hinsicht Einschränkungen zu machen. Einmal sind im Falle der »Nicht aufgenommenen Gedichte« jeweils die Fassungen ausgewählt, die im entsprechenden Kontext des publizierten Gedichtbandes erscheinen, etwa einem Heft mit Reinschriften o. ä. Dies sind meist, aber nicht immer die spätesten Fassungen. Offensichtlich später entstandene abweichende Versionen sind in solchen Fällen, wenn vollständig und eindeutig, in einen Anhang aufgenommen. Ebenfalls dort haben

18 »Vielleicht darf man sagen, daß jedem Gedicht sein ›20. Jänner‹ eingeschrieben bleibt? Vielleicht ist das Neue an den Gedichten, die heute geschrieben werden, gerade dies: daß hier am deutlichsten versucht wird, solcher Daten eingedenk zu bleiben? Aber schreiben wir uns nicht alle von solchen Daten her? Und welchen Daten schreiben wir uns zu?« (»Gesammelte Werke in fünf Bänden«, Bd. III, S. 196)

späte, meist als solche ausdrücklich gekennzeichnete und datierte Bearbeitungen früher abgeschlossener Gedichte Platz gefunden. Auch der Anhang ist, wenn auch ohne weitere Untergliederung, chronologisch angeordnet.

Der im Vergleich zum veröffentlichten Werk eher provisorische Charakter der Nachlaß-Gedichte, vor allem aber ihr sehr unterschiedlicher Vollendungsgrad, lassen es angezeigt erscheinen, nicht nur den puren, unkommentierten Text zu geben, sondern dem Leser in einem Anmerkungsteil durch die Charakterisierung der Quellenlage und die Wiedergabe der Varianten Material zur Verfügung zu stellen, das es ihm ermöglicht, den Status des jeweiligen Textes selbst besser einschätzen zu können. Mit dieser Entscheidung soll einer historisch-kritischen Ausgabe des Gedicht-Nachlasses gewiß nicht vorgegriffen werden. Eine solche wäre im Rahmen dieser Studienausgabe auch nicht zu leisten. Weder werden Anstrengungen unternommen, Papier- und Schriftqualitäten genau zu beschreiben, noch der Versuch einer diplomatischen Wiedergabe gemacht. Mit einem einfachen und kleinstmöglichen Zeicheninventar werden vielmehr die einzelnen Textzeugen in der mutmaßlichen Reihenfolge ihrer Entstehung so wiedergegeben, daß die jeweilige Textgestalt in ihrem Ergebnis lesbar wird, Streichungen oder Hinzufügungen im Verhältnis zur Grundschicht aber als solche erkennbar bleiben. Korrekturen nach Streichungen sind nur dann als Hinzufügungen gekennzeichnet, wenn es sich nicht um einen einfachen Ersatz bei gleichbleibender syntaktischer Funktion – etwa bei Sofortkorrekturen – handelt; unabhängig davon erfolgt aber eine solche Kennzeichnung immer bei außerhalb des eigentlichen Textes (auch mit Verweisungszeichen) plazierten Korrekturen. Bei großen Abweichungen gegenüber dem publizierten Text wird die Variante als ganze gegeben, bei kleineren nur die – jeweils vollständigen – betreffenden Verse. Die Verszählung innerhalb der Varianten bezieht sich hier, wenn nicht anders angegeben, jeweils auf die den etwaigen Streichungen und Hinzufügungen vorausgehende Grundschicht der Fassung. Unleserliche Bagatellen wie Striche, unvollständige Buchstaben, Haken sind vernachlässigt, um den Text nicht unnötig zu belasten. Ergänzt wird die Textwiedergabe in jedem Fall durch eine kurze Beschreibung des für die Einschätzung eines Textzeugen Notwendigen. Eine Vollständigkeit der Varianten ist in dem Sinne angestrebt, daß auch Entwürfe, aus denen nur einzelne Elemente in das betreffende Gedicht eingehen, sowie kleinere Fragmente, Wortnotizen u. ä., die zu einem Gedicht gehören, bzw. sich an einem bestimmten Punkt mit ihm verbinden, selbst dann wiedergegeben werden, wenn von Varianten des Gedichtes im eigentlichen Sinn nicht gesprochen werden kann. Bei heterogenen Textzeugen wird nur das für das jeweilige Gedicht Relevante ausgewählt. Die Varianten folgen jeweils der Basisbeschreibung des Gedichts, die die Quelle für die Druckfassung vorstellt. Sind innerhalb dieser Druckfassung Streichungen oder Hinzufügungen zu beschreiben, erfolgt das immer an der im Entstehungsverlauf des Gedichts richtigen Stelle. Gleiches gilt für die im Anhang publizierten Fassungen. In diesen Fällen entspricht die Verszählung immer der der entsprechenden Druckfassung. Ist die Druckfassung eine Reinschrift und folgen keine weiteren Varianten nach, wird sie nach der vorletzten Fassung nicht mehr aufgeführt.

Die textbezogenen Anmerkungen sind ergänzt durch Sacherläuterungen, die, betreffen sie den publizierten Text, direkt der Basisbeschreibung, beziehen sie sich auf eine Variante, dieser folgen. Bei der Kommentierung geht es nicht um Worterläuterung – wo wären die Grenzen zu ziehen? –, nicht um die Übersetzung von Paul Celans französischsprachigen begleitenden Notizen oder denen seiner Frau, und schon gar nicht um eine umfassende Deutung der Texte, sondern ausschließlich um die Bereitstellung von Informationen in drei eng begrenzten Bereichen. Das sind zum einen die besonderen Bedingungen der Entstehung, vor allem in Zusammenhang mit dem Datum, aber auch Verbindungen mit Gedichten aus dem bereits veröffentlichten Werk und mit Lesenotizen; ergänzende Informationen sind der Sammelbeschreibung für den betreffenden ›Zeitraum‹ zu entnehmen. Zum anderen sind es die Personen- und Ortsnamen, die im Gedicht, der Widmung, der Datierung oder in darüber hinausgehenden Bemerkungen auftreten; nicht kommentiert werden dabei Celans nahste Angehörige, seine Frau Gisèle Celan-Lestrange und sein Sohn Eric, nicht kommentiert wird auch der Name seiner Wahlheimat Paris und der von Frankfurt am Main, der Stadt seiner Verlage Fischer und Suhrkamp. Zum dritten wird schließlich der Versuch gemacht, die Herkunft der Motti und Zitate nachzuweisen. Bei aufeinanderfolgenden Texten ist auf eine erneute Erläuterung gleicher Elemente verzichtet.

In die für das Textkorpus ausgewählten Fassungen wurde so wenig wie nur irgend möglich eingegriffen. Systematisch und stillschweigend ersetzt wurden allerdings, gegenüber den auf Celans Schreibmaschine französischen Typs erstellten Typoskripten und entsprechend seinen Handschriften, ae, oe, ue und ss durch ä, ö, ü und ß. Unterstreichungen erscheinen immer kursiv. Nur vereinzelt wurden Rechtschreibfehler verbessert, die Interpunktion oder die fehlende Hervorhebung eines Titels sinngemäß ergänzt. Immer sind aber derartige Eingriffe in den Anmerkungen vermerkt und begründet. Titellose Gedichte sind, entsprechend Celans eigener Druckanweisung in solchen Fällen, tiefer gesetzt.

Im Text der Varianten wurden keinerlei Veränderungen vorgenommen, auch Unterstreichungen erscheinen als solche; etwaige Fehler oder Anomalien, auch hinsichtlich der Groß- und Kleinschreibung oder der Interpunktion, sind durch »*[sic]*« bestätigt. Bei den für den Kommentar benützten erläuternden Zitaten aus den Tagebüchern, Taschenkalendern etc., wie auch bei Notizen von Celans Frau auf den Textzeugen, sind gelegentliche Schreibfehler allerdings stillschweigend berichtigt.

Textkorpus und Anmerkungen werden ergänzt durch ein alphabetisches Verzeichnis aller Titel und Titelvarianten (sofern eine eindeutige Form erkennbar ist) von Gedichten und Zyklen sowie, wenn sie vom Titel abweichen, der Anfangszeilen der in Hauptteil und Anhang publizierten Druckfassungen.

Zuerst und vor allem haben wir Eric Celan für seine große sachliche, materielle und moralische Unterstützung zu danken. Kurt Leonhard gab uns das freundliche Einverständnis zum Abdruck des von ihm gemeinsam mit Paul Celan verfaßten Gedichtes. Darüber hinaus sind wir für wertvolle Hinweise und tatkräftige Unterstützung zu Dank verpflichtet: Andreas Angerstorfer, Bernhard Böschenstein, André du Bouchet, Nani und Klaus Demus, Ute Doster (Deutsches Literaturarchiv), Ralph Dutli, Sonia Garelli, Jacques Halwisen, Yvonne Hasan, Christine Ivanović, Jürgen Lehmann, Gabriel Marcuson, Jochen Meyer (Deutsches Literaturarchiv), Peter Motzan, Ute Oelmann, Leonard Olschner, Jörg Ortner, Rudolf Probst (Schweizerisches Literaturarchiv), Jean Dominique Rey, Dr. Richter (Staatsarchiv Hamburg), Nicolai Riedel (Deutsches Literaturarchiv), Axel Sauder, Thomas Sparr, Marita Wetzel (Deutsche Verlags-Anstalt), Alexis Wolf, Franz Wurm.

Paris und Regensburg, im Mai 1996

ANMERKUNGEN

Alle Herausgeberanmerkungen im Gedichttext erscheinen kursiv, in kursiven, eckigen Klammern.

Für die Wiedergabe der Texte werden folgende Zeichen verwendet:

[ ] Streichung, auch eines Zwischenraums
⟨ ⟩ Hinzufügung, auch eines Zwischenraums
/ Versgrenze
// Strophengrenze
⁺ hinter dem Wort: Konjektur
[Abstand:] allgemeiner Hinweis auf eine über eine Strophengrenze hinausgehende Trennung zweier Textteile, auch durch Querstriche u. ä.

Folgende Siglen und Kürzel werden verwendet:

MG: »Mohn und Gedächtnis«
VS: »Von Schwelle zu Schwelle«
SG: »Sprachgitter«
NR: »Die Niemandsrose«
AW: »Atemwende«
FS: »Fadensonnen«
ED: »Eingedunkelt«
LZ: »Lichtzwang«
SP: »Schneepart«
ZG: »Zeitgehöft«
GW: »Gesammelte Werke in fünf Bänden«; hrsg. von Beda Allemann und Stefan Reichert unter Mitwirkung von Rolf Bücher, Frankfurt am Main 1983. Bei Hinweisen auf diese Ausgabe folgt, dem üblichen Gebrauch entsprechend, (römisch) die Bandzahl und (arabisch) die Seitenzahl.
PC/FW: Paul Celan – Franz Wurm: »Briefwechsel«, hrsg. von Barbara Wiedemann in Verbindung mit Franz Wurm, Frankfurt am Main 1985.
PC: Paul Celan
GCL: Gisèle Celan-Lestrange

ZEITRAUM MOHN UND GEDÄCHTNIS

Die Gedichte aus MG entstanden zwischen 1944 und dem Frühjahr 1952. Der hier relevante Zeitraum beginnt mit dem Zyklus »Gegenlicht« *(Juli 1948).*
Manuskript: Ende Juni 1952
Druck: Ende Dezember 1952, Deutsche Verlags-Anstalt Stuttgart
Einige der Dokumente tragen den Stempel der Österreichischen Zensurstelle, einer Einrichtung des Alliierten Rates für Wien nach der Aufnahme des Auslandspostdienstes. Sie funktionierte zwischen dem 25. 3. 1946 und dem 14. 8. 1953. Ein diesen Stempel tragendes Dokument hat die österreichische Grenze passiert, in welcher Richtung, geht aus der Stempelnummer nicht hervor.
Ein Teil der Texte ist in einem 1957 in Bukarest von fremder Hand angefertigten und für PC bestimmten Typoskript enthalten, das einen großen Teil der in der Bukowina und in Bukarest entstandenen Gedichte enthält, aber auch solche aus der Pariser Zeit, die auf dem Postweg nach Rumänien gelangt sind.

Nicht aufgenommene Gedichte

Die Gedichte erscheinen in einem auf Oktober 1950 datierten und handschriftlich paginierten Typoskript, das noch den Titel »Der Sand aus den Urnen« *trägt, aber bereits z. T. die Struktur von* »Mohn und Gedächtnis« *mit den Zyklen* »An den Toren«, »Mohn und Gedächtnis«, »Todesfuge« *und* »Gegenlicht« *aufweist. Zum letzten dieser Zyklen gehören sie, ihre Seitenzahlen im Inhaltsverzeichnis sind, abgesehen von* »O Blau der Welt« *(wohl durch Verwechslung mit* »Vom Blau«, *GW I 48), und* »Der Tod«, *das im Druck-Manuskript noch vorgesehen war, handschriftlich gestrichen. Die ungefähren Entstehungsdaten lassen sich anhand der bekannten Daten zum weitgehend chronologisch aufgebauten MG erschließen.*

11 BEISAMMEN
Etwa 1949

Erstdruck nach dem Typoskript, dort S. 55 zwischen »Vom Blau« *(GW I 48) und* »Die Nacht«

A Undatierter Durchschlag, das Bukarester Typoskript ist textgleich.
V.11-12: als dunkelstes Paar im Gefolge; / es regnet wie immer, wenn Aug sich zu Aug fügt,

B Undatiertes Typoskript (mit Durchschlag), das Original trägt den Zensurstempel.
V.6-7: Das Schwere war schwer. / Ein Hauch war der Wind, der dich fortriß;
V.13: und dem dunkelsten Paar wird bereitet ein sprühender Schlaf,

C Publizierter Text
V.8: ein Herz⟨,⟩ was noch schlaegt unterm Schnee.

12 Die Nacht
Etwa 1949

Erstdruck nach dem Typoskript, dort S. 56 zwischen »Beisammen« *und* »Wer wie du« *(GW I 49); der Kurztitel erscheint so im Inhaltsverzeichnis.*

A Undatierter Durchschlag mit handschriftlichen Korrekturen, das Bukarester Typoskript ist textgleich.
V.1-8 in einer Strophe
V.4: so schwer von Gold und Gewinn, dass niemand ihn rudert;
V.7: dass er glaubt, [D]dich zu kennen,
V.9-12: Das rote, im Torweg der Herzen gehäufte, ist dein: / du weisst, wer mich schleift, wenn ich denk, was die Nacht will; / du weisst, wo ich lieg, weil ichs dachte; / du legst dich zu meinen Gedanken.

B Undatiertes Typoskript mit dem Zensurstempel. Der Durchschlag (ohne Stempel) gibt unten eine Variante für »erficht« *in V.14 (das nicht gestrichen wurde):* »erfliegt«.
V.4-5: so schwer von Gold und Gewinn, daß niemand ihn rudert; / daß er herrenlos kreuzt vor der Bucht der Verschollenen*[sic]* Augen;
V.9-10: Das rote, im Torweg der Herzen gehäufte, ist dein: / du wei[ss]ßt, wer mich schleift, wenn ich denk, was die Nacht will.

13 AUS ALLEN WUNDEN
1949/1950

Erstdruck nach dem Typoskript, dort S. 60 zwischen »Wer sein Herz« *(GW I 51) und* »Wie sich die Zeit verzweigt« *(GW III 132). Ein weiteres, textgleiches Typoskript (mit Durchschlag) trägt den Zensurstempel.*

14 DER TOD
13. 2. 1950

Erstdruck nach dem Typoskript, dort, undatiert, S. 66 zwischen »Auf hoher See« *(GW I 54) und* »Ich bin allein« *(GW I 55). Die Widmung und die Kennzeichnung der Auslassung sind handschriftlich ergänzt. Der Titel erscheint als einziger dann nicht veröffentlichte in einer handschriftlichen Inhaltsangabe mit dem Titel* »Mohn und Gedächtnis / (Inhalt)«, *dort im 2. Zyklus,* »Gegenlicht«, *in gleicher Konstellation.*
Erklärungen
Paul Celan hat das Gedicht erst kurz vor dem Druck aus dem Manuskript entfernen lassen. In seinem Brief vom 8. 9. 1952 an den Verlag, der das gegengezeichnete Exemplar des Vertrags begleitete, bittet er ohne weitere Begründung: »Das Gedicht ›Der Tod‹ (S. 43 des Manuskripts) bitte ich zu streichen.«
Yvan Goll *(=Isaac Lang, 1891-1950): Schriftsteller deutscher und französischer Sprache. PC stand mit ihm vom Spätherbst 1949 bis zu seinem Tod am 27. 2. 1950 in Kontakt und übersetzte in seinem Auftrag und in dem seiner Frau Claire Goll einige seiner französischsprachigen Gedichtbände. Die Übersetzungen, deren Druck Anfang 1952 durch Claire Goll verhindert wurde, waren einer der Anlässe für die von ihr vorgebrachten Plagiatvorwürfe. Die Tatsache, daß das Gedicht auf PCs ausdrücklichen Wunsch nachträglich aus dem Manuskript herausgenommen wurde, ist in diesem Zusammenhang zu sehen.*

A Undatiertes Typoskript ohne Titel, Widmung und Kennzeichnung der Auslassung. Das Original trägt den Zensurstempel, im Durchschlag ist Titel, Widmung und Datum handschriftlich ergänzt: »Neuilly sur Seine, 13. 2. 50.«
V.3: Er blüht sobald er will, er blüht nicht in der Zeit.
V.5: Du laß mich sein ein starker, ein Stengel, der ihn freut.

Erklärungen
Neuilly-sur-Seine: *Westlicher Vorort von Paris, wo sich das »Hôpital Américain« befindet, in dem Yvan Goll am 27. 2. 1950 starb. Nach einem Taschenkalender (1950) hat PC am 12. und 13. 2. 1950 Goll im Krankenhaus besucht.*

15 O Blau der Welt
Etwa 1950

Erstdruck nach dem Typoskript, dort S. 69 zwischen »Nachts, wenn das Pendel« *(GW I 57) und* »So schlafe« *(GW I 58); der Kurztitel erscheint so im Inhaltsverzeichnis.*
V.9: »ein« *ist handschriftlich unterstrichen und darunter zur Bestätigung unterstrichen handschriftlich wiederholt.*

Verstreute Gedichte

Die Datierung der Texte ist schwierig, eine Entstehung vor PCs Ankunft in Paris im Juli 1948 ist nicht in jedem Falle mit Sicherheit auszuschließen.

19 Aus scharfen Kräutern totem Geist
Vermutlich nach Juli 1948

Erstdruck nach einem undatierten Typoskript auf Papier mit französischem Wasserzeichen
A Undatierte Handschrift in Versalien
V.3: VOM HALM DER ZUKUNFT GRÜSST EIN GALGENFLOR
V.5: VERNUNFT DER HUFE! SCHLUMMERWORT DES HIEBS[T]!
V.8-10: DIE ZEIT IST WAS WIR GESTERN KNIRSCHEN LIESSEN // DER DU HIER GEHST ALS WÄR ICH NOCH NICHT BLIND / ALS WÄREN AUG UND AUGE NOCH EIN PAAR
V.12: UND SIEBENMAL SAG NEIN ZU [*[unleserlich]*] jeder SIEBEN
B Publizierter Text
V.5: Vernunft der Hufe! Schlummerwort des Hie[s]bs!
V.8: Die Zeit ist was wir gestern knirschen[ö][hö] hörten

20 KÖNIGSSCHWARZ
Vermutlich nach Juli 1948

Erstdruck nach dem Bukarester Typoskript

21 BILDNIS EINES SCHATTENS
Nach Juli 1948

Erstdruck nach einem undatierten, korrigierten Durchschlag. Er stammt aus einem Konvolut mit vergleichbaren Durchschlägen, das ausschließlich in Paris entstandene Gedichte enthält, die MG zuzuordnen sind. Die Fassung im Bukarester Typoskript ist textgleich. Der gemeinsame Schreibfehler »Wallstatt« *ist im Druck korrigiert (siehe Korrektur in A).*

A Undatierte Handschrift in Versalien
V.5: DEINE LOCKEN, FALKEN, FALKEN, FALKEN;
V.7-8: DEINE LIPPEN, [FERNE] SPÄTE GÄSTE; / DEINE SCHULTER, STANDBILD DES VERGESSENS;
V.16: DEINE FÜSSE, WAL[L]STATT DER GEDANKEN;
B Publizierter Text
V.16: deine Füsse, Wallstatt de[s]r Gedanken[s];

22 Am schwarzen Rand deiner Sehnsucht
Nach Juli 1948

Erstdruck nach einem undatierten Typoskript der Pariser Zeit
V.4: ihr ging der schattige Stern deines Auges nicht frueh [g] genug auf.
V.7: als du in den Stei‹n› ueber dir ihr loses, ihr Herz schnittst.
Erklärungen
Leslie: *Als Eigenname nicht identifiziert*

23 LÄSTERWORT
Nach Juli 1948

Erstdruck nach einem Typoskript der Pariser Zeit (mit Durchschlag), das Original trägt den Zensurstempel.
V.13: nie schme‹c›kt es bittrer als ich selber war,

24 TRINKLIED
11. 3. 1950

Erstdruck nach einer Abschrift von fremder Hand, unten auf den »11. März 50« *datiert*
A Undatierte Handschrift aus einem Taschenkalender (1950)
Streiflicht der Träume, Irrwisch der Liebe, Sonne im nächtlichen Moor!

Trunken die Becher, trunken die Tische, trunken die Schleier
davor!
Bei den *[darunter Punkte:]*verjagten, bei den Gedanken kehrt ihr
Verlorenen ein
mir aber mundet, was ihr vergossen, mir schäumt der Hauch und
der Schein
[Zu] In den betörten, in euren Seelen, zündet ihr [*[darunter
Punkte:]*armen] Törigen+ [das] Licht!
Aber die Helle, sie schwelt wie das Dunkel – seht, [so] sie leuchtet
euch nicht!

ZEITRAUM VON SCHWELLE ZU SCHWELLE

VS enthält Gedichte aus den Jahren zwischen Mitte 1952 und Ende 1954
Manuskript: Ende Dezember 1954
Druck: Ende Juni 1955, Deutsche Verlags-Anstalt Stuttgart

Verstreute Gedichte

29 DER ANDERE
10. 12. 1952

Erstdruck nach einem unten auf den »10. XII. 1952.« *datierten Arbeitstyposkript. Es stammt aus einem heterogenen Konvolut, das neben weiteren Manuskripten zu VS auch solche enthält, die der Aphorismensammlung* »Gegenlicht« *und SG zuzuordnen sind.*
Der Titel ist handschriftlich ergänzt.
V.1: Tiefere Wunden als mi[t]r
Zwischen V. 5 und 6: [säumt deine Spur in der Zeit.]
Erklärungen
Aphorismensammlung »Gegenlicht«*: Nur ein sehr kleiner Teil der unter diesem Titel zusammengefaßten und bis ins Spätwerk hinein entstandenen, z. T. auch als* »Gegenlichter« *bezeichneten Texte wurde (in: »Die Tat«, Zürich, 12. 3. 1949, siehe auch GW III 163-165) veröffentlicht.*

30 Im März unsres Nachtjahrs

Erstdruck nach einem undatierten, handschriftlich leicht korrigierten Typoskript aus einem VS zuzuordnenden Konvolut

A Undatiertes Arbeitstyposkript, aus einem Konvolut mit Gedichten, die für MG vorgesehen waren

Im März unsres Nachtjahrs
stiess mich ein grünendes Wort ins Zelt deines Schweigens:
du hiesst mich willkommen
wie einen, des Namen auf Reisen erst tönt.

Ich war da,
denn dein Schuh war gegürtet,
dein Haar ⟨/⟩ flog mit dem Schnee auf den Kuppen der Berge,
und drunten im Brunnen
schöp[g]fte dein Herz schon den Wein, zu dem man am
Wegkr[an]euz das Brot bri[c] bricht.

Verteilt
warst du auf Höhen und Tiefen,
dein Aug [zog mit den Sternen dahin]
zog mit Sternen dahin,
lief auf der Radspur hinunter zur Träne –

Im Sande
lag ich und grub nach der Wolke.

B Undatiertes Arbeitstyposkript aus dem gleichen Konvolut wie der publizierte Text

V.2-7: stiess ich mein schwarzgrünes Horn in dein Zelt: / ⟨(⟩du hiesst [mich] es willkommen⟨)⟩ / [und] ⟨du⟩ bettetest es in die Regenmulde des Abschieds. // Denn dein Schuh war gegürtet, / dein Haar / flog mit dem Schnee um die Kuppen der Ferne,

V.9: schöpfte dein Herz schon den Wein, [d]zu dem man kein Brot bricht.

V.11: warst du auf Höhen und Tiefen,

C Publizierter Text

Der Schreibfehler »bettestest« *(V.3) ist vom Herausgeber verbessert.*

V.6: dein [Haar] Blick

31 AUF DER KLIPPE
20. 11. 1954

Erstdruck nach einem unten auf den »20. XI. 1954.« *datierten, geringfügig korrigierten Typoskript*

A Undatiertes Fragment auf der Rückseite eines Entwurfs für einen poetologischen Text

Schwer willst du sein und ein Schwimmer,
zu dem sich Gedanken gesellen.

B Undatierte Handschrift aus einem heterogenen Konvolut

[Schwer] Leicht willst du sein und ein Schwimmer
i[n]m [tiefen] dunklen, [im] [der] trunkenen Meer
[Was gießt du [ins] [Meer?] hinein?] Gib ihm den Tropfen zu trinken,
[Einen Tropfen,]
darin du dich nächtens gespiegelt,
Wein aus der Seele im Aug...
[Tauchst nicht jetzt schon hinunter?]
[Stufe um Stufe empfängt dich,]
[Schwimmen darfst du nun, schwimmen –]

[Tiefer] Dunkler dein Meer nun, trunken –:
[stei] [steigt's nicht die Stufen herauf?] menschengleich, Tümmler und Hai –!
[Leicht] [Schwer] schwer*[sic]* willst du sein und ein Vogel –
[hoch⟨ ⟩oben fliegt schon der Stern.]
doch oben ist Erde wie hier.

C Undatiertes, handschriftlich überarbeitetes Typoskript aus einem zu VS gehörenden Konvolut. Unten auf dem Blatt folgt eine handschriftliche Liste mit Wortübersetzungen für GCL. Der Titel fehlt.

Zwischen V.3 und V.4: [den du von ungefähr auffingst]

V.6ff.: Dunkler dein Meer nun, trunken: / [menschengleich Tümmler und Hai!] ⟨dunkler und schwerer – [ein Stein!] Gestein!⟩ / [Leicht willst du sein und ein Vogel – ⟨fliegen⟩] ⟨schwer willst du sein und rollen,⟩ / [[oben] [auch] ⟨doch⟩ oben ist Erde wie hier.] ⟨im Aug den versteinerten Wein⟩

Wörterliste: trunken – ivre / der Tropfen – la goutte / nächtens – nachts / sich spiegeln – se regarder dans un miroir, se refléter / gleich – ressemblant à / menschengleich – comme des humains / der Hai, -e – le requin / der Tümmler / (sich) tummeln – s'agiter

D Undatiertes Arbeitstyposkript aus dem gleichen Konvolut wie A Der Titel fehlt; die Strophenabstände zwischen den Strophen (1-2 / 3-5 / 6-9) sind handschriftlich getilgt.
V.2-3: im dunklen, im trunkenen Me[i]er: [/]/ So gib ihm den Tr[i]opfen zu trinken,
V.8: Schwer willst ‹auch› du sein und rollen,

E Publizierter Text
V.3-4: so gib ihm den Tr[i]opfen zu trinken, / darin du dich näch[sts]tens gespiegelt,

ZEITRAUM SPRACHGITTER

Die Gedichte von SG entstanden zwischen dem 6. März 1955 und dem 3. November 1958.
Manuskript: 3. 11. 1958
Druck: März 1959, S. Fischer Verlag Frankfurt am Main

Verstreute Gedichte

37 Auch wir wollen sein
Etwa Dezember 1955
(Siehe S. 305 eine Fassung im Anhang und die Abbildung S. 325)

Erstdruck nach einer Reinschrift auf einer wohl verschiedentlich verschickten Doppelkarte mit einer titellosen Radierung von GCL. Bekannt sind Exemplare für Elisabeth Winkelmayer und Klaus Demus, jeweils mit der Datierung »Weihnachten 1955«.

Erklärungen
Elisabeth Winkelmayer: *Freundin der Familie Celan*
Klaus Demus: *Freund von PC*

A Undatierte Handschrift
V.2-6: wo die Zeit das Schwellenwort spricht / [und] das Tausendjahr jung aus dem Schnee steigt[.] – / ‹das wandernde Aug / ausruht im / eignen Erstaunen›

B Publizierter Text

C Im Anhang publizierter Text: oben auf »/ 1955/56: /« *datierte*

Reinschrift in einem Notizbuch (1955-57) mit weiteren zu SG gehörenden Reinschriften, zwischen »Jakobsstimme« *aus* »Stimmen« *(GW I 148) und* »Tenebrae« *(GW I 163)*

38 Hast du ein Aug
22. 9. 1956

Erstdruck nach einem Typoskript aus einem Konvolut mit SG zuzuordnenden Entwürfen, oben datiert: »Paris, 22. September 56.«

39 Auf tiefem Grün

Erstdruck nach einer Handschrift aus einem heterogenen Konvolut

A Undatierte Handschrift
Auf tiefes (körniges) Grün
zeichnet der [Kreide]Lebensfinger
die ⟨weißen⟩ Silben der Hand, die ⟨Abend und Frühe griff und⟩
das Wort grüßt,
um das der Dank versammelter Fernen aufscheint
Es ist nicht zu sehen, [wohin] wie weit
[wohin]
das Blau im Osten der Leinwand
empor will:
die Zeit, an den Ufern gestaut,
wächst ihm [entgegen] ruhig entgegen
[links:]
⟨Geist
des rotuntermalten
Blau im Osten der Leinwand⟩

B Undatiertes Typoskript aus einem zu SG gehörenden Konvolut
Auf tiefes Grün
zeichnet der Lebensfinger
die weissen Silben der Hand,
die Abend und Frühe griff und das Wort grüsst,
um das der Dank
versammelter Fernen aufscheint.
Es ist nicht zu sehen, wie [weit] oft
das lichtuntermalte
Blau im Osten der Leinwand

C Undatiertes Typoskript aus einem heterogenen Konvolut
Auf tiefes Grün
zeichnet der Lebensfinger
die Leuchtspur der Hand,
die Abend und Frühe gegriffen
und den Gruss mit dem Wort tauscht,
um das [sich] der Dank
versammelter Fernen aufscheint.
Im Osten der Leinwand: [Blau] verwandlungswilliges Blau, das [emporrauc]
emporrauscht

D Hand- und maschinenschriftlich korrigiertes Arbeitstyposkript, der Titel ist handschriftlich nachgetragen.
Vor dem Titel: Auf tiefem Grün, vom Lebensfinger gezeichnet: / die Leuchtspur der Hand, die Abend und Frühe gegriffen.
Titel: ‹Mit dem Sonntagspinsel›
V.1: Auf t[ei]iefem Grün,
V.4: die Abend und Frühe [gegriffen] des Worts griff,
V.7-9: Im Osten de[s]r [Bildes:] Leinwand[,] / verwandlungswillig[es]‹: / ein› Blau, / das emporströmt.
V.11-12: die Zeit[.] dieses Bildes. / Sie wächst [deinen Augen entgegen.] wie dein Auge es will.
An den Rändern Alternativen für »Osten« *(V.7:* Aufgang*) und für V.8:* verwandlungswillig: ein Blau

ZEITRAUM DIE NIEMANDSROSE

Die Gedichte aus der NR entstanden zwischen dem 5. März 1959 und Ende März 1963.
Manuskript: 29. 5. 1963
Druck: Oktober 1963, S. Fischer Verlag Frankfurt am Main

Nicht aufgenommene Gedichte

Die Titel der Gedichte erscheinen in drei Entwürfen zum Aufbau der NR. Entwurf I stammt wohl aus dem Sommer 1961 (letztes Datum ist der 6. 6. 1961); der Entwurf ist in Zyklen unterteilt, denen jeweils ein Titel und ein Motto vorangestellt ist: 1. »Schon Immer nicht noch mehr«, *dazu* »Shakespeare, das 70. Sonett«; *2.* »Schon Immer nicht noch mehr«, *dazu* »Mandelstamm, Inédit«; *3.* »Immer«, *dazu* »Desnos, Epitaph«. *Der auf den* »30. 3. 63« *datierte Entwurf II ist überschrieben mit* »letzter Zyklus (nach Pariser Elegie)« *und als ganzer gestrichen. Entwurf III mit einer durch römische Zahlen gekennzeichneten Zykluseinteilung stammt von der Hand GCLs, er ist jedoch von PC selbst datiert:* »Moisville, 11. 4. 63«; *hier sind alle später nicht aufgenommenen Titel außer* »Muta« *gestrichen. Ein Teil der Gedichte (*»Und schwer«, »Glanzloser«, »Helligkeit«, »Erzählung«, »Mitternacht«, »Il cor compunto«, »Das Wirkliche«, »Affenzeit«, »Wie das ferne«, »Eine Handstunde«*) sind unter einem Blatt mit dem Vermerk PCs* »Aus Niemandsrose: nicht zur Veröffentlichung aufgenommen« *eingeordnet. Auf diesem Blatt befindet sich auch ein Motto, das die NR einleiten sollte:* »si che dal fatto il dir non sia diverso / Dante, Inferno, XXXII, 12«. *Einige der Gedichte sind, zusammen mit in NR veröffentlichten, in einer Mappe mit der wohl Titelvarianten darstellenden Aufschrift PCs enthalten:* »Stationen x/« / »x/19. Juni: *[doppelt unterstrichen:]* Zuweilen« / »(alle Gedichte datieren)«. *Die Notiz zwischen den Titelentwürfen, »Nouveaux Poèmes / Mars 1959« stammt von der Hand GCLs.*

Die »Walliser Elegie« *ist Ausgangstext für den aufgegebenen Zyklus* »Pariser Elegie«, *der zunächst als 4. Zyklus im Entwurf III vorgesehen war. Sie ist der einzige abgeschlossene Text neben Fragmenten und Entwürfen, die z. T. in die publizierten Gedichte der NR eingegangen sind, und einem Durchschlag des auch anderweitig belegten* »Muta«.

Erklärungen

Shakespeare, das 70. Sonett: *PCs Übertragung war zu diesem Zeitpunkt noch nicht veröffentlicht (Erstdruck in: »Die Neue Rundschau« 75, 1964, S. 209, siehe auch GW V 337).*

Mandelstamm, Inédit: *siehe das Motto aus einem posthum veröffentlichten Gedicht Mandelstamms zu* »Il cor compunto« *(B), ein Gedicht aus diesem zweiten Zyklus.*

Desnos, Epitaph: *Eine Übertragung von Robert Desnos' Gedicht »L'Épitaphe« hatte PC bereits 1958 in der Zeitschrift »Merkur« (S. 423, siehe auch GW IV 801) veröffentlicht.*

Moisville: *Dorf in der östlichen Normandie, in dem die Familie Celan ein Haus besaß*

45 WOLFSBOHNE
21. 10. 1959, 25. 4. 1965
(Siehe eine Fassung im Anhang S.306ff.)

Erstdruck nach einem auf den »21. Oktober 1959.« *datierten Typoskript (mit zwei Durchschlägen), das für die Veröffentlichung im »Fischer-Almanach« vorgesehen war. Das erste Blatt ist, wohl aus diesem Grund, oben links mit PCs vollem Namen gekennzeichnet. Der Titel erscheint im Entwurf I im 1. Zyklus als Nr. 4, zwischen* »Bei Wein und Verlorenheit« *(GW I 213) und* »Zürich, Zum Storchen« *(GW I 214), sowie auf einer sonst leeren Seite in einem Heft, das den Vermerk trägt* »Die Niemandsrose / Abschrift für Gisèle, begonnen in Kermorvan, am 16. 8. 1961.«.
Erklärungen
Die Entstehung des Gedichts ist in einem Taschenkalender (1959) mit den Worten »Menorah« / »Wolfsbohne« *vermerkt. Sie steht in engem Zusammenhang mit Günter Blöckers SG-Rezension im Berliner »Tagesspiegel« (11. 10. 1959), von der PC wohl am 17. 10. 1959 Kenntnis erhielt. Dort war u.a. die* »Todesfuge« *(GW I 41) als »kontrapunktische Exerzitien auf dem Notenpapier« fern von jeglichem Wirklichkeitsbezug bezeichnet worden, was PC zutiefst verletzt hatte.*
Fischer-Almanach: *siehe den Brief vom 1. 6. 1960 an Rudolf Hirsch, Lektor des Fischer Verlags:* »Lieber Herr Dr. Hirsch, ich bin Ihnen dankbar für Ihre Entscheidung, die ›Wolfsbohne‹ nicht im Almanach zu bringen; dieses Gedicht – Klaus Demus meint ja, und damit hat er wohl recht, daß es eigentlich kein Gedicht sei – bleibt also privat, und nun bitte ich Sie, es ganz ins Private zurückkehren zu lassen und es bei Gelegenheit zurückzuschicken.«
Kermorvan: *Landspitze an der bretonischen Westküste bei Le Conquet, wo die Familie Celan in den Jahren 1960 und 1961 den Sommerurlaub verbrachte*
Hölderlin-*Motto: Schluß des hymnischen Entwurfs »Vom Abgrund nemlich...«, Große Stuttgarter Hölderlin Ausgabe, Bd. 2,1 hrsg. von Friedrich Beißner, Stuttgart 1951, S. 251. PC hatte die Stelle (ab »o mein Herz wird«) bereits um 1957 auf einem einzelnen Zettel notiert.*

Jean Paul-*Motto: »Das Kampaner Tal«, Teil einer Anmerkung zur »507. Station«, Werke, hrsg. von Norbert Miller, Bd. 4, München 1962, S. 614. PC hatte die Stelle bereits am 14. 7. 1957 auf einem Blatt mit weiteren Lesenotizen zu »Das Kampaner Tal« notiert; das Lektüredatum zu »Das Kampaner Tal« im betreffenden Band aus PCs Bibliothek (Jean Paul's Werke. 60 Teile in 19 Bänden, Verlag Gustav Hempel, Berlin o. J., Teil 39-44) ist identisch.*

sieben Rosen: *siehe das mehrfach im eigenen Werk zitierte frühe Gedicht* »Kristall« (GW I 52)

Michailowka: *Lager in Gaissin (Ukraine), wo PCs Eltern ermordet wurden*

Aussig *(tschech.: Ústi nad Labem): Stadt in Nordböhmen mit, bis zur deren Vertreibung, überwiegend deutscher Bevölkerung. Siehe den Brief an Klaus Wagenbach vom 9. 6. 1962:* »Lieber Klaus Wagenbach, schön, dass ›Behmen‹ Ihnen Spass macht, dass der Kafka-Kreis drauf ist und der Norden ›drunter‹, im, wie Sie richtig bemerken, ›richtigen‹ Licht. Sie wissen: auch ich bin ›böhmisch fixiert‹, mehrfach sogar, bei mir fings mit Lubenz und Aussig an der Elbe an, wo meine Mutter ein paar für mich nachzugebärenden Ka(f)kanier entscheidende Fluchtjahre verlebt hat. (Sie war einer jener ostjüdischen Flüchtlinge, von denen K's Tagebuch ja einiges zu erzählen weiss.)«

Gelobt, sprachst du, sei / der Ewige und / gepriesen, drei- / mal / Amen: *Eröffnungs- und superlativische Responsionsformel jüdischer Lob- und Dankgebete (Berakhah)*

A Stark korrigierte Handschrift, auf der letzten Seite unten links datiert: »21. Oktober 1959.«, *rechts vermerkt:* »/ Erste Niederschrift /«

<u>Wolfsbohne</u>

Leg den Riegel vor: es ⟨/⟩ sind noch Rosen im Haus.
Es sind
sieben
Rosen im Haus, ⟨/ Es*[sic]* ist / der Siebenleuchter im Haus. /⟩
unser*[sic]* ⟨/⟩ Kind ⟨/⟩
weiß es und schläft.

⟨(⟩Weit, in Michailowka, in
der Ukraine, wo

sie mir Vater und Mutter erschlugen, was
blüht dort? Welche
Blume, Mutter, tat dir
weh
mit ihrem Namen?
⟨Mutter, dir,
die du Wolfsbohne sagtest, nicht
Lupine:⟩

Gestern
kam einer von ihnen und
tötete dich
ein zweites Mal i[m]n
meinem Gedicht.

⟨Mutter.⟩
Mutter, wessen
Hand hab ich gedrückt,
da ich mit ⟨deinen⟩ ⟨/⟩ Worten [hin]ging [nach] ⟨nach⟩
[⟨nach⟩] Deutschland?

[⟨(⟩] In Außig*[sic]*, sagtest du immer, in
Außig an
der Elbe,
⟨»auf
der Flucht.«⟩
Mutter, es wohnten dort
Mörder.[⟨)⟩]

Mutter, ich habe
Briefe geschrieben.
Mutter, es kam keine Antwort.
⟨Mutter, es kam eine Antwort.⟩
Mutter, ich habe
Briefe geschrieben an –
Mutter, sie schreiben Gedichte.
Mutter, sie schrieben sie nicht,
wär das Gedicht nicht, das
ich geschrieben hab, [Mutter,] um
deinetwillen, um
⟨deines Gottes
willen.

Gelobt, sprachst du, sei
der Ewige und
gepriesen, drei-
mal
Amen.⟩
Mutter, sie dulden es,
daß [ich] ⟨die Niedertracht [uns] mich⟩ verleumdet⟨.⟩ [werde.]
Mutter, sie schweigen.
Mutter, keiner
fällt den Mördern ins Wort. ⟨//
Mutter, sie schreiben Gedichte.
O
Mutter, wieviel
fremdester Acker trägt deine Frucht!
Trägt sie und nährt
die da töten! //⟩
Mutter, ich
bin verloren. Mutter, wir
sind verloren.
Mutter, mein Kind, das
dir ähnlich sieht.⟨)⟩
Leg den Riegel vor: es sind Rosen im Haus.
Es sind
sieben Rosen im Haus.
⟨Es ist
der Siebenleuchter im Haus.⟩
Unser
Kind ⟨/⟩ weiß es und schläft.

B Publizierter Text
V.1: Leg den Riegel vor: [e]Es
V.19: die du *[hs unterstrichen:]*Wolfsbohne sagtest, nicht:
V.31: De[t]utschland?

C Typoskript (mit einem Durchschlag), unten datiert: »21. 10. 1959.« *Die Herkunft des zweiten Mottos (Jean Paul) ist nicht vermerkt.*
V.11-12: Gaissin, in / der Unkraine*[sic]*, wo
V.35: der El[e]be,
V.45: Briefe geschrieben an – –

V.49-51: ich geschrieben hab[,] um / deinet- / willen, um
V.62: die Niedertracht uns verleumdet.
V.75-76: Mutter, mein Kind, / das

D Im Anhang publizierter Text: handschriftlich ergänzter, undatierter Durchschlag. Das Original und zwei weitere Durchschläge, beide ohne Ergänzungen, sind erhalten. Die Ergänzung V. 88-95 ist handschriftlich datiert: »(Hinzugefügt am 25. 4. 1965 in Moisville.)« *Der Schreibfehler in V.36,* »Wofsbohne«, *ist vom Herausgeber korrigiert.*
V.41: [Lippenblütler] Gedicht.
V.47: Brief⟨e⟩ geschrieben an –
V.88ff.: ⟨Mutter, ⟨Unverlorene,⟩ mit uns, / ⟨den Unverlorenen,⟩ / siegst du. / Und mit uns Wahr und ⟨Gerecht und⟩ Gerade, / um / der versöhnenden / Liebe / willen.⟩

Erklärungen
Moisville: *siehe* »Die Niemandsrose. *Nicht aufgenommene Gedichte«*
Wolfsschanze: *Im 2. Weltkrieg Hitlers Hauptquartier nahe Rastenburg/Kętrzyn (Polen), Schauplatz des Attentats vom 20. Juli 1944*

49 Gespräche mit Baumrinden
26. 6. 1960

Erstdruck nach einem unten auf den »26. 6. 1960.« *datierten Typoskript (mit Durchschlag). Der Kurztitel (siehe auch A) erscheint so im Entwurf I im 1. Zyklus, als Nr. 9 zwischen* »Dein Hinübersein« *(GW I 218) und* »Zu beiden Händen« *(GW I 219).*

A Unvollendetes, undatiertes Typoskript
GESPRÄCHE MIT BAUMRINDEN. Du
schäl dich, komm,
schäl mich aus meinem Wort –:
so spät es ist, so
nackt
wollen wir sein.

Bis [sie] das Messervolk rings

B Oben rechts auf den »26. 6. 1960.« *datierte Reinschrift auf einer Briefkarte*
Zwischen V.3 und V.4 ist vielleicht ein Stropheneinschnitt.

V.3: schäl[t] mich aus meinem Wort.
V.5-6: nackt und messernah / wollen wir sein.

50 Und schwer
15. 12. 1960, 23. 12. 1960
(Siehe S. 310 eine Fassung im Anhang und die Abbildung S. 326)

Erstdruck nach einem undatierten Typoskript (mit zwei Durchschlägen). Der Titel erscheint im Entwurf I im 1. Zyklus, als Nr. 17 zwischen »Eis, Eden« *(GW I 224) und* »Psalm« *(GW I 225), sowie in Entwurf III im 1. Zyklus als Nr. 14 in der gleichen Konstellation.*

A Typoskript, unten datiert: »15. 12. 60«
Ohne Titel, V.12-14 in einer Strophe
V.4-5: Da- und Um-mich-Sein. // Und schwer, Geliebte, und schwer.

B Unten auf den »15. 12. 1960.« *datiertes Typoskript (mit Durchschlag)*
Ohne Titel, V.12-14 in einer Strophe
V.1: [eingerückt:] Und schwer.
V.4-5: Da- und Um-mich-Sein. // Und schwer, Geliebte, und schwer.
V.7: und Hinaus-ins-[z]Zweite-

C Undatiertes Typoskript (mit drei Durchschlägen)
V.5: Und schwer, Geliebte, und schwer.
V.8: Dunkel-Gewo[h]gen-

D Publizierter Text

E Im Anhang publizierter Text, wohl späte Überarbeitung einer früheren Fassung: Handschrift mit Widmung für GCL: »Ecrit à Paris, le 15 décembre 1960. Transcrit à Montana, le 23 décembre 1960, ›sur le pont des années‹, en vous attendant, avec vos lilas blancs. Paul«
V. 9: Werden*[sic].*

Erklärungen
Montana: *Bergort im Schweizer Wallis, wo die Familie Celan verschiedentlich die Winterferien verbracht hat*
23 décembre : *Hochzeitstag von PC und GCL*

51 Glanzloser
5. 2. 1961

Erstdruck nach einem undatierten Typoskript (mit drei Durchschlägen). Der Titel erscheint im Entwurf I im 1. Zyklus, als Nr. 21 zwischen »Chymisch« *(GW II 227) und* »Helligkeit«, *sowie im Entwurf III im 1. Zyklus als Nr. 18 in der gleichen Konstellation.*

A Unten auf den »5. 2. 1961.« *datiertes Typoskript (mit Durchschlag)*

Glanzloser, ganz
nach inn[n]en genommener [Blick]
Blick:
der Doppel-
schatten,
der ich einst war, er tritt
auseinander, das
Nachtspalier ragt –: Geh jetzt,
Wort, das zu lang bei der Welt war, rolle
hinaus.
. . . .
Mit dem Aug eines Kindes, mit
dem Aug seiner Mutter
find ich
mein zweites, mein erstes
Fenster.

B Undatiertes, handschriftlich leicht korrigiertes Typoskript (mit zwei unkorrigierten Durchschlägen)

V.8: Wort, das zu lan⟨g⟩ bei der Welt war, rolle
V.12: find ich mein zweites, mein erstes

C Hand- und maschinenschriftlich korrigiertes Typoskript, unten datiert: »5. 2. 61.«

Ohne Titel

V.3: der Doppel-
V.12-13: find ich mein zweites⟨,⟩ / [Fenster.] mein erstes

D Publizierter Text

V.8: Wort, das zu lang bei der Welt war, r[i]olle

52 HELLIGKEIT
12. 2. 1961

Erstdruck nach einem undatierten Typoskript (mit drei Durchschlägen). Der Titel erscheint in Entwurf I im 1. Zyklus, als Nr. 22 zwischen »Glanzloser« *und* »Eine Gauner- und Ganovenweise« *(GW I 229), sowie im Entwurf III im 1. Zyklus als Nr. 19 in der gleichen Konstellation. Von den zahlreichen textgleichen Typoskripten trägt eines (mit Durchschlag) unten die Datierung:* »12. 2. 1961.«

A Undatiertes handschriftliches Fragment auf der Rückseite eines Übersetzungsentwurfs zu Shakespeares Sonett LXVI
Schweres, von Stillem geführt, im Licht
des auferstandenen Reiskorns.

War nicht das Leben bei uns? Dein Aug

B Geringfügig korrigiertes, unten auf den »12. 2. 6[3]1.« *datiertes Typoskript*
V.6: Re[st]iskorns.

53 ERZÄHLUNG
10./11. 3. 1961

Erstdruck nach einem undatierten Typoskript (mit zwei Durchschlägen). Der Titel erscheint im Entwurf I im 2. Zyklus als Nr. 24, erstes Gedicht des Zyklus vor »Flimmerbaum« *(GW I 233), sowie im Entwurf III im 2. Zyklus als Nr. 21 in der gleichen Konstellation.*

A Handschriftlich ergänztes Arbeitstyposkript; die Datierung unten »10. 3. 61.« *ist handschriftlich unterstrichen. Der Vermerk links,* »11. 3.«, *bezieht sich wohl auf die handschriftlichen Ergänzungen.*
V.5ff.: Herrliche sah ich, damals: in / ihrer Träne / sah ich sie / [schwimmen.] 〈stehen.〉
Unten handschriftliche, undatierte Variante für den zweiten Teil:
V.4ff.: [stark eingerückt:] 〈Die // Herrliche sah ich, damals, die / Verdurstete: in / ihrer Träne / sah ich sie / [schwimmen.] 〈stehen.〉〉

B Typoskript (mit einem Durchschlag), unten datiert: »10. 3. 196[3]1.«
*V.4ff.: // [stark eingerückt:]*Die / Herrliche sah ich, damals, die / Verdurstete: in [ihr] / ihrer Träne / sah ich sie / stehn.

C Undatiertes Typoskript (mit drei Durchschlägen)
V.7ff.: damals: in / ihrer Träne / sah ich / sie stehen.

54 JUDENWELSCH, NACHTS
20. 5. 1961

Erstdruck nach einem undatierten Typoskript (mit drei Durchschlägen). Der Titel erscheint im Entwurf I im 2. Zyklus, als Nr. 32 zwischen »Schwarzerde« *(GW I 241) und* »Einem, der vor der Tür stand« *(GW I 242).*

A Undatiertes Arbeitstyposkript
Ich gab, ich gab – als Stein kom⟨m⟩t es zurück.
Wie's schwirrt und trifft! Und, Hände –
[Abstand:]
Ich gab, ich gab – als Stein kommt es zurück.

Es schwirrt, es trifft.

IM Eiterlicht, im A[g]ngesicht
der Mörder, Hände: Schlaft ihr nicht?

[– Es schwirrt und wir sch,]
»Sie treffen, sie trafen.
Wir schlafen, wir schlafen.«

»Und jene, die »andern«?

»Wir schlafen, wir wandern.«

B Unten auf den »20. 5. 1961.« *datiertes Typoskript mit handschriftlichen Ergänzungen*
Die Strophen 2-5 sind nicht eingerückt, sie beginnen und schließen jeweils mit Anführungszeichen.
V.1-4: Ich gab, ic[g]h gab – als Stein kommt es zurück. / Es schwirrt, / es trifft. / .... //
V.6-7: der Mörder ⟨Henker⟩, Hände: Schlaft ihr nicht?« // »Sie treffen, sie trafen.
V.9-10: [»Und] ⟨»[Ihr] Ihr Hände: Und⟩ jene, die ›andern‹?« // »Wir schlafen, wir wandern.«
C Undatiertes Typoskript mit handschriftlichen Korrekturen (mit Durchschlag)
Der letzte Vers ist nur im Original (handschriftlich) unterstrichen und mit Schlußpunkt versehen.

Die V.5-11 sind nicht eingerückt, die 3. Strophe ist unterstrichen.
V.2-4: Es schwirrt, / es trifft. // ....[?] //
V. 7: Sie treffen, sie trafen.
V.9-11: Ihr Hände: Und jene, / die ›andern‹? // Wir schlafen, wir wandern⟨.⟩
D Publizierter Text
V.7: Wir schlaf[n]en, wir schlafen.

55 RICERCAR
21. 5. 1961 / 24. 6. 1962
(Siehe im Anhang S. 311: Es geht)

Erstdruck nach einem unten auf den »21. 5. 61.« *datierten Typoskript (mit Durchschlag). Der Titel erscheint im Entwurf I im 2. Zyklus, als Nr. 34 zwischen* »Einem, der vor der Tür stand« *(GW I 242) und* »Mandorla« *(GW I 244).*

Erklärungen
Über / über Nacht, über Nacht, da werden, / da werden / die Tage / weiss: *PC zitiert hier, ihn variierend, einen eigenen Aphorismus aus einem frühen Konvolut, das auch unter dem Titel* »Gegenlicht« *(siehe* »Der Andere«*) veröffentlichte Texte enthält:* »Über Nacht werden die Tage weiss« *(eine weitere Fassung in einem anderen* »Gegenlicht«*-Konvolut ist identisch). Der Vorgang der Anspielung auf Früheres ist mit dem Titel thematisiert; die Bezeichnung für eine musikalische Form, Vorläuferin der Fuge, bedeutet ›wieder suchen, nachforschen‹.*
Der auf den Händen ging; Nesselschrift: *siehe den 2. Teil von* »Stimmen« *aus SG (GW I 147)*

A Unten auf den »21. 5. 61.« *datiertes, handschriftlich korrigiertes Typoskript*
V.5-12 in einer Strophe, keine Unterstreichungen
V.2: was durch[d] die Hände dir ging,
V.6-7: über ein Blatt gehaucht, [über] ⟨auf⟩ / den ⟨dem gestern⟩ ertrunkenen Tisch [hin] –:
B Publizierter Text
V.16: verstand[en]ne, nur er

C Undatiertes, maschinenschriftlich korrigiertes Typoskript (mit drei Durchschlägen)
Die 2. Strophe (V. 5-11) ist eingerückt, V. 8 ist nachträglich in einen

ursprünglichen Strophenzwischenraum eingefügt. Keine Unterstreichungen.
V.7ff.: den längst ertrunkenen, [Tisch –: //] ⟨den / immer noch schwimmenden Tisch:⟩ / Über Nacht, über Nacht, da werden, / da werden die [t]Tage / weiss. // Handschrift, Hauchschrift. / Der auf den Händen ging, die / es schr[e]ieben: er, / der die Nesselschrift las, der Un- / verstandne, er / verstand sie, die Atem-⟨, die Ich-⟩ / Diebe.

D Undatiertes Typoskript mit zwei Durchschlägen, Grundlage für E. Die handschriftliche Korrektur in V.21 findet sich nur in einem davon.
Die Strophen 2 und 3 sind eingerückt.
V.6: Die Zeile, ein[am]mal
V.20-21: atmete[te], er / schrieb[:] ⟨–⟩

E Im Anhang publizierter Text: Weiterer Durchschlag von D. Die Verse 13-20 sind handschriftlich hinzugefügt und datiert (»24. 6. 62. –«*) und unten rechts mit dem Vermerk versehen:* »(in Gedanken an das von Mme Desmares über die Maulwürfe Erfahrene)«
V.16-17: [zu] den Namen./ [ta] Auch unter

Erklärungen
Mme Desmares*: Bäuerin aus Moisville (siehe* »Die Niemandsrose. *Nicht aufgenommene Gedichte«)*

56 MITTERNACHT
29. 5. 1961
(Siehe eine Fassung im Anhang S. 312)

Erstdruck nach einem geringfügig korrigierten undatierten Typoskript (mit zwei Durchschlägen). Der Titel erscheint im Entwurf I im 2. Zyklus, als Nr. 38 zwischen »Zweihäusig, Ewiger« *(GW I 247) und* »Sibirisch« *(GW I 248), sowie im Entwurf III im 2. Zyklus als Nr. 33 in der gleichen Konstellation.*

A Undatiertes Arbeitstyposkript
Im Schilf, da stehn die Stunden – das Schilf, wo stehts?

In deinen Augen steht es, die ich nicht seh.

Hoch. Dicht. Satt.
Tief-
grün. //

Ich habe keinen Namen und nur die eine Hand:
ich greife nach zwei Kolben, ich weiss noch, sie sind schwarz.
Ich bieg sie zueinander, die andre Hand ist fern.
(Im Menschen-Moor, da liegt sie, wo auch mein Name liegt.)

Ich bieg sie [e]zueinander, da steh[en]n sie, stundenfrei.
Ich weiss, woraus sie leben, ich küsse dich, du weisst.

B Handschriftlich korrigiertes Typoskript, unten datiert: »29. Mai 1961.« / »Endgültige Fassung«
Die Strophen 3 und 4 sind zu einer Strophe zusammengefaßt.
V.4-5: Hoch. [S]Dicht. Satt. Tiefgrün. // Ich habe keinen Namen. (Der fault im Menschen-Moor.)
V.7-8: (Die andre liegt beim Namen – sie k[o]nospt und knospt. / Mit h[i]undert Fingern knospt sie: der Name fault ⟨und [fault] nährt⟩.)
V.11: Ich bieg sie zueinander – [ich küsse dich, du weisst.] ⟨die Zeit ist unsre Zeit.⟩

C Unten auf den »29. Mai 1961.« *datiertes Typoskript (mit Durchschlag, dort ist das Datum gestrichen)*
V.5: Ich habe keinen Namen. (Der fault im Menschen-Moor.)
V.8: Mit hundert Fingern knosp[r]t sie: der Name fault und fault.)

D Publizierter Text
V.1: Im Schilf, da steh⟨n⟩ die Stunden – wo steht das Schilf?
V.7: (Die andre liegt beim Namen – sie knospt, s[o]ie knospt.

E Im Anhang publizierter Text: Undatiertes, maschinenschriftlich korrigiertes Typoskript
V.1: Im Schilf, da stehn die S[unden]tunden –
V.6: Tie[g]f-
V.10: Mit meiner einen Hand[;]:
V.23: du legst sie zusammen[r] –

57 Der Schmerz schläft bei den Worten, er schläft, er schläft
29. 6. 1961

Erstdruck nach einem handschriftlich überarbeiteten Typoskript, unten datiert: »29. 6. 61.«. *Das Gedicht erscheint unter dem Titel* »Der Schmerz schläft bei den Namen« *(wohl eine verschollene Fassung) in Entwurf I ursprünglich im 3., dann im 2. Zyklus, als Nr. 42 zwischen* »A la pointe acérée« *(GW I 251) und* »Il cor compunto«.

A Oben rechts auf den »29. 6. 61.« *datierter Entwurf*

Bruder Ossip

Es spielt der Schmerz mit Worten
er spielt sich Namen zu
er sucht die Niemandsorte,
und da, da wartest du.

Du bist der Russenjude,
der Judenrusse, und

Erklärungen

Ossip: *Dem Dichter Ossip Mandelstamm (1891-1939) ist NR gewidmet, siehe auch das geplante Mandelstamm-Motto für den 2. Zyklus und das Motto für die* »Walliser Elegie« *sowie die Anspielung in* »Il cor compunto« *und* »Es ist alles anders« *(GW I 284).*

B Undatiertes Arbeitstyposkript

Der Schmerz schläft bei den Worten:
er schläft sich Namen zu -:

es geht der Nachtsame auf, in den Fluten, ein Volk,
zum Ertrinken geboren: stet
und treu.

C Publizierter Text. Die wohl versehentlich unterbliebene Streichung eines der beiden »das« *in V.12 ist vom Herausgeber realisiert.*

V.2-3: Er schläft sich Namen zu[.]⟨, Namen.⟩ / ⟨Er schläft sich zu Tod und ins Leben.⟩

V.9ff.: und ⟨wie⟩ von jeher ertrunken / und [⟨so⟩] treu -: das un- / gewesene[.], das ⟨/ das lebendige⟩ / meine[.]⟨, das / deine.⟩

58 IL COR COMPUNTO

1. 7. 1961

Erstdruck nach einem undatierten, geringfügig korrigierten Typoskript (mit zwei ebenso korrigierten Durchschlägen). Der Titel erscheint im Entwurf I ursprünglich im 3., dann im 2. Zyklus, als Nr. 13 zwischen »Der Schmerz schläft bei den Worten, er schläft, er schläft« *und* »Das Wirkliche«, *sowie im Entwurf III im 3. Zyklus, als Nr. 37 zwischen* »A la pointe acérée« *(GW I 251) und* »Das Wirkliche«.

Erklärungen

Il cor compunto: *Zitat aus Dante, Divina Commedia, Inferno*

I,13-15 (Hervorhebung durch den Herausgeber): »Ma poi ch'i' fui al piè d'un colle giunto, / là dove terminava quella valle / che m'avea di paura il cor compunto«

A Undatiertes Arbeitstyposkript

Spiele Verlorener mit
eishellen Sonnen.
Spiele: Gespräche.

[Abstand:]

Il cor compunto – ein, weisst du,
sibirisches Wort.
Buchengesäumt, so
war sie ‹vordem›, die
Toskana.

Von
der Karpaten-Kanzel herab
schwebten die Hölderlin-Worte

Erklärungen

Toskana: *Heimat des Florentiners Dante, aus der er ins Exil getrieben wurde*

Karpaten-Kanzel: *siehe* »Walliser Elegie« *(D)*

sibirisches Wort, Hölderlin-Worte: *Auf einem Titelblatt-Entwurf für NR stellt PC vor und nach der Widmung* »DEM ANDENKEN OSSIP MANDELSTAMMS« *die Dichter Friedrich Hölderlin und den nach Sibirien verbannten Ossip Mandelstamm (in eigener Übersetzung) in Zitaten gegenüber*: »... Denn / Wie du anfingst, wirst du bleiben, / So viel auch wirket die Not...« *(aus der »Rheinhymne«) bzw.* »... Geschlechtern, fremdesten, mit Kalk in deinem Blute / das Gras zu pflücken und das Kraut der Nacht!....« *(aus:* »1 января 1924« – »Der erste Januar 1924«, *GW V 145). Siehe auch das Mandelstamm-Motto in B.*

B Handschriftlich korrigiertes Arbeitstyposkript, die Datierung unten (»1. 7. [60]61.«*) ist gestrichen. Oben rechts ist handschriftlich ein später wieder gestrichenes Motto von Ossip Mandelstamm ergänzt, die 5. und 6. Strophe des Nachlaßgedichtes* »Я скажу тебе« (»Dir nur sag ich«), das im März 1931 in Moskau entstand: »[Ой-ли, так-ли, дуй-ли, вей-ли, / Всё равно! / Ангел Мзри, дуй коктейли, / Пей вино! // Я скажу тебе с последней / Прямотой , / Всё лишь бредни, шерри-бренди, / Ангел мой / O.M.]«

(»Hoppla, weiter, auch mich lockt es – / Alles eins. / Engel Mary, trink die Cocktails, / Kipp den Wein! // Dir nur sag ich hier inständig / Offenheit: / Alles Unsinn, Cherry Brandy, / O Engel mein!«; Übersetzung durch Ralph Dutli, in: Ossip Mandelstam, Mitternacht in Moskau. Die Moskauer Hefte. Gedichte 1930-1934, Zürich 1986, S. 55).

V.4-5: bildsam ⟨geworden⟩ von aller / töpfernden Geilheit ⟨umher⟩, ⟨/⟩ von all

V.7-8: Speichel und Schweiss –: / noch immer, noch immer,

V.10: [ein] dasselbe –: ein Kelch – – –:

V.12: reihum gehts, reihum:

V.14ff.: [Ihr trinkt den verflüssigten Funken] / [ihr trinkt] ⟨wer [ich] hält⟩ den verflüssigten Funken[,]? / [o]On the rocks [trink[t]en ihn] ⟨trinkt ihr ihn⟩, on the rocks. // Mit [mir] ⟨ihm⟩ geht ein König, der Ekel. / Er sorgt für [die heilige] ⟨Neige und⟩ Neige.

C Publizierter Text

V.5: töpfernden Geilheit um[ ]her, von all

59 DAS WIRKLICHE

7. 7. 1961

Erstdruck nach einem undatierten, geringfügig mit der Maschine korrigierten Typoskript (mit zwei Durchschlägen). Der Titel erscheint im Entwurf I ursprünglich im 3., dann im 2. Zyklus, als Nr. 44 und damit letztes Zyklusgedicht nach »Il cor compunto«, *sowie im Entwurf III als Nr. 38 in gleicher Konstellation.*

A Unten datierte Handschrift: »7. 7. 61. / (10 Uhr [54]45)«

Das Wirkliche

Vom Kreuz, davon [bleibt] blieb, als Luft,
nur der eine, der Quer-
balken bestehn: er legt sich,
⟨unsichtbar legt er sich vor –⟩
[sich] vor deine [fünfte]
Herzkammer: du
erinnerst dich an dich selber⟨, du⟩
[und du]
hebst dich aus aller Lüge: frei
vor lauter Beklemmung
atmest du jetzt und…
⟨d⟨ ⟩u⟩ sprichst.

B Handschriftlich korrigiertes Typoskript, die Datierung unten, »[7. 7. 61.]«, *ist handschriftlich gestrichen.*
V.4-6: unsichtbar legt er sich vor, / vor deine [fünfte] / Herzkammer [–:]: du
V.8-9: hebst dich aus aller / Lüge –: frei
V.12-13: und... / d u [d]sprichst.

C Publizierter Text
V.10: atmest du [k]jetzt

60 LES BLANCS SABLONS
22. 7. 1961

Erstdruck nach einer Reinschrift, unten datiert: »22. 7. 61.« / »Kermorvan.«. *Der Titel erscheint im Entwurf I im 3. Zyklus, als Nr. 46 zwischen* »Die hellen Steine« *(GW I 255) und* »Rhesus –«, *sowie im Entwurf III im 3. Zyklus, als Nr. 40 zwischen* »Die hellen Steine« *(GW I 255) und* »Anabasis« *(GW I 256).*

Erklärungen
Kermorvan*: siehe* »Wolfsbohne«
Les Blancs Sablons*: Strand von Kermorvan*

A Arbeitstyposkript, unten datiert: »22. 7. 61.« / »Kermorvan«
Les [Gran] Blancs Sablons

Mit kleinen Flämmchen standen wir
hinaus ins Unendliche.
Mit Galle – auch sie
war Himmelsessenz –
gossen sie un[d]s
die Münder voll, die
zum Kuss verhärmten.
Öl, das war
auch das. ‹Mit kleineren
Flämmchen
standen wir weiter hinaus.›
Ins Ortlose warfen wir Schatten: ein Saum,
heidekrautfarben, gab einer Insel den Umriss, wir wohnten
schon dort, mit ihr, mit unsrer
noch ungezeitigten Zeit.

61 IMMERSIO

23./24. 7. 1961

Erstdruck nach einem handschriftlich überarbeiteten Typoskript, unten datiert: »23. 7./ 24. 7. 1961.«. *Der Titel erscheint nur im Entwurf I im 3. Zyklus, als Nr. 48, zwischen* »Rhesus –« *und* »Anabasis« *(GW I 256).*

Erklärungen

Immersio: *siehe eine Lesenotiz aus einem zum Konvolut des Gedichts* »La Contrescarpe« *(GW I 282) gehörenden Blatt:* »Leibniz« / »*[das folgende mit Anstrich links:]* Namen: tauchen – taufen« / »Dichtung als immersio – nicht aspersio«

A Unten auf den »23. 7. 61.« *datiertes Arbeitstyposkript*

Tief, tief, tief,
bei den ewigen
Nimmergesängen, unten,
wohin das Wort Geliebte mir wegsank, vom Wort
Gefilde umblaut:
bei dir, du [g]Gezeiten[-]haus Meer[r],
wachsen mir Hände zu, aus
dem Seelentang, der mich durchschwamm,
damals, weisst du noch, als
ich den Sand trank, den du mir botst

B Handschrift auf demselben Blatt wie A, unten datiert:« 24. 7. 61.«

Bei euch, ihr ewigen
Nimmergesänge, tief
unten, wohin
das Wort Geliebte mir
vorausschwamm[, zu] zum
Wort Gefilde,
lieg ich, den Seelen-
tang voller Namen um mich,
ein Getaufter, ein
Getauchter.

C Publizierter Text

Der unterstrichene Titel »IMMERSIO« *ist handschriftlich ergänzt.*

V.9ff.: lieg ich, den ⟨/⟩ Seelen- / tang voller Namen ⟨/⟩ um mich –: ⟨ein⟩ / [ein /] [Getaufter] ⟨Ungetaufter⟩, ein / Getauchter.

62 RHESUS –
24. 7. 1961

Erstdruck nach einer Reinschrift, unten datiert: »<u>Kermorvan, 24. 7. 61</u>« / »Endgültige Fassung«. *Das Blatt ist von PC selbst als zweite Fassung gekennzeichnet. Der Titel erscheint nur im Entwurf I im 3. Zyklus, als Nr. 47 zwischen* »Les Blancs Sablons« *und* »Immersio«.

Erklärungen
Kermorvan: *siehe* »Wolfsbohne«

A Arbeitstyposkript, unten datiert: »24. 7. 61.« / »Kermorvan«. *Das Blatt ist von PC selbst als erste Fassung gekennzeichnet.*

<u>RHESUS –</u>

Ein-, ein-, ein-
gewurzelt
in unsern Atem ist
das Verborg[e]ne: es
trägt eine Frucht, ihre Kerne
stehn, ein Gestirn, [nach dem in der] nach dem Bild[e],
dem Zwillingsbild[e] in ⟨/⟩ unsern
Adern ⟨/⟩ und Venen –: wer
sagt da, das Herz
habe ⟨kein Haus und⟩ kein Morgen?

63 MUTA
7. 8. 1961

Erstdruck nach einem geringfügig korrigierten, undatierten Typoskript (mit Durchschlag). Der Titel erscheint im Entwurf I im 3. Zyklus, als Nr. 53 zwischen »Le Menhir« *(GW I 260) und* »Nachmittag mit Zirkus und Zitadelle« *(GW I 261), sowie im Entwurf III im 3. Zyklus als Nr. 44 in der gleichen Konstellation. Einer der Durchschläge wurde von PC im Konvolut* »Pariser Elegie« *eingeordnet.*

A Unten datiertes Typoskript: »Kermorvan, 7. August 1961.« *Die französischsprachigen Textteile sind hier unterstrichen.*

V.1-2: <u>Seul</u> – zu dreien gesprochen, stummes / Vibrato des Mi⟨t⟩-
lauts,

V.4: 4 Punkte
V.9-10: zu kommen ‹/› glaubte. Und – – / une corde (eine Saite, eine
V.12: répond[.]‹rait.›
B Undatiertes, handschriftlich korrigiertes Typoskript (mit zwei unkorrigierten Durchschlägen). Die französischsprachigen Textteile sind unterstrichen.
V.1: Seul – zu dr‹e›ien gesprochen, stummes
V.4-5: // .... // Ein Bogen, hina[y]uf
V.10-11: glaubte. Und – – / une corde, (eine Saite, eine
C Publizierter Text
V.7: aus der ich, souviens-[t'en]

64 WIE DAS FERNE
14. 8. 1962

Erstdruck nach einem undatierten Typoskript (mit zwei Durchschlägen). Der Titel erscheint im Entwurf II an erster Stelle, vor »Die Silbe Schmerz« *(GW I 280) sowie im Entwurf III, in der ersten Version des letzten Zyklus als Nr. 12, zwischen* »Die Silbe Schmerz« *und* »Mit dem Buch aus Tarussa« *(GW I 287), in der zweiten Version als Nr. 7 bzw. 8, zwischen* »Die Silbe Schmerz« *und* »La Contrescarpe« *(GW I 282).*

A Unten rechts auf den »14. 8. 62.« *datierte, stark überarbeitete Handschrift*
‹Wie das ‹ferne› Si[e]lber, auch
von Menschen umflogen,›
[Wie das Silber] ‹ohne zu kommen› hereinkam, rund,
und uns ansah, mit Augen:
da war das Wort »Schmerz« eine Schüssel, aus der
stieg uns entgegen das Wort
»Freude« – [bis] stieg
‹bis› hinauf unters Dach, in das Bett,
wo die Nacht, unsrer Körper
Meisterin leise bereitlag,
die [Tiefe voller] ‹herzdunkle, herzhelle›
Tiefe voller
Morgen.

B Undatiertes Typoskript (mit Durchschlag)
V.8: das Wort S c h m e r z eine Schüssel, aus der
V.10-14: F r e u d e – stieg, / stieg hinw[ ]eg über uns, stieg / hinauf zu uns beiden, unters / Ziegeldach, in / das Bett, wo die Nacht,

65 Mit der Friedenstaube
Vermutlich Ende August 1962
(Siehe im Anhang S. 313: MIT DER KUNKELTAUBE*)*

Erstdruck nach einem undatierten Durchschlag. Der Kurztitel erscheint so im Entwurf II, als Nr. 8 zwischen »Huhediblu« *(GW I 275) und* »Affenzeit«.

A Publizierter Text

B Original zu A mit einer handschriftlichen Korrektur
V.1: Mit der [Friedens]Kunkeltaube, so kommt

C Im Anhang publizierter Text: hand- und maschinenschriftlich korrigierter, undatierter Durchschlag (im Original fehlt die handschriftliche Korrektur)
Ab V.2 um eine Stelle eingerückt
V.2: der We[t]rwolf daher, ein Wald-
V.4: [grad]〈zurecht〉gespiegelter Lügen.

66 AFFENZEIT
1. 9. 1962

Erstdruck nach einem undatierten Typoskript (mit zwei Durchschlägen). Der Titel erscheint im Entwurf II, als Nr. 9 zwischen »Mit der Friedenstaube« *und* »La Contrescarpe« *(GW I 282), sowie im Entwurf III in der ersten Version des letzten Zyklus als Nr. 2, zwischen* »Was geschah?« *(GW I 269) und* »Hüttenfenster« *(GW I 278), in der zweiten an erster Stelle vor* »Hinausgekrönt« *(GW I 271).*

A Arbeitstyposkript, unten datiert: »1. 9. 62 (Moisville)«, *das Blatt ist rechts oben mit einem Schrägstrich gekennzeichnet.*
Vor dem ersten Vers: [Affenzeit]
V.1-3: Affen- / zeit. / Und ein lebendiges Nein, menschen-
V.7-9: Schlingen und Verse. / Hell, von der [Farbe] Schmerz- / farbe der Hoffnung; gross wie die Spur,
V.15: [k]Klaue.

Erklärungen
Moisville: *siehe* »Die Niemandsrose. *Nicht aufgenommene Gedichte«*

67 EINE HANDSTUNDE
21. 10. 1962

Erstdruck nach einem undatierten Typoskript (mit zwei Durchschlägen). Der Titel erscheint nur im Entwurf III, in der ersten Version des letzten Zyklus als Nr. 8 zwischen »Les Globes« *(GW I 274) und* »Huhediblu« *(GW I 275), in der zweiten als Nr. 9 bzw. 10 zwischen* »La Contrescarpe« *(GW I 282) und* »Was geschah?« *(GW I 269).*
Erklärungen
St. Cergue*: Ortschaft im Schweizer Jura, oberhalb des Genfer Sees. PC arbeitet zu diesem Zeitpunkt als Übersetzer im Bureau International du Travail in Genf. In seinen Taschenkalender schreibt er am Sonntag, den 21. 10. 1962 :* »Mit Gisèle in Nyon und St. Cergue«.

A Korrigierte Handschrift, unten datiert: ‹St. Cergue,› 21. X. 62
Eine Stunde hinter
der Bussardschwinge, im Jura,
am [Eichen]Lärchenstein,
kam uns, auf
dem Unbeklommenen, wo
wir gingen,
etwas entgegen: das
Rohr, das
denkende.

B Titellose Reinschrift, unten datiert: »Abschrift« / »19. 3. 63«
Erklärungen
19. März: Geburtstag von GCL

71 WALLISER ELEGIE
1. 4. 1961–25. 1. 1962
(Siehe eine Fassung im Anhang S. 314)

Erstdruck nach einem undatierten, korrigierten Manuskript in einem Heft mit der Aufschrift »Pariser Elegie« *und einem Motto von Marina Zwetajewa auf dem folgenden Blatt:* »Богемия!« / Богемия!« / »Богемия!« / »Наздар!« / »Marina Zwetaewa«

Erklärungen

Walliser Elegie: *Der Bergort Montana, wo das Gedicht begonnen wurde (siehe unten), liegt ebenso im Schweizer Wallis wie Raron (siehe unten), wo Rilke, der Dichter der »Duineser Elegien« begraben liegt.*

Zwetajewa-*Motto: »Böhmen! / Böhmen! / Böhmen! / Zum Heil!«; Schluß des Gedichtes* »Германия«, *entstanden am 9./10. April 1939 (in: Izbrannye proizvedenija, Moskau/Leningrad 1965, S. 334). Zu Böhmen siehe auch* »Wolfsbohne« *(*»Aussig«*).*

Mandelstamm-*Motto: 3. und letzte Strophe des Gedichts* »Не сравнивай« *vom 18. 1. 1937, (»Wo's mehr noch Himmel gibt, da hätt ich wandern mögen – / Und helle Sehnsucht geht mir nicht mehr aus dem Sinn / Von den noch jungen Woronescher Hügeln / Zu den toskanischen, die Habe aller Menschen sind.«; Übersetzung durch Ralph Dutli, in: Ossip Mandelstam, Die Woronescher Hefte. Letzte Gedichte 1935-1937, Zürich 1996, S. 113).*

Jewtuschenko-*Motto: »Über Babij Jar, da steht keinerlei Denkmal.« Anfangsvers des Gedichts* »Бабий Яр« / *»Babij Jar«, (siehe Text und Übersetzung von PC in GW V 280/281)*

Pontisches Einstmals am Rand / des Tatarendorfs: *Anspielung auf einen Aufenthalt im Sommer 1947 am Schwarzen Meer (lat. Pontus Euxenius) in Mangalia (unweit vom römischen Verbannungsort Tomis, heute Constanța, wo Ovid die »Tristia« und die »Epistulae ex Ponto« schrieb), einem damals von Künstlern bevorzugten Ferienort mit teilweise tatarischer Bevölkerung. Siehe auch* »Aschenglorie« *(GW II 72), das PC in einem Brief an Petre Solomon (vom 23. 11. 1967)* »quelque chose comme l'anamnèse de Mangalia« *nennt. Siehe dazu auch das Folgende.*

Christian / Rakowski *(d. h. Christian Georgievič Stančev, 1873-1941): Im bulgarischen Kotel (nicht, wie PC meint, in seinem späteren Wohnort Mangalia an der rumänischen Schwarzmeerküste) geborener, in Frankreich ausgebildeter Arzt bulgarischer Nationalität; der bedeutende Sozialist (u. a. Freund von Rosa Luxemburg und Karl Liebknecht) ging 1917 in die Sowjetunion, wo er verschiedene hohe Ämter bekleidete, u. a. die des Regierungschefs*

der Ukraine und des Botschafters in London und Paris; wegen seiner trotzkistischen Überzeugung, der er erst nach Hitlers Machtergreifung öffentlich abschwor, wurde er nach Kasachstan verbannt. Er starb als Opfer stalinistischer Säuberungen in der Zwangsarbeit. Sein mutiger Einsatz gegen die antisemitischen Ausschreitungen der weißen Garden brachte ihm den Namen »der Jude Rakowski« ein. Leo Trotzki, der ihn wiederum einen »christlichen Sozialisten« nannte, hat in einem 1913 in Kiew erschienenen Zeitungsartikel sein Wohnhaus in Mangalia ausführlich beschrieben. Als Zeuge der Ereignisse vor und in Odessa im Jahr 1905 war Rakowski Eisensteins Berater für den Film »Panzerkreuzer Potemkin«, an den im Gedicht durch »Tausendstiege« *erinnert ist. Zu seiner Person siehe die Notiz in einem GCL diktierten Tagebuch zum 29. 1. 1962, im Zusammenhang mit der Beerdigung von Trotzkis Witwe:* »Dans la ›Walliser Elegie‹ figure le nom d'un de leurs compagnons, Christian Rakowski. C'est sa maison natale à Mangalia, qui est évoquée. C'est là qu'habitait alors Lia Fingerhut, morte noyée dans les eaux d'Israël. La couleur que le poème fait prendre à la Mer Noire – Pontus Euxenius – est celle de la terre d'exil de Christian Rakowski, d'Ossip Mandelstamm, *[...]*, de tant des miens.«
Semipalatinsk: *Stadt und Provinz in Kasachstan, Verbannungsort von Dostojewskij. Die Nutzung des Steppen- und Wüstengebietes als Atomgelände der Sowjetunion bedeutete für die dort ansässigen Menschen Verstrahlung, Naturzerstörung und Vertreibung.*
Judith: *Die Geschichte der biblischen Judith, die Israel rettet, indem sie Holofernes köpft (Judith 13,8), ist hier umgekehrt.*
Es stand eine Sägemühle im Wald: *als Zitat nicht nachweisbar*
Mauthausen: *Konzentrationslager an der oberösterreichischen Donau*
Judenhode bzw. Judenwurz: *siehe* »Radix, Matrix« *(GW I 239)*
Salve / Regina: *Beginn einer lateinischen Antiphon zu Ehren Marias. Siehe auch die Anspielung (*»Ave / Regina«*) in A auf das Ave Maria (nach Lukas 1).*
Kar-/freitagsfahrt: *siehe Datierung von A am 1. 4. 1961 – 1961 fiel der Karfreitag auf den 31. März. Das Entstehungsdatum ist gut belegt durch die Bemerkung in einem GCL diktierten Tagebuch:* »C'est le vendredi saint 1961 que j'ai commencé, à Montana, la ›Walliser Elegie‹.« *Die Datierung der Fassung B (4. 1. 1961) ist*

also vermutlich ein Versehen. PC war zwar auch Ende Dezember 1960 mit seiner Familie in Montana (siehe »Und schwer« *E), jedoch wohl nicht mehr am 4. 1. 1961.*
Raron: *Dorf, auf dessen Friedhof Rainer Maria Rilke begraben liegt. Siehe auch ein auf den* »18. Feber 62« *datiertes Fragment mit der Anspielung auf Rilkes Grabspruch*: »für Walliser Elegie, Raron-Passage: *[das Folgende eingekreist:]* Rose. Reiner. Wider- / spruch. / Niemandes – – – /– – – «

A Handschriftliche Fragmente, die Datierung oben rechts ist durch Anstrich hervorgehoben: »Montana 1. 4. 61«
Walliser Elegie 1961
Karfreitagsfahrt mit
[eingerückt:] ⟨dir, verzwergte Vag.⟩
einer verzwergten Verzweiflung. Raron. *[rechts:]* ⟨Sprengungen⟩
Ein zweites, unvermutetes Grab vor dem ersten. (Melchior Lechter.)
Mit
dem kleinen dornigen Nelkengrün von
unterwegs
vorbei
an »Daheim«,
an »expectat resurrectionem«.
[Abstand:]
*[eingerückt:]*Die rot-
beschuhte Kirchgängerin. [Im] Durchs Aug, ⟨ins⟩
[auf das Unendliche⁺ zu,] Unendliche⁺ zu, Phallisch-wortfindende:
das halbe Vielleicht ihrer Hüften
(⟨Salve,⟩ Vagina Regina)
[rechts:] ⟨Ave / Regina Vagina // Salve Vagina / Salve Regina⟩
[auf der Rückseite:]
Postmeisterlächeln und -gruß. Fußweg
der Rhone entlang. Die erblickte Blaumeise, das
geknickte Hasel-
kätzchen. Hochspannungstexte, das Wort:
verunfallt.
[rechts:] die (deutsch-) / sprachige / Jerusalemspost

[Abstand:]
[Der Blick auf die Stellwerkssprüche: aus Braunschweig
Freies+ Profil. Rückmelden...
Ave. *[unleserlich].*

Erklärungen

Melchior Lechter (1865-1937): *Buchkünstler, der vor allem durch die Ausstattung von Büchern Stefan Georges bekannt wurde. Sein Grab befindet sich auf eigenen Wunsch unweit von dem Rilkes, dem er sich seit dem Erscheinen der »Duineser Elegien« nahe fühlte, auf dem Friedhof von Raron.*

expectat resurrectionem: *Wohl Grabinschrift (wie* »Daheim«*) in Anspielung auf den Schluß des lateinischen Credo (Symbolum Nicenum): »Et expecto resurrectionem mortuorum. Et vitam venturi saeculi.«*

Rhone: *Raron liegt im Rhonetal, Montana oberhalb davon.*

Braunschweig: *Ein Besuch PCs in der niedersächsischen Stadt konnte für 1960 und 1961 nicht nachgewiesen werden.*

B Oben rechts auf den »4. 1. 61.« datierte Handschrift. Beim Datum handelt es sich wohl um einen Schreibfehler (statt 1. 4. 1961).

Kleine Walliser Elegie

Regungen, Zuckungen, stumme
Triumphe erinnerter
Halbnacht und Nacht. ‹Einsame,› Phallische
[*[unleserlich]*][s]Stunde [inmi] im [Tann] Firn.
[Salve] ‹Regina› Vagina. [Deine all-]
[*[unleserlich]*] [nächtliche]

(Pontisches Einstmals am Rand
des Tartarendorfs. Sand-
gestalt, Sandhaar, [Sandschmerz] Sandmund ‹.› [*[unleserlich]*]
[*[unleserlich]* in Worten.)] Als lägen nicht immer
‹ein› längstbegattete‹s› [Worte] Wort
[umher.)] neben uns in [den Wehen.)]
[den] allerlei Wehen.[)]

Weiter zurück. Immer-
‹nahes Verloren.›
Stilles und abermals stilles
[Aug] exodus-farbenes Aug, leiser
aus Semipalatinsk

zurückgewanderter Gram:
ein Gehender, sah
ich dich kommen.

C Publizierter Text

Der Schreibfehler »längstbegattes« *(V.10) ist vom Herausgeber verbessert.*

V.22: Immer. Meer [mi]
V.33: zuviel überlebt[,].
V.46: Mautenjen[j]sei⟨t⟩s, Maut-
V.55-57: das steht [bei der Juden] / bei der Judenhode empor, wer [es sieht] / es gesehn hat, dem[,] –
V.62: Ich habe die Seele[,] gesehen, sie kam,
V.76-78: Ich habe die Seele gesehen, ⟨die andre[,].⟩ [s]Sie kam [,auch sie,] / [die Tausends] mit dem [Wort] Schwur, / [von der Tausendstiege] dem der Tausendstiege geschwornen:
V.81: Schwere über die Schwelle. [Mit ihm] Bei ihr
V.87-88: Es steht ein Gewächs – [such dich] geh, / [dic] geh, such dich, du hast
V.98: nahes Verloren, [Immer] hier,
V.100-101: freitagsfahrt ⟨mit dir, unter⟩ / [mit dir,] ⟨Nadeln⟩ verzwergte

D Im Anhang publizierter Text: Undatiertes Typoskript mit hand- und maschinenschriftlichen Korrekturen. Zur Entstehung siehe die Tagebuchnotiz von GCL vom 25. 1. 1962: »Paul tape quatre pages ›Walliser Elegie‹«

Das in V.81 versehentlich getilgte »wer« *ist vom Herausgeber retabliert.*

*Titel:*W[all]ALLISER ELEGIE
V.7: des Tatarendorfs. San⟨d⟩-
V.29: Mönchsgebäu, [tief] unter
V.31-33: kl[i]ommen wir in uns hinan / [an] an de[n]m Atem- / seil[en. Bis] mit
V.37: Johanni, Cori[an]na. Im
V.41: ertrunknen Jeru[l]salemsstern.)
V.75-76: stand im Wurzel-, im Knolle[-]n- / [geflecht] werk, sah
V.80-82: das steht [bei der roten] ⟨mit der roten⟩ / [Judenhode empor, wer] ⟨Judenwurz in dich hinein –⟩ / es [ang]gesehn hat, dem –
V.89-91: (Gesehe[hen]n – Gesehen – Geküsst) / [s]Sie kam, / augenwandler[s]isch kam sie, offen.

V.97: sie den Schattenweg aufwärts, den Taus[ne]end-,
Erklärungen
Kronstadt, Karpaten-Kanzeln, Mönchsgebäu, Sinterdecken, Mittelmeerwelle, Jerusalemsstern: *Anspielung auf einen Ausflug PCs in die Karpaten zur Ialomița-Höhle zwischen Sinaia und Kronstadt (rum. Brașov) im April 1947. Neben der Höhle befand sich eine Mönchsklause. Unter den Teilnehmern war auch PCs Freundin Lia Fingerhut, die sich im Herbst 1961 an der israelischen Mittelmeerküste ertränkt hat.* »Kronstadt« *mag auch, im Kontext von Christian Rakowski, an den russischen Hafen Kronstadt erinnern, von dem aus 1905/6, 1917 (Kreuzer »Aurora«, siehe* »In eins«, *GW I 270) und 1921 Matrosenaufstände ausgingen. Zu* »Karpaten-Kanzeln« *siehe auch* »Il cor compunto« *(Fassung A).*
Corina*: Mit Corina Marcovici, einer Bukarester Freundin, war PC in Mangalia.*

Verstreute Gedichte

77 Für Jakob Kaspar Demus, zum 9. Juni 1960
31. 5. 1960

Erstdruck nach einem Typoskript (mit Durchschlag), unten datiert: »Paris, 31. 5. 60.« *Eine abgesehen vom fehlenden Titel textgleiche, undatierte Handschrift auf einer Briefkarte im Besitz des Widmungsträgers trägt auf der Rückseite die Widmung.*
Erklärungen
PC plante eine Publikation dieses Textes: siehe eine Tagebuchnotiz vom 4. 1. 1965: »Verse wie ›Abzählreime‹, ›Blaublau‹ *[d. h.* »Großes Geburtstagsblaublau mit Reimzeug und Assonanz«*]*, ›An Jacob Kaspar D.*[sic]*‹, ›Ars Poetica 1963*[sic]*‹, ›Zum Jahres- bzw. Instrumentwechsel‹ in einem Band sammeln. – Eventuell ›Gegenlichter‹ dazu«. *Zu den* »Gegenlichter« *genannten Aphorismen siehe* »Der Andere«. *Die Publikationsabsicht und die damit verbundene Überlieferung im Nachlaß unterscheidet diesen Text grundsätzlich von gereimten kleinen Briefen der gleichen Zeit, z. B. an Klaus Demus, die PC im eigenen Nachlaß nicht aufbewahrt hat.*

Jakob Kaspar Demus*: Sohn von PCs Freunden Klaus und Nani Demus, der am 9. 6. 1960 seinen ersten Geburtstag feierte*
Sankt Pölten*: Niederösterreichische Stadt, in der Klaus Demus aufgewachsen ist*
Erich: *PCs Sohn Eric*

A Unten auf den »[30.]« / »31. Mai 1960. –« *datierte Handschrift Ohne Widmungstitel*
V.2-3: Bare Fässer sind nicht faßbar / Fahre Bässe fahren s[e]ölten,
V.5: Frag [nur] ‹den› Vater, frag [nur] ‹die› Mutter,
V.7-10: Daher hab ich's und vom Erich, / darum dicht ich[s] jetzt gehörich, / Denn*[sic]* du hast ja heut[e] Geburtstag, / also denk nicht, daß ich schnurz sag!
Unterschrift: Unkel [Paul] Paol

78 Niemand, vergiß nicht, niemand
29. 9. 1960

Erstdruck nach einer Handschrift aus dem Konvolut der Büchnerpreis-Rede »Der Meridian«, *nachträglich unten datiert:* »‹29. IX. 60.›«
Die Stropheneinteilung ist nicht sehr deutlich.
V.3: in deinem ‹weichen› Innern.

79 Wie die Tür, wie die Tür
29. 12. 1960

Erstdruck nach einer Handschrift auf einem in einen Taschenkalender (1961) am Ende eingelegten Blatts, oben datiert: »Sierre-Zürich« / »29. XII. 60«
Erklärungen
Sierre: *Stadt im Schweizer Wallis, unterhalb von Muzot, wo sich der todkranke Rilke kurz vor seinem Tod (29. 12. 1926) aufhielt. PC reiste am 29. 12. 1960 von seinem Ferienort Montana (siehe* »Und schwer« *E) aus über Sierre nach Zürich, wohl, um dort im Zusammenhang mit der Verleumdung durch Claire Goll Gespräche zu führen.*

80 Du mit dem Wort, das ich sprach
19. 3. 1961

Erstdruck nach einem Typoskript, unten datiert: »19. 3. 61.«
Erklärungen
19. März: Geburtstag von GCL

81 Entmischen mußt du, entmischen
29. 7. 1961

Erstdruck nach einem handschriftlichen überarbeiteten Typoskript, unten datiert: »Kermorvan, 29. 7. 61.«
V.2: Ein Äusserstes [musst du]
V.8: [bin ich] bist du, noch immer, [h]geh ihn,
V.12: Tödlich⟨e,⟩[-Ewige.] ⟨Dauernde.⟩
V.17ff.: kommen, [das] [⟨ein Kleinewiges, das⟩] ⟨ein Klein- / ewiges, das⟩ / innehält als / Muschel, als Aug[.]⟨, als beider / ⟨mündiger⟩ Schmerz.⟩
Erklärungen
Kermorvan: *siehe* »Wolfsbohne«

82 Die Kunst zahlt den Preis, der Mensch
4. 11. 1961

Erstdruck nach einem unten auf den »4. 11. 61.« *datierten Typoskript aus einem Konvolut, in dem Prosanotizen überwiegen*

83 Wir werden
27. 7. 1962

Erstdruck nach einer unten rechts auf den »27 juillet 1962« *datierten Handschrift auf einem dem Tagebuch 1962-65 lose beigelegten Blatt*
V.7: eurem [g]
V.9: in Frankreich. [Unter] Mit
Erklärungen
Es klettert die Bohne: *siehe* »Dein Hinübersein« *(GW I 218)*
Arbeiterfahne in Wien: *PC bezieht sich auf den Arbeiteraufstand in Wien am 13./14. 2. 1938. Siehe auch* »In Eins« *(GW I 270).*
Moisville: *siehe* »Die Niemandsrose. *Nicht aufgenommene Gedichte«*

84 MERVILLE-FRANCEVILLE
21. 8. 1962

Erstdruck nach einer Handschrift auf dem hinteren Vorsatzblatt des Buchs von Michail Zoščenko: »Rasskazy, fel'etony, komedii, neizdannye proizvedenija« [Erzählungen, Feuilletons, Komödien, Unveröffentlichte Werke] Moskau/Leningrad 1962, das PC am Vortag in Paris erworben hat, datiert unten: »Franceville, 21. 8. 62.«.
Titel: [Die Küste] ‹Merville-›Franceville
V.3-4: der Muschel, [unter] die Ferne[,] unter / [den Schritten] den ‹wachgesprochenen› Schritt[,]. [den du tatst.] In ‹//›
V.10: [Ein herz-] den herz-

Erklärungen
Merville-Franceville: *Am Strand von Merville-Franceville in der Normandie befand sich eine bedeutende Verteidigungsstellung der deutschen Truppen, die im Juni 1944 bei der Landung der Alliierten erobert wurde.*

85 Hin- und hinaus-
9. 9. 1962

Erstdruck nach einer Handschrift, unten datiert: »Moisville, 9. Sept. 1962.«
V.11: der Kranich, [der Kranich – silbrig,] fünfmal,

Erklärungen
Moisville: *siehe* »Die Niemandsrose. *Nicht aufgenommene Gedichte«*

86 Dies ist der Augenblick, da
3. 11. 1962

Erstdruck nach einer Reinschrift aus der Korrespondenz PC-GCL, unten datiert: »3. XI. 62, 12 Uhr 50, Moisville –«. *Eine weitere Reinschrift, datiert unten:* »Abschrift, Paris, 6. XI. 62, 10 Uhr abends.«, *ist textgleich.*

87 ARS POETICA 62
2./3. 12. 1962

Erstdruck nach einem handschriftlich überarbeiteten Durchschlag (mit unkorrigiertem Original), aus dem gleichen Konvolut wie »Dies ist der Augenblick, da«, *handschriftlich unten auf den* »2.-3. XII. 62« *datiert und oben rechts mit dem Vermerk versehen:* »/ Gegenlichter /«

Erklärungen

Gegenlichter: *Zu den so genannten Aphorismen siehe* »Der Andere«

Zur Publikationsabsicht siehe »Für Jakob Kaspar Demus, zum 9. Juni 1960«

Pindar (518 od. 522–um 438): *griechischer Chorlyriker. Die Pindar-Übersetzungen von Friedrich Hölderlin, Autor des »Hyperion«, wurden lange als Werk eines Wahnsinnigen betrachtet. Zu Celans Beziehung zum Pindar-Übersetzer Hölderlin siehe* »Ich trink Wein« *(GW III 108) und ein als* »-i-« *gekennzeichnetes Fragment aus einem zu ZG gehörenden Konvolut:* »Pindar: Sänger genähter Verse: Rhapsode«.

A Handschriftlich stark überarbeitetes Typoskript, unten datiert: »2. XII. 62« *(Typoskript) und* »3. XII. 62« *(Handschrift)*

⟨Ars Poetica 62⟩
⟨(Eine Marginalie)⟩

Das grosse Geheimnis – beim Bär[lauch]lapp, da stands,
auf der Wiesen.
Ich hätte es pflücken können, leicht, mit zwei Zehen.

Aber ich hatte zu tun, ich brachte
Hyperion die Sprache bei,
auf die es uns Hy⟨m⟩nikern ankam.

Er lern[e]te gerne und leicht. Beim Wort
Hure
wuchs ihm der Lorbeer
[hell] braun [durch[s Gemüt] die [Seele] suchende Seele] ⟨um Taktstock und Klaue⟩: er hatte [⟨ein Land⟩]
[⟨und⟩] was man zum Reimen braucht[.],
⟨[mit] nach Pindar und einigen [andern] [Ungarn] Pruzzen und Links-Nibelungen⟩ //

[Vor] In seinem [Aug] [Reim] Vers
stand die [Welt] Zeit, im Licht ihrer ⟨[Schwaben und]
schwäbischen⟩ Stunden, [dicht-] ⟨bartstark⟩
[besiedelt⟨,⟩] [und] [blank.] ⟨[blank] jung⟩
⟨und gesamtstumm [gesamtkrumm]⟩⟨.⟩
Sinnig,
hört ich mich sagen.
Sinnig –: meinem ⟨andern⟩
⟨⟨gestern⟩
im Schwarzwald [⟨vor⟩gestern]
halbierten⟩
Nachbarn, dem Mann mit der Dohle[,] ⟨(und der [⟨nachmals⟩]
[verbrieften] [genähten] aufgefüllten Zäsur!)⟩
fehlte noch dieses [Wort.] ⟨Schatzwort⟩
⟨(Sonst wär auch
die zweite Hälfte [gestorben.)]
gestorben [u]
und [auslegbar)] aus-
leg-
bar.⟩
[unten:]
⟨aus-
leg-
bar.⟩
[Rückseite:]
⟨[schnurr⟨/⟩bartstark, jung]
[schnurr- und anderthalb-]
[stark und gesamtstumm]
schnurrgrad, anderthalbstark und gesamtstumm
[mit einem Pfeil nach oben:] schnürrlgrad,⟩

Erklärungen

Links-Nibelungen: *siehe eine Notiz auf einem Zettel im Zusammenhang mit der Goll-Affäre:* »Auch wider die Links-Nibelungen.« *Siehe auch* »Mutter, Mutter« *und* »Port Bou – Deutsch?«.

B Publizierter Text

V.12: Pin[a]dar und einigen ⟨/⟩ Ungarn[.]⟨, Finnen und Pruzzen.⟩
V.20: im Schw[r]arzwald halbierten Nachbarn, dem Mann

88 Als aus dem Spendekrug mehr
15. 12. 1962

Erstdruck nach einem maschinenschriftlich korrigierten Typoskript aus dem gleichen Konvolut wie eine Fassung von »Dies ist der Augenblick, da«, *oben rechts datiert:* »15. 12. 62«
Kein Endpunkt
V.9-10: geborene Kiel, der hinaufsteht, [ins andere] ⟨fahrtbereit, ins⟩ / [Meer] andere Meer – das
V.12: und [S]Zeichensplittern.
Erklärungen
Als aus dem Spendekrug mehr / kam als Wasser: *PC zitiert diesen Gedichtanfang in einem Gedicht aus AW,* »Als uns das Weiße anfiel« *(GW II 41).*

89 DIE WENDE
31. 1./1. 2. 1963

Erstdruck nach einem handschriftlich leicht überarbeiteten Typoskript (mit korrigiertem Durchschlag), unten datiert: »31. 1./1. 2. 63« / »Paris«, *aus dem gleichen Konvolut wie eine Fassung von* »Dies ist der Augenblick, da«
A Handschriftlich überarbeitetes Typoskript, datiert unten: »31. 1. 63« / »Paris«
DIE WENDE

Das Wort Trink, von Gläsern gesungen, ⟨von Mündern,⟩
im ⟨tiefen⟩ Flaschenhalston,
steht auf dem Tisch, hell,
im Sekundenkleid, wahr, ⟨//⟩
das Wort Trinkmichaus
peitscht die Werwölfe aus
ihrem Balg, zurück ⟨/⟩ in Untag und Unnacht – eine ⟨//⟩
Sprache, die Du-Sprache
schreibt schon an
ihrer Grammatik, der [Spuk] ⟨[d] Rede-Spuk der⟩
[der] Anderthalbstarken
muss[s] untern [D]Schnee, da erfriert er, das Wort
Trink
brennt sich auch dir
in d[ie]en

zurückgeforderte⟨n⟩[?], gehend-lebendige⟨n⟩, ganze⟨n,⟩
⟨seelenhaft fruchtbare⟨n⟩⟩
[Seele.] ⟨Geist.⟩

B Publizierter Text
Der Schlußpunkt fehlt im Durchschlag.
V.13: ihrer ⟨Strahlen-⟩Grammatik, der Rede-Spuk der
V.20ff.: zurückgeforderten, gehe[,]nd-lebendigen, ganzen / seelenhaft fruchtbaren ⟨, / unerschütterten⟩ / Geist⟨.⟩

ZEITRAUM ATEMWENDE

Die Gedichte von AW entstanden zwischen September 1963 und Mitte September 1965. Der Band überschneidet sich im September 1965 mit dem folgenden Gedichtband FS.
Manuskript: 23. 3. 1967
Druck: 28. 8. 1967, Suhrkamp Verlag Frankfurt am Main

Nicht aufgenommene Gedichte

Die Titel der drei Gedichte erscheinen, jeweils gestrichen, in einem Entwurf für den Aufbau des Bandes, noch unter dem Titel »Atemgänge« *(und weiteren, z. T. gestrichenen Titelvorschlägen* »Atemkristall«, »Wahndock« *und* »Wahnspur«*); die Liste ist oben auf den* »18. VIII. 64« *und nach dem 3. Zyklus auf den* »16. VIII. 64« *datiert. Erste Fassungen von* »Le Périgord« *und* »Oberhalb Neuenburgs« *sind von PC selbst in ein zu NR gehörendes Konvolut eingeordnet worden.*

95 OBERHALB NEUENBURGS
2. 8. 1964

Erstdruck nach einem undatierten Typoskript (mit zwei Durchschlägen). In der Liste erscheint der Titel im 2. Zyklus, als Nr. 38 zwischen »Das Stundenglas, tief« *(GW II 50) und* »Hafen« *(GW II 51). Alle Textzeugen tragen die Widmung.*

Erklärungen
Oberhalb Neuenburgs: *Neuchâtel in der Westschweiz war der Wohnort von* Friedrich Dürrenmatt *(1921-1990) und seiner ersten Frau* Lotti. *PC und seine Frau wohnten anläßlich ihres Besuches*

in einem Hotel auf dem Chaumont oberhalb der Stadt. Siehe den Bericht Dürrenmatts in F. D., »Turmbau. Stoffe IV-IX«, Zürich 1990, S. 169f.

A Handschriftlich überarbeitetes Typoskript, unten datiert: »2. VIII. 64«
Die Widmung ist nicht unterstrichen.
Titel: OBERHALB NEU[N]ENBURGS
V.6: Schwerflüssig wie
V.8: kämpfende Schweigen
V.10-12: [Alt] ‹Lang› / [werde] ‹zähle› die prüfende Lippe[.] ‹die Jahre.› / [Alt] ‹Lang›, was sie berührt,

B Unten auf den »2. VIII. 64« *datierte, mit vollem Namen signierte Reinschrift aus dem Nachlaß von Friedrich Dürrenmatt*
Der Text entspricht A nach der Korrektur.

C Unten auf den »2. VIII. 64« *datiertes, handschriftlich geringfügig korrigiertes Typoskript*
Die Widmung ist nicht unterstrichen.
V.6: Schwerflüssig‹,› wie
V.8: kämpfende Schweigen‹,›

D Handschriftlich korrigiertes Typoskript (mit ebenso korrigiertem Durchschlag), unten datiert: »2. VIII. 64«
Die Widmung ist nicht unterstrichen.
V.6: [Schwerblütig,] Ölblütig, wie

96 LE PÉRIGORD
Vermutlich 4./6. 9. 1964

Zitiert nach einem undatierten Typoskript (mit zwei Durchschlägen). Der Titel erscheint in der Liste im 4. Zyklus, als Nr. 48 zwischen »Halbzerfressener« *(GW II 65) und* »Aus Fäusten« *(GW II 66). Erstdruck (Fassung E) in: Jean Bollack, Pierre de cœur. Un poème inédit de Paul Celan »Le Périgord« [o. O.] 1991*

Erklärungen
Zur Entstehung des Gedichts, anläßlich eines Besuches der Familie Celan im Château de Baneuil im Périgord, siehe den Erstdruck. Das in allen datierten Quellen erscheinende Datum im August kann aus sachlichen Gründen nicht stimmen.
Dordogne: *Fluß in der südwest-französischen Landschaft* Périgord
Mayotte und Jean Bollack: *Freunde von PC*

A Undatiertes Arbeitstyposkript ohne Widmung

Wohin, mit Wacholdersporen,
stiesst du
das Mittagstier, das du rittst?
Zur Blau-, zur Unendlichkeitstränke,
in die fremde Dordogne

B Handschriftlich korrigiertes Arbeitstyposkript ohne Widmung, unten datiert: »4. 8. 64«

Wohin, mit Wacholdersporen,
treibst du [das]
das Mittagstier, das man dir lieh?
Zur Blau-, zur Unendlichkeitstränke
in die fremde Dordogne.

Nachts, wenn der Rautenspruch flammt
überm Steineichenhügel
tastaet*[sic]* sie sich
zum hohlen, beim Brunnen vergrabenen
[Zahn] Leuchtzahn hin, meine
trockene, immer
noch stern-
süchtige Seele:
ein Tropfen Feigenmilch fiel
dorthin.

[unten:]
‹Geheimnislos[‹,›] [stieg ich] ‹an der Tabaksstaude*[sic]* vorbei,›
[vorbei an der Tabaksstaude]›

C Unten auf den »6. 8. 64« *datiertes Arbeitstyposkript ohne Widmung*

LE PERIGORD

Wohin, mit Wach[l]oldersporen,
treibst du
das Mittagstier,
das man dir lieh?
Zur Blau-, zur Unendlichkeitstränke
in die fremde Dordogne.

Geheimnislos, an
Tabaksstauden*[sic]* vorbei,

steigst du zu dir in die Neige, nach oben.
Sekunden
werfen den Zeitwall auf, ein Gedanke, schmerzlich,
reicht sich herüber. [Der] Turm ‹und Jahrtausend›
neben dir steh[t]‹en› [für sich]
für sich.
Nacht. Und der Rautenspruch, lesbar,
flammt überm Steineichenhügel. Zum hoh[e]l[l]en,
beim Brunnen vergrabnen
Leuchtzahn
tastet sie sich, deine trockne,
immer noch stern-
süchtige Seele:
ein Tropfen Feigenmilch fiel
dorthin.
[unten:]
‹Ein weither Gekommener, schliesst du
mancherlei Kreis, auch hier.›

D Geringfügig korrigiertes Typoskript (mit ebenso korrigiertem Durchschlag), unten rechts datiert: »6. 8. 64«
Die Widmung fehlt, V. 10-21 in einer Strophe
V. 5: in die [fremde] schöne Dordogne.
V. 7: mancherlei Kreis, auch hier,
V. 11: üppigen Tabak[s]stauden vorbei,

E Fassung des Erstdrucks: Abschrift auf der Grundlage von D für Mayotte und Jean Bollack, unten rechts datiert: »6. 8. 64«

98 Der Neunzig- und Über-
Ende Januar 1965, 11. 7. 1965

Erstdruck nach einem Typoskript, unten datiert: »Paris, Jänner 1965–11. 7. 1965«. *Der Titel erscheint in der Liste im letzten Zyklus, als Nr. 74 zwischen* »Große, glühende Wölbung« *(GW II 97) und* »Schieferäugige« *(GW II 98).*
Erklärungen
Das Gedicht steht in Zusammenhang mit zwei Besuchen PCs bei der seit 1933 in der Schweiz lebenden deutsch-jüdischen Dichterin Margarete Susman (1872-1966): am 22. 9. 1964, aus Kassel von einer Lesung kommend (siehe A), und am 23. 1. 1965. Siehe auch

Margarete Susmans eigenen Bericht über Celans Besuch (M. S., Ich habe viele Leben gelebt, Stuttgart 1964, S. 175).

A Fragmente in einem Notizbuch (1965)
die Notausgänge in Kassel / Die hochrotte*[sic]* Vorwelt-Flappe

B Handschriftlicher Entwurf nach Notizen zum Besuch bei Margarete Susman (Januar 1965) im gleichen Notizbuch wie A

Das Wachgestammelte: dem
neunzigjährigen Aug
gab sichs zu lesen

An der Pfalz vorbei
fuhr die ausverkaufte Bedeutung

Die Vorweltflappe, hochrot,
dankte der Kußhand

Erklärungen

An der Pfalz vorbei: *Auf der Zugstrecke Kassel-Zürich über Frankfurt liegt die Kaiserpfalz Gelnhausen. Siehe auch* »Solve« *(GW II 82).*

C Korrigierte Handschrift, oben datiert: »Nach dem Besuch im« / »Jänner 1965« / »bei M. S.«, *sowie unten rechts:* »⟨Zusätze:« / »11. 7. 65⟩«

Der Neunzig- ⟨und Über-⟩
jährigen Augen, halb
seherisch, halb ⟨/⟩ [belogen:] betrogen
Lerchen, tragt sie hinauf
in die [Schatten] blaue
Schatten⟨- / furche⟩

⟨Unendliche Staubsäule, das, weiß
werdende, heißt es ⟨/⟩ tragen.⟩

D Handschriftlich korrigiertes Typoskript, unten datiert: »Paris, Jänner 1965 – 11. 7. 1965«

V. 1: D[IE]ER NEUNZIG- UND ÜBER-
V. 6: Lerchen, [tragt] jagt sie hinauf
V. 8: Unendliche Staubsäule, ⟨auch /⟩ das, ⟨/⟩

Verstreute Gedichte

101 Wenn du den Traum fierst, bootnah
15. 8. 1963

Erstdruck nach zwei textgleichen Handschriften aus einem sehr heterogenen Konvolut, beide unten datiert: »15. 8. 1963« *bzw.* »15. 8. 63«

102 Welche Stimme hat, was du hast?

Erstdruck nach einer undatierten Handschrift in einem Heft, nach Lesenotizen
V.8-9: Wenn du [kom] geflogen kommst, ohne Seele, / [hat mein le] bleibst du mir treu.
Erklärungen
hinterm / Rathaus in Kopenhagen: *Das Gedicht ist wahrscheinlich im Zusammenhang mit einer Reise nach Hamburg und Kopenhagen (Anfang November 1964) entstanden. Hinter dem Rathaus von Kopenhagen befindet sich die Frihedstøtten (Freiheitsstatue), die 1792-1797 in Erinnerung an die Abschaffung der Sklaverei im Jahre 1788 errichtet wurde. Siehe auch* »Frihed« *(25. 12. 1964, GW II 77).*

103 ZUM JAHRES- BZW INSTRUMENTWECHSEL
3. 1. 1965

Erstdruck nach einem handschriftlich überarbeiteten Typoskript, unten datiert: »3. 1. 1965«
Zwischen Titel und Text: [Da wo die Geige meist, da meist d]
V.2: Am geig[e]sten, [geiger] GEIGER, geig – count do[n]wn, wir leben!
Erklärungen
Das Gedicht war u. U. zur Publikation in einer Zeitschrift bestimmt, da PC das Blatt oben mit seinem Namen gekennzeichnet hat (siehe dazu auch die Erklärung zu »Für Jakob Kaspar Demus, zum 9. Juni 1960«*). Es steht in Zusammenhang mit der 1964 erschienenen Anthologie »Die Meisengeige. Zeitgenössische Nonsensgedichte«, in der PC mit zwei Gedichten,* »Abzählreime« *(GW III 133) und* »Großes Geburtstagsblaublau mit Reimzeug und Assonanz« *(GW III 134) vertreten ist.*

104 Mutter, Mutter
31. 1. 1965

Erstdruck nach einem stark überarbeiteten, unten handschriftlich auf den »31. 1. 65« *datierten Typoskript*
In V.11 ist das Komma, V.23 die unvollständige Streichung von »*abermals*« *sinngemäß vom Herausgeber ergänzt.*
V.1-3: Mutter, Mutter. ⟨//⟩ Der Luft entriss[e]n[,]e, / der Erde entrissne. ⟨//⟩
V.6: [geholte.] gezerrte⟨.⟩
V.9-13: ⟨kultur⟩flott, [mit] ⟨linksnibelungisch, mit /⟩ dem Filz- / schreiber, ⟨auf Teakholztischen, anti- / restaurativ⟩ proto- / [schreiben sie] / kol[l]arisch, prä-
zwischen V.16 u. 17: [schreiben sie dich]
V.18-19: [aber auch] mannsch[,] [⟨*[unleserlich]*⟩] [ ]⟨mannsch, [jetzt], [nicht] [nein] nicht⟩ / [nicht] ab-, [sondern] nein wi[ese-]esen-
V.21-25: schreiben sie, [dich] die / [tot] [a]Aber⟨-⟩[m]Maligen, dich / [dich vor die Messer.] [aberm]als vor / die [Messer.] [⟨(Schreib-)] / [m]Messer.⟩ // Etwas tun, [⟨(⟩Mutter,⟨)⟩]
V.30: ⟨Etwas, auf Erden.⟩

Erklärungen
Das Gedicht ist wie »Wolfsbohne« *im Zusammenhang mit einer Presseveröffentlichung entstanden. Reinhard Baumgart schreibt in seinem Aufsatz »Unmenschlichkeit beschreiben. Weltkrieg und Faschismus in der Literatur« (in: Merkur, Januar 1965, S. 37-50), in der es u. a. um Theodor (Wiesengrund-)Adornos Diktum über das Gedicht nach Auschwitz geht, ähnlich wie damals Günter Blöcker, »Celans ›Todesfuge‹ etwa und ihre Motive, die ›schwarze Milch der Frühe‹, der Tod mit der Violine, ›ein Meister aus Deutschland‹, alles das durchkomponiert in raffinierter Partitur«* und beurteilt dies als *»schon zuviel Genuß an Kunst, an der durch sie wieder ›schön‹ gewordenen Verzweiflung«. Baumgarts Dissertation über Thomas Mann war im Vorjahr erschienen.*
linksnibelungisch: *siehe* »Ars poetica 62« *(A) und* »Port Bou-Deutsch?«
schreiben sie, die / Abermaligen dich / vor / die / Messer: *Siehe den Titel der von Hans Bender herausgegebenen Anthologie*

»Mein Gedicht ist mein Messer«, in deren zweiter Auflage (München 1961) PC mit einem Brief an den Herausgeber vertreten ist. PC's »Ein Brief« *(GW III 177f.) und das auf die Anthologie reagierende Gedicht* »... rauscht der Brunnen« *(GW I 237) gehören in den Kontext der Goll-Affäre. Möglicherweise steht die erneute Anspielung auf den Anthologie-Titel in Zusammenhang mit einem Ende 1964 erschienenen Portrait von Claire Goll in einem von Bender redigierten Heft der Zeitschrift »Magnum« (Nr. 55/1964, S. 65), das PC im Januar 1965 zum Bruch mit ihm veranlaßte.*

ZEITRAUM FADENSONNEN

Die Gedichte des Bandes entstanden zwischen dem 5. September 1965 (gleichzeitig mit den letzten Gedichten von AW) und dem 8. Juni 1967.
Manuskript: 6. 12. 1967
Druck: 3. 9. 1968, Suhrkamp Verlag Frankfurt am Main

Nicht aufgenommenes Gedicht

111 BELAGERT
21. 11. 1965

Erstdruck nach einem Typoskript, unten datiert: »Endgültige Fassung,« / »Paris, 21. November 1965«. *Oben ist handschriftlich vermerkt:* »nicht aufgenommen« / »1. Oktober 1967«. *Der Titel erscheint auf einer Liste für den ersten Zyklus von FS unter dem Motto* »›Reite für die Treue‹« / »(23. 11. 65)« *an 20. Stelle, zwischen* »Wer, um seiner Unsichtbarkeit willen« *(verschollenes Gedicht, datiert auf den 21. 11. 1965) und* »Die längst Entdeckten« *(GW II 133); auf einer weiteren fragmentarischen Liste erscheint das Gedicht in der gleichen Konstellation, wobei PC für das vorausgehende anmerkt:* »verloren oder vernichtet (1. 10. 67)«.

A Undatiertes Arbeitstyposkript
Die Wahngänge: sag,
dass es Wahngänge sind,
von den Meuchel-
mündern, ‹den Meuchel-›

⟨schriften und zeichen*[sic]*⟩
sag sie seien erlogen
von dir.
Vom Regen: sag nicht:
er regnet.
Sag es
regnet

B Korrigiertes Typoskript, unten datiert: »Paris, 21. November 1965«
Ohne Titel
Zwischen V.2 und V.3: [von den Meuchel,]
V.5: sag, sie seien erlogen
V.11ff.: Sag // Sag nicht ⟨Sag Sag nicht⟩ / Sag Sags nicht
C Publizierter Text
Titel: BELAGERT [ES ANTLITZ]

Gedichte aus dem Umkreis von EINGEDUNKELT

Die Entstehungszeit des im Juli 1968 in der Anthologie »Aus aufgegebenen Werken« im Suhrkamp Verlag Frankfurt am Main veröffentlichten Zyklus-Fragments, zwischen dem 8. 3. 1966 und dem 19. 4. 1966, fällt vollständig in diejenige von FS. Die Gedichte dieser erheblich umfangreicheren Sammlung sind zum größeren Teil in einem Schulheft, dessen überarbeitete Endfassungen von 26 Gedichten für den Druck hier immer maßgeblich sind, zum kleineren auf losen Blättern überliefert; diese gehen jenen chronologisch voraus. Die wenigen Typoskripte scheinen durch GCL angefertigt zu sein.
Die Titel erscheinen in fünf längeren Bestandslisten bzw. Inhaltsverzeichnissen. Inhalt I ist eine erst nachträglich und nur z. T. durch Ziffern geordnete Bestandsliste unter dem Titel »Inhalt Gedichte (nach Atemgang)«. *Inhalt II ist wohl auf dieser Grundlage erstellt und enthält, unter dem als vorläufig gekennzeichneten Titel* »›Notgesang‹ ??«, *in zwei fast identischen Versionen 17 Titel, letztes Entstehungsdatum ist der 10. 4. 1966. Inhalt III enthält 20 Titel, letztes Datum ist der 18. 4. 1966. Inhalt IV vom 22. 4. 1966, mit einer Ergänzung vom 24. 4. 1966, gibt mit* »Narbenwahr« *und* »Notgesang« *zwei Varianten für den Gesamttitel*

und betont die »nicht maßgebende Reihenfolge«. *Inhalt V gehört zum Schulheft; das auf den 17. 7. 1967 datierte Titelblatt umschreibt die Sammlung als* »Für das Nach-Fadensonnen-Poem« *bestimmt. Als eine weitere Titelvariante findet sich* »Das Narbenwahre«.

Die Bedeutung dieser Textgruppe zeigt sich u. a. daran, daß die einzelnen Gedichte besonders reichhaltig belegt und die einzelnen Fassungen von PC selbst geordnet sind. Auf den Blättern erscheinen eine Reihe von Zeichen, die in dieser Bedeutung fast nur in dieser Sammlung erscheinen. Ein mit Stern gekennzeichnetes Gedicht war wohl als Geschenk für einen bestimmten Anlaß gedacht. Texte mit, z. T. unterstrichenem, Fragezeichen sind u. U. in die engere Auswahl für »Aus aufgegebenen Werken« einbezogen worden. Ein Schrägstrich oben links gibt dem Text ebenfalls, z. B. für eine zu treffende Auswahl, eine besondere Kennzeichnung. Für das Zeichen »-i-« *siehe das Nachwort. Zu den Erstdrucken siehe ED.*

115 UM DEIN GESICHT
25. 2./2. 3. 1966

Zitiert nach einer Handschrift auf losem Blatt, unten datiert: »Endgült. Fassung« / »2. 3. 1966«. *Das Gedicht ist oben rechts mit Stern und unterstrichenem Fragezeichen gekennzeichnet. Der Titel erscheint in Inhalt I zweimal. In einem fragmentarischen* »Verzeichnis der in der Klinik Delay geschriebenen Gedichte« *folgt dem Titel die Bemerkung:* »(Über Eric an Gisèle zum Geburtstag. Neue Fassung und einige Änderungen.)«.
Erstdruck: ED 49

Erklärungen
Klinik Delay: *Abteilung der psychiatrischen Klinik Sainte-Anne in Paris, damals unter der Leitung von Prof. Jean Delay*

A Handschrift, oben rechts und unten links datiert: »-i-« / »25. 2. 66« / »(Clinique Delay)« *bzw.* »Freitag« / «25. 2. 1966«. *An den Rändern sind einige im Text undeutlich geschriebene Wörter in Versalien wiederholt.*
[Um dein Gesicht die Tiefen,
die Tiefen blau und grau,
werfen das Netz aus, [singend] singen,
du weiß und ungenau]

[Abstand:]
Um dein Gesicht die Tiefen,
die Tiefen blau und grau[.],
‹die Singenden, die reifen, –›
[Das [Netz] Fangnetz hörst du singen,]
du weiß und ungenau.

Der ungestufte Abgrund,‹//?›
so tu dich selber auf
Es kommt [ein] das lange[s] Gehen
und [z] erst zuletzt der Lauf.

Die Adlerschnäbel [wettern –] brechen
[dich von dir]
dich von dir selber frei.
Was meinst du ists [?] Geräusche
im Großen Einerlei.

B Handschrift, unten auf der Rückseite datiert: »[N] Abschrift Clinique Delay« / «[2.8.] 28. 2. 1966«

Um dein Gesicht: die Tiefen,
die Tiefen [blau ‹&› grau] blau und grau,
zu mir hin: Mit den Fluten
eröffnet, was dir zukommt,
du weiß und ungenau.

Der ungestufte Abgrund,
er tut sich selber auf
Es kommt das Gehn-und-Gehen
und erst zuletzt der Kauf.

[Rückseite:]
[Die] [Die] [Ad] Die Adlerschnchnäbel*[sic]* brechen
dich von dir selber frei –
[Was meinst du zum Geräusche] Geräusche [nur,] ‹ihr,› kaukasisch,
im Großen Einerlei.

C Undatierte Handschrift

V.3-7: viel Singendes, Gereiftes – / du weiß, du ungenau. // Der ungestufte Abgrund, / er tut sich selber auf, / es kommt das Gehn-und-Gehen

V.9-10: Die Adlerschnäbel [brechen] brechen / [s]dich von dir selber frei –

D Publizierter Text
V.7: Es kommt das [Gehn-und-Gehen] Sink-und-sinke,

E Korrigiertes Typoskript (mit unkorrigiertem Durchschlag, abgesehen von einem Schreibfehler in V.11, »geräusche«, *textgleich mit D), unten datiert:* »2. 3. 66«, *aus einem zu AW gehörenden Konvolut. Das Original trägt oben den handschriftlichen, unterstrichenen Vermerk:* »Durchsehen!!«.

UM DEIN GESICHT die [t]Tiefen,
die [t]Tiefen blau und grau, ⟨//⟩
d[as]u Singende[s], gereifte[s] [–],
du weiss-und-ungenau.

[der stufenlose Abgrund,
[er tut sich selber auf –] ⟨,⟩ ⟨//⟩
[E]es kommt das Sink-und-sinke,
und [erst] ⟨dann,⟩ zuletzt⟨,⟩ der Lauf.]

die*[sic]* Geierschnäbel brechen
sich von dir selber frei, – ⟨//⟩
[g]Geräusche ihr, kaukasisch,
im grossen Einerlei.

[rechts Varianten für V.3-4:]
[⟨du Singendes, Gereiftes,⟩]

⟨du Singende, [g]Gereifte
du weiß-und-ungenau⟩

[unten Variante für die zweite Strophe:]
[⟨der stufenlose Abgrund,
er setzt sich selber frei

Es kommt das Sink-und-Sinke]
und dann, zuletzt, der Schrei⟩

116 FLÜSSIGES GOLD
28. 2./8. 3. 1966

Zitiert nach einer Handschrift auf losem Blatt, unten datiert: »Endgültige Fassung: 4. [2]3. 1966« / »EF 8. 3. 1966«. *Das Gedicht ist oben rechts mit eingekreistem Stern und unterstrichenem Fragezeichen gekennzeichnet. Der Titel erscheint nur in Inhalt I.*
Erstdruck: ED 50

A Handschrift auf einem mit »-i-« *gekennzeichneten Blatt, zusammen mit diversen Notizen, unten datiert:* »2. 9. 2. 65*[sic]*« / »(Clinique Delay)«*; oben rechts Vermerk:* »S. Blatt mit endgült. Fassung«. *An den Rändern sind einige im Text undeutlich geschriebene Wörter wiederholt, z. T. in Versalien.*

Flüssiges Gold, [sichtbar] in den Erdwunden [sichtbar]
erkennbar.

Und die Münder, außen und innen
verrenkt von [*[unleserlich]*] [allerlei] zur Warnung
[Wahrsprüchen –] [Wahr und Notspruch] [vor allerlei Sinnspru]
vor Sinn- und Notspruch

Der Unbotmäßige kaut ⟨/⟩ mit
[an den Gittern herum]
[an der Ginst] [eitrigen Ginsterschote]
an der reifen, versiegelten [an Ginster]
[Ginst] Schote des Lippenblütlers *[rechts:]* ⟨Stachelschote eines
Lippenblütlers⟩

B Handschrift mit dem Vermerk: »(Transkribiert am 28. 2. 1966, Clinique Delay)«

Flüssiges Gold, in den Erdwunden erkennbar,
und du......, außen und innen
verre[c]nkt zur Warnung
vor Sinn- und Wahrspruch.

Der [Unb] Unbotmäßige kaut mit
an den reifen, vorangehenden
Schoten der Lippenblütler
[mit.]

C Handschrift, unten datiert: »(28. 2. 1966)«*; oben in der Mitte mit einem Sternchen versehen*

Flüssiges Gold, in den Erdwunden erkennbar,
und du, außen und innen
verrenkt zur Warnung
vor Sinn- und Wahrspruch.

Der Unbotmäßige kaut
mit an den reifen, voranschreitenden
[Schotten] Schoten der Lippen-
blütler.

D Publizierter Text
V.3: und du, ⟨wie soviel Münder⟩ außen und innen
V.5: von Sinn- und [Wahrspruch] Notspruch.
V.7ff.: Schote⟨n⟩ des Lippen- / blütlers – der Unbotmäßige, ⟨auch/⟩ hier [/] [kaut er mit.] horcht er sich durch.

E Handschriftlich überarbeitetes Typoskript (mit unkorrigiertem Durchschlag) aus einem zu AW gehörenden Konvolut, unten datiert: »8. 3. 1966«. *Der Durchschlag entspricht D, abgesehen von* »blutlos-« *(V. 8, wohl ein Lesefehler für* »blütlers –«*) und dem fehlenden Endpunkt.*
V.3-5: und du, wie soviel Münder, aussen und [n]innen⟨,⟩ / verrenkt [zur Warnung] / [von Sinn- und] ⟨zum⟩ Notspruch.
V.8: blutlos[-] der U[N]nbotmässige, auch
rechts der 2. Strophe zahlreiche Fragezeichen und die Wörter: »Lippenblütler?« *und* »blutlos [–]«
unten, schräg: [Ende von]

117 Die Atemlosigkeiten des Denkens
16./20. 3. 1966
(Siehe eine Fassung im Anhang S. 318)

Zitiert nach einer Handschrift auf losem Blatt, unten datiert: »An Gisèle, am 20. 3. 1966«. *Das Gedicht ist oben rechts durch ein unterstrichenes Fragezeichen gekennzeichnet. Es erscheint nur in Liste I.*
Erstdruck: ED 53

Erklärungen
Teile des für das Gedicht verwendeten Materials gingen in »Kantige« *ein.*
Über den Großen Steinschild: *Im Zusammenhang mit* »Pannonien« *(A) ist hier ev. an die an anderer Stelle* »Karpaten-Kanzeln« *(siehe* »Il cor compunto« *(A) und* »Walliser Elegie«*) genannten Gebirgsformationen in den rumänischen Karpaten zu denken, die ihren Ursprung in den Gletschern der Eiszeit haben. Den nördlichen Abschluß des Pannonischen Beckens bilden die Karpaten, den südlichen die Dinarischen Alpen (siehe auch* »Der Geist, flüssig, *A*«*).*
»Ihr Tiefgesenke / mit euren Trögen aus Lehm, / unterwegs.«: *konnte als Zitat nicht nachgewiesen werden.*

A Als »-i-« *gekennzeichnetes Fragment unten datiert [dreifach angestrichen:]*«(1[5]6. 3. 1966)«
Über den Steinschild *[darunter Striche:]*Pannoniens / stürzt ein Morgiger heim

B Handschriftliche Notiz auf der Rückseite eines Briefumschlags von GCL an PC (Poststempel 15. 3. 1966), als »– i–« *gekennzeichnet. Siehe* »Kantige« *(C).*
Groß und unverschwiegen : du

C Oben rechts auf den »18. 3. 1966« *datierte handschriftliche Entwürfe. Zu den beiden Schlußzeilen siehe* »Kantige« *(D).*
rauhbrüchig
Freihand

1. Über den [Großen] [Alten] Steinschild stürzt ein Morgiger heim.

Der durch nichts zu trübende Blick.
[Blick]
Einen Tod mehr als du *[rechts:]* ‹Die Sternenpächter brennen herunter›
ist er gestorben,
ja, einen mehr.
[rechts, doppelt angestrichen:] ‹erbeutetes Silbergekröse im Salzhauch›

Die Atemlosigkeiten des Denkens[,],
[auf Gletscherwiesen,] ‹ in der Ru›
ohne Beweis.]

[links:] ‹Nothand› *[rechts:]* ‹Augengneis / [scha] / schabt an den Stimmen herum›

Ihr Tiefgesenke, [mit euren] ‹glazial,› mit euren
[Erinnerung[en]; in Richtung mit [‹in›] den]
Trögen aus Lehm, ‹in Richtung›
[in Richtung] aufs noch zu Häufende hin

[Strophe durch Querstriche markiert:]
Die Atemlosigkeiten des Denkens,
[auf den] ‹in der Rückstrahlung der›
Gletscherwiesen,
ohne Beweis.

‹Groß und unverschwiegen: du
(Schlußsatz)›

[rechts:] ‹die Sternenpächter / [ver]brennen / ‹herunter››

D Undatierte Handschrift

Über den Großen Steinschild
stürzt ein Morgiger heim.

[Sein durch nichts zu trübender Blick.
Das erbeutete Silbergekröse im Salzhauch.
Die Stern[en]pacht, verascht und wieder
lebendig.]

[der Vers ist eingekreist, ev. wurde ein Verweispfeil vergessen:]
Durch nichts zu trübender Blick.

Von Fremden [erbeutetes Silber] ‹im Salzhauch›
erbeutetes Silbergekröse.

[Strophe verschoben auf den Platz nach der letzten Strophe:]
Über den riesigen [Stein]Frostschild
stürzt ein Morgiger heim.

[Strophe verschoben auf den Platz vor der letzten Strophe:]
Ihr Tiefgesenke, glazial,
mit euren Trögen aus Lehm, in Richtung
aufs noch zu Häufende hin.

Augengneis schabt
an den Stimmen herum
Eine Nothand
brennt Sterniges ab.
Die Atemlosigkeiten des Denkens
[in der Rückstrahlung der]
‹auf den› Gletscherwiesen,
ohne Beweis.

E Undatierte Handschrift, oben rechts ist vermerkt: »Endgültige Fassung«. *Zu V.16 siehe* »Kantige« *(E).*

V.2: auf den Gletscherwiesen,

V.4: Über den riesigen Steinschild

V.6-13: [(]»Ihr Tiefgesenke, glazial, / mit euren Trögen aus Lehm, in Richtung / aufs noch zu Häufende hin.« // [Stimmen, mit Stimmen durchsetzt –] / [Augengnei] / [Augengneis] ‹Etwas› schabt / an den Stimmen herum, / eine Nothand

V.15-16: Der durch nichts zu trübende[n] Blick. [// Groß und unverschwiegen: du.] //

F Handschrift, unten datiert: »18. 3. 1966« / »Endgültige Fassung«
V.2: ⟨auch⟩ auf den Gletscherwiesen,
V.4: Über den [riesigen] Grossen*[sic]* Steinschild
V.6:»Ihr Tiefgesenke, [glazial,]
V.8-14: unterwegs, [in Richtung / aufs noch zu [Häuf]ende [⟨Nennende⟩] hin]« / [Etwas] Rauhbrüchiges schabt / an den ⟨Namen und⟩ Stimmen herum, / eine Nothand / brennt Sterniges [ab.] ab. // [Dein] Der durch nichts zu trübende[r] Blick.

G Handschrift, datiert unten: »18. 3. 66« / *[dreimal unterstr.]*»Endgültige Fassung«
V.1-2: [⟨[a]Ahnungswillig,⟩] DIE ATEMLOSIGKEITEN des Denkens, / ⟨auch⟩ auf den Gletscherwiesen,
V.8-9: unterwegs[.]⟨, »⟩[in Richtung] / [aufs noch zu Häufende hin.«]
V.12: eine ⟨unverlierbare⟩ Nothand
[unten, gestrichen, als Ersatz für die erste Strophe, markiert links: »endg.«*:]* [⟨[Ahnungswillig] / die Atemlosigkeiten des Denkens, / auch auf den Gletscherwiesen, / [ohne B] ahnungs- / willig, ohne / Beweis⟩]

H Publizierter Text. Die zweite Strophe ist nachträglich eingefügt.

J Im Anhang publizierter Text: Handschriftlich überarbeitetes Typoskript (mit unkorrigiertem Durchschlag), aus einem zu AW gehörenden Konvolut, unten auf den »20. 3. 1966« *datiert. Der Text des Durchschlags entspricht F, es fehlt jedoch der Stropheneinschnitt zwischen V.3 und V.4.*
V.3: ohne Beweis. ⟨//⟩
V.5-7: stürzt ein [m]Morgiger heim. // »Ihr Tiefgesenke, [/] mit euren ⟨/⟩ Trögen aus Lehm,
V.10: an Namen und Stimmen herum, ⟨//⟩

118 KANTIGE
20./21. 3. 1966
(Siehe eine Fassung im Anhang S. 319)

Zitiert nach einer Handschrift auf losem Blatt, datiert »21. 3. 1966« / »An Gisèle«. *Das Gedicht ist oben mit* »– ?« *gekennzeichnet. Der Titel erscheint nur in Liste I.*

Erstdruck: ED 54 (Fassung L)

Erklärungen

Teile des im Gedicht verwendeten Materials wurden aus Vorstufen von »Die Atemlosigkeiten des Denkens« *übernommen.*

Im Zusammenhang mit der Entstehung des Gedichts zu sehen sind die Lesenotizen aus dem Roman »Von Zeit und Strom« des amerikanischen Romanciers Thomas Wolfe (1900-1938, »Of Time and the River«, PC verwendete die deutsche Übertragung von Hans Schiebelhuth, Erster Band, Berlin 1936, Lektüredatum am Schluß des Buches: 25. 3. 1966) in einem Heft mit der Aufschrift »Notizen / ‹Vokabeln› Wendungen etc.« *(Schlußdatum 23. 4. 1966): Von S. 10 notiert er u. a.* »die Tarantel kraucht durch die verwitterte Eiche«, *von S. 12,* »ihr Gesicht = ein [entschieden] ausgesprochenes Sippengesicht«, *von S. 13,* »... zu jenen erdhaftjähen, völlig / ungebändigten Wesen«, *von S. 22* »erspähen«.

A Undatierte Handschrift mit diversen Fragmenten

Sippengesicht

[links des Verspaars: Fragezeichen]

die Sippengesichter rund‹ ›um die steile
einzeln gesichtete Pappel

[die Sippengesichter]

Die Sippengesichtigen, alle,
[steilgestellt neben den Pappeln]

Die Sippengesichtigen, alle,
ungebändigtes Holz

die Sippengesichter, alle,
[schließen] schlossen den Ring um dich

B Undatierte Fragmente auf der Rückseite von A

Sippengesichtig

schiefgesichtige Sippe, ‹am Boden,›
[erspäht –] mit Hölzernem erspäht,
sie kommt gekraucht durch den Königsstaub

[Abstand:]

Schiefgesichtige Sippe, ‹am Boden,›
mit [h]Hölzernem erspäht,
kommt sie gekraucht
durch den Königsstaub – : //

[h]Hier wohnen wir nicht, – ⟨//⟩
[⟨Noch einmal⟩] ⟨Ein ums andre Mal:⟩
[lies das]
[mit] [Inkarnat] [⟨inmitten des⟩] umdrängt [u]Unverlierbarem,
vertrau
dem [kantigen] erfahrenen Inkarnat
[Abstand:]
Hier wohnen wir nicht –
Umdrängt
von Unverlierbarem,
[vertrau] umschlossen vo[n]m
[dem] erfahrenem*[sic]* Inkarnat

C Siehe »Die Atemlosigkeiten des Denkens« *(B)*

D Handschrift, als nachträglich hinzugefügte Schlußzeilen in »Die Atemlosigkeiten des Denkens« *(C, vom 18. 3. 1966)*

E Undatierte Handschrift, als V.16 in »Die Atemlosigkeiten des Denkens« *(E), dort gestrichen*

F Fragmente, zusammen mit einer Fassung (A) von »Herbeigewehte«, *das erste Fragment ist auf den* »20. 3. 1966« *datiert.*

Groß und unverschwiegen: du.
Unverlierbar.

Groß und unverlierbar: du.
Mit den

G Unten auf den »21. 3. 1966« *datierte Entwürfe*

Kantige, schief-
gesichtige Sippe,
mit hellem
Holz erspäht,
[sie kommt [sie] gekraucht kommt sie daher,] *[rechts:]*
⟨dahergekraucht ⟨/⟩ durch den⟩
durch den Königsstaub –: [//] ⟨//⟩ *[rechts:]* ⟨Königsstaub
kommt sie⟩

Hier wohnen wir nicht –

[Umdrängt von
Unverlierbarem, umschlossen von
erfahrenem Inkarnat,
hör dich ein, sieh dich ein:] //

Umdrängt
von Unverlierbarem
umschlossen
von erfahrenem Inkarnat, *[rechts:]* ⟨Von erfahren*[sic]* Farben⟩
hör dich ein, sieh dich ein, ⟨//⟩
[ein Kiesel-] [ein] ⟨Der Augengneis-Riese⟩
[Riese] [liest d[e]ie unbändige Zeile,]
liest die ungebändigte Zeile an dich, Liebesverschworne:
Groß und unverschwiegen: du.

H Undatierte Handschrift

Kantige, schief-
gesichtige Sippe,
mit hellem
Holz erspäht,
dahergekraucht
durch den Königsstaub [–]:
Hier wohnen wir nicht [–] [.].

Von Un-
verlierbarem umdrängt,
von erfahrenen Farben umschlossen,
steht das Geschriebne,
hör dich ein, sieh dich ein,
[mit mir Verschworene;]
Groß*[sic]* und ⟨/⟩ [[unverschwiegen: du.]
und unverschwiegen:
[du.]]
⟨[m]Mitverschworne, Große, Unverschwiegne.⟩

J Handschrift auf der Rückseite von H, datiert unten: »Endg. Fassung« / »21. 3. 1966«

Kantige, schief-
gesichtige Sippe,
mit hellem Holz [/]
erspäht,
dahergekraucht kommt sie
durch Königsstaub.
Hier wohnen wir nicht
[Umdrängt von

Unverlierbarem
hör dich ein, sieh dich ein,
Mitve[s]rschworne,
Große,
Unverschwiegne.]

[unten Variante für die 3. Strophe, durch Anstrich rechts gekennzeichnet:]

⟨Groß und unverschwiegen: du.
[Unverlierbar.]
Hör dich ein, sieh dich ein,
sprich dich ein.⟩

K Publizierter Text
V.11: sprich[t] dich ein.

L Handschrift auf losem Blatt, unten datiert : »21. 3. 1966«
V.4-5 sind nachträglich abgetrennt.
Variante für V. 4-5 unter dem Gedichttext, die Verse sind aber im Text selbst nicht gestrichen: ⟨Daher, durch Königsstaub, / kommt sie gekraucht.⟩

M Im Anhang publizierter Text: Leicht bearbeitetes Typoskript (mit unkorrigiertem Durchschlag), aus einem zu AW gehörenden Konvolut, unten auf den »21. 3. 1966« *datiert. Im Original sind die Schreibfehler gegenüber der wahrscheinlichen Grundlage K korrigiert.*
V.6: Hier ⟨/⟩ wohnen wir nicht.

119 UNTERHÖHLT
26. 3. 1966

Zitiert nach einer Handschrift auf losem Blatt, unten datiert: »26. 3. 1966« / »endgültige Fssg«. *Das Gedicht ist oben mit einem unterstrichenen Fragezeichen gekennzeichnet. Der Titel, dessen Hervorhebung von PC wohl vergessen und vom Herausgeber entsprechend Fassung C ergänzt wurde, erscheint, unterstrichen, nur in Liste I.*
Erstdruck: ED 55

Erklärungen
Im Zusammenhang mit der Entstehung des Gedichts zu sehen sind die Lesenotizen aus Thomas Wolfes Roman »Von Zeit und Strom« (siehe »Kantige«*): Von S. 382 notiert PC* »unterwa-

<u>schen vom</u> Flutgang des Stroms« *(siehe besonders die Fassungen A und B).*

A Undatierte Entwürfe

[[Unterwaschen] Unterhöhlt
von fl[ö]utendem Schmerz,
seelenbitter,
[u]Unterhöhlt
vo[n]m flutende[m]n Schmerz,
inmitten
der Worthörigen]
[Unterhöhlt] Unterwaschen
vom flutenden [Schmerz,] Schmerz,
seelenbitter,
inmitten
der worthörigen [Vormenschen]

B Unten auf den »26. 3. 66« *datierte Handschrift*

Unterwaschen
vom flutenden Schmerz,
seelenbitter,
⟨unterhöhlt⟩
inmitten der Worthörigen, ⟨//⟩
steilgestellt, frei,
[geh, spür
die Schwingungen aus
[jenseits]]
[die Schwingungen]
das Schwingende, das [wir] sich
nun doch noch [bei uns] einmal
⟨bei uns⟩ meldet.

C Unten auf den »26. 3. 66« *datierte Handschrift. Das Blatt ist von PC als vorletzte Fassung eingeordnet, möglicherweise sind die Korrekturen jedoch z. T. später zu datieren.*

Mit Titel

V.4: inmitten de[s]r Worthörigkeit
V.7ff.: [noch] noch einmal ⟨bei uns⟩ / [bei uns] ⟨//⟩ melden

D Publizierter Text

V.7ff.: [nun doch] noch einmal / bei uns ⟨/⟩ melden.

120 Vor Scham
26. 3. 1966

Zitiert nach einer Handschrift auf losem Blatt, unten datiert: »An Gisèle« / »[Freitag] Samstag, 26. März 1966«. *Der Titel erscheint, mit Fragezeichen, nur in Inhalt I.*
Erstdruck: ED 56
Erklärungen
Im Zusammenhang mit der Entstehung des Gedichts zu sehen sind die Lesenotizen aus Thomas Wolfes Roman »Von Zeit und Strom« (siehe »Kantige«*): PC notiert am 25. 3. 1966 von S. 436,* »in dieser [verknall] verdammten *[doppelt unterstrichen:]*Knallbude« *(siehe Fassung A), von S. 458, durch einen Stern gekennzeichnet,* »vor Scham, vor Selbstekel und Verzweiflung«.
Ulmenwurzeln: *siehe auch* »Ulmwurzel-Haft« *in* »Deutlich« *(GW III 143, ED 9/30).*

A Handschriftliche, jeweils als »-i-« *gekennzeichnete Fragmente in einem Heft mit Lesenotizen (siehe Erklärungen)*

Vor Scham, vor Selbstekel, vor Verzweiflung

Knallbude

[Abstand:]

Selbstekel [vor [sich] dir][,] Scham, Verzweiflung[,]
⟨vor dir,⟩

reihst du dich [einer] ein,
die Knall[bude]⟨–⟩
bude, [wa] berg⟨/⟩an, bergab, ⟨//⟩
der Sarg, [innen] übergrünt[,] von Zweigen
[verarbeitet,] ⟨ver⟩hört [das Unirdische] das Unirdische,
[wenns] wenn es,*[sic]*

[Birken, – sprachfern, dahin]
[sprachen] sprachfern sich meldet –
bald kippt es um

B Undatierte Handschrift

Vor Scham, vor Verzweiflung,
vor Selbst-
ekel [reihst] fügst du dich ein,

der Sarg, übergrünt ⟨[überge] übergönnt⟩,
hört das Unirdische ⟨schäumen⟩, liest dran, //

sprachfern meldet es sich,
[bald] kippt [es] in sich zurück,
[bald] kippt [es] in sich, um sich,
[di[r]e steinerne]
das steinern [u]Umher-
liegende
wirft, ‹zwischen› ‹neben Ulmwurzeln,› ein neues Gelaß auf
[läßt das papierne Geträum]
[sein Werk tun,]
einmal, immer.

[unten Variante für V.12:]
‹zwischen jähen
Ulmwurzeln›

C Unten auf den »26. 3. 1966« datierte Handschrift
Vo[n]r Scham, vo[n]r Verzweiflung,
vor Selbst-
ekel fügst ‹du› dich ein
[[Der Sarg,] [Ü]übergrünt,
hört das [Unirdische] [schäumen,]
li*[sic]* schäumte das Unirdische auf,]
sprachfern, meldet es sich,
kippt in sich zurück
Beim [steinern] erdig Umher-
liegenden, [wirfst du] [wirft sich]
bei den Ulm‹en›wurzeln
wirft sich ein neues Gelaß auf,
einmal, immer.

D Undatierte Handschrift
VOR SCHAM, vor Verzweiflung,
vor Selbst-
ekel[,] fügst du dich ein,
[S]sprachfern,
[naht] kommt das Unirdische, kippt
in sich zurück,
beim erdig Umher-
liegenden, bei
[bei] den Ulmen- [/]
wurzeln,

[wirft] [h] *[nachträglich eingerückt:]* hebt ⟨/⟩ es ein neues Gelaß aus,
⟨ohne Geträum,⟩
einmal, immer.

E Handschrift, unten datiert: »[Freitag] Samstag, 26. März 196[5]6« / »nach der Visite von Dr Oshnneski)«
Ohne Titel
V.7: beim [i]erdig Umher-
V.10: [hell] hebt es ein neues Gelaß aus,
Erklärungen
Dr Oshnneski: *Arzt in der Klinik Sainte-Anne in Paris (siehe* »Um dein Gesicht«*)*

121 Im Kreis
30. 3. 1966

Zitiert nach einer Handschrift auf losem Blatt, unten datiert: »⟨endg. Fssg⟩« / »30. 3. 1966«. *Der Text ist oben links durch einen Schrägstrich gekennzeichnet. Der Titel erscheint in Inhalt I mit der Ordnungsziffer 4 (darauf bezieht sich der Vermerk oben rechts:* »4«*), sowie in Inhalt II als Nr. 4, zwischen* »Nach dem Lichtverzicht« *(GW III 142, ED 29) und* »Über die Köpfe« *(GW III 145, ED 11).*
Erstdruck: ED 57
Erklärungen
Im Zusammenhang mit der Entstehung des Gedichts (besonders Fassung A) zu sehen sind die Lesenotizen aus Thomas Wolfes Roman »Von Zeit und Strom« (siehe »Kantige«*): Von S. 381 notiert PC* »April, der grausame und blühselige«.

A Handschriftliche Notizen auf dem Deckblatt eines Schreibblocks (siehe »Erlisch nicht ganz« *A)*
die schrille / Blume / blühselige, schrille

B Handschriftlicher Entwurf, zusammen mit einem Entwurf für »Nach dem Lichtverzicht« *(GW III 142, ED 8), oben datiert:* »Donnerstag, 3[0]1. März«, *unten datiert:* »30. 3. 1966«
Im Kreis, leer *[rechts:]* die schrille Blume,
daherreden gehört,
mit hündischem Laut
in den Pausen. //

[Was erkennst du heraus
aus solcherlei?] *[rechts:]* [Du schrille Blume]

Sie höhn[t]en dir nach, und du,
stummen Mundes
schwimmst du aufs neue,
noch immer, noch immer

[links der gestrichenen zweiten Strophe:]
⟨Der Schrei der
schrillen Blume langt
[nach deinem] dir nach Dasein⟩

Erklärungen

Donnerstag, 3[0]1. März *bzw.* 30. 3. 66: *Der 31. März 1966 war ein Donnerstag. Auch beim auf dem Blatt voranstehenden Gedicht gibt es Korrekturen:* »Mittwoch, [30.][29.]30. 3. 66«, *in diesem Fall wird jedoch trotz des dann bestehenden Widerspruchs zum Wochentag unten das frühere Datum retabliert. Möglicherweise ist also auch hier davon auszugehen, daß in der primären Angabe* »Donnerstag, 30. März« *nicht das Datum, sondern der Wochentag falsch notiert war.*

C Undatierte, gestrichene Entwürfe

[hündisch

[dahe]
im Kreis und sodann
rundum geredet,
mit hündischem Laut zwischenein

Im Kreis
und runder und runder
dahergeredet, [leer,]
mit hündischem Laut [zwischenein] in den Pausen]

[[Im Kreis] [dort]
Im Kreis, leer
dahergeredet,
kommt ein]

[Im Kreis, leer
daherreden gehört
mit hündischem Laut
in den Pausen. //

Was erkennst ‹du› heraus
[als] aus solcherlei?
Sie höhnen [ihm] dir nach,
und du,
stummen Mundes
schwimmst du, aufs neue[.],
noch immer, noch immer.]

D Handschrift, unten links datiert: »Endg. Fg« / »30. 3. 1966«

[Im Kreis, leer
daherreden gehört,
mit hündischem Laut
in [den] einigen Pausen.

‹Was erkennst du heraus›

Sie höhnen dir nach, und du,
plumpen Mundes
schwimmsten*[sic]* du aufs neue,
noch immer, noch immer

Der Schrei der schrillen Blume
langt dir nach dem
Dasein]

[mit doppeltem Anstrich links:]
Im Kreis, leer
daherreden gehört,
mit hündischem Laut
in einigen Pausen, –

Was erkennst du heraus?

Sie höhnen dir nach, und du [,],
[[mit] an vorbedeutende[n] Münder]
[plum] mit Vorbedeutende[n]m
in der Kehle, [das letzte] plumpen Mundes,
durchschwimmst die Strecke

Der Schrei der schrillen Blume langt nach einem Dasein

E Publizierter Text
V.1: Im Kreis[,], leer
V.4: in einigen Pausen[, –] –
Zwischen V.4 und 5 ursprünglich Strophe: [Was erkennst du heraus?]

V.7-9: plumpen Mundes, [//] ⟨/⟩ durchschwimmst die Schicksalsstrecke. // Der Schrei [der schrillen] einer Blume
An den Rändern eine Variante für V.7: »Munds« *und die Bemerkung:* »einer Blume?«

122 Das Narbenwahre
2. 4. 1966

Zitiert nach der Reinschrift im Schulheft, unten datiert »/ 2. 4. 1966 /« / »Abschrift: 10. 4. 66«. *Der Titel erscheint in Inhalt I mit der Ordnungsziffer 8 (darauf beziehen sich die Vermerke oben rechts:* »8« *bzw.*»(8)« *in H und J), sowie in Inhalt II als Nr. 8 zwischen »Füll die Ödnis« (GW III 149, ED 15/21) und* »Bedenkenlos« *(GW III 141, ED 7/35); Inhalt III und V geben den Titel ebenfalls als Nr. 8, hier zwischen* »Mit dem rotierenden« *und* »Nach dem Lichtverzicht« *(GW III 142, ED 8/26), in Inhalt IV ist er enthalten.*
Erstdruck: ED 28
Erklärungen
Teile des im Gedicht verwendeten Materials wurden zum selbständigen Gedicht »Oder es kommt«.
A Z. T. als »-i-« *gekennzeichnete Wortnotizen und Fragmente aus einem zu AW gehörenden Konvolut; die Notiz auf der Rückseite ist auf den* »2. April 1966« *datiert. Beim letzten Fragment handelt es sich möglicherweise um eine Lesenotiz (nicht identifiziert).*
Schautanz / Schautänze

Ein Schautanz von Erz-
bringern

[eingekreist:] Schautanz

[Rückseite:]
⟨sie⟩ verhaken

Aber seine Augen verhaken sich in [b]Buchstaben [un ein] und in einzelne Worte. Wie in ein[e] Gitterwerk.

B Undatierte handschriftliche Fragmente
[Narben]

[Narbenwahre, deiner Zeit
stehn die Erze entgegen

[Abstand:]
Narbenwahre, [die Stufen]
die Stufen hier] *[rechts:]* Narbenschön
[Narbenwahre,]
Seelenwahre,
keine der Macht-
[Abstand:]
Narbenwahre, verhakt
[in[s] Sprechende]
ins zu Entwirrende, [letzte]
Narbenwahre ‹verhakt› ins Äußerste, ‹ins›
nicht zu Entwirrende,
nicht

C Undatiertes handschriftliches Fragment
Das Narbenwahre, verhakt
ins Äußerstes*[sic]*;

D Undatierte handschriftliche Entwürfe aus dem selben Konvolut wie A; zum Schluß siehe »Oder es kommt« *(A)*
‹Das› Narbenwahre[s], verhakt
ins Äußerste, nicht zu
Entwirrende
Längst
[war] ist der Schautanz getanzt[,]
[vorm großen Gedankengatter am Eingang]
[[am] vorm Eingang, [am]]
[he] vor der Einfahrt, vor
dem Gedankengatte*[sic]*
[mit doppeltem Anstrich links:]
Das Narbenwahre, verhakt
ins Äußerste, nicht zu
Entwirrende
Längst
ist der Schautanz getanzt,
der schwergemünzte[r],
hier, vor der Einfahrt,
[wo alles noch einmal] wo alles noch einmal geschieht,
endlich,

heftig, [–]
längst –
[[Schiffgespenster] *[rechts:]* [[An] An den Masten, den Speeren]
ziehn an den Masten
Abgewraktes empor]
[Auch ‹türkischer› Flieder kommt manchmal gegangen[,]
und erfragt sich den Duft.]

E Unten auf den »2. 4. 66« *datierte Handschrift; die letzte Strophe in großen Klammern (siehe* »Oder es kommt« *B)*

Das Narbenwahre, verhakt
ins Äußerste, nicht zu
Entwirrende,
Längst*[sic]* ist,
hier in der Einfahrt,
der Schautanz getanzt,
der schwergemünzte,
hier, wo alles noch einmal geschieht[,]
und geschehn kann,
endlich,
heftig,
längst,
Oder*[sic]* es kommt
der türkische Flieder
und erfragt sich,
[den Duft.] ‹wider alles Erwarten,
den Duft.›

F Unten auf den »2. April 66« *datierte Handschrift; die letzte Strophe ist mit einem Pfeil versehen (siehe* »Oder es kommt« *C).*

Das Narbenwahre, verhakt
ins Äußerste, nicht zu
Entwirrende,
Längst*[sic]*
ist der Schautanz getanzt,
der schwergemünzte
hier in der Einfahrt,
wo alles noch einmal geschieht
und geschehn kann,
endlich,

heftig,
längst,
[Oder*[sic]* es kommt
der türkische Flieder gegangen
und erfragt sich ⟨/ mehr als [nur]⟩ ⟨nur [/]⟩
[den] Duft.]

G Handschrift aus einem Brief an GCL, unten datiert: »2. 4. 1966«, *oben rechts eine Liste mit Wortübersetzungen. Vers 5 ist mit einem unklaren Einfügungszeichen versehen. Zur letzten Strophe siehe* »Oder es kommt« *(D).*

Das Narbenwahre, verhakt
ins Äußerste, nicht zu
Entwirrende,

Längst*[sic]* ⟨ist, hier in der Einfahrt,⟩
ist der Schautanz getanzt,
der schwergemünzte,
hier in [der] der Einfahrt,
wo alles noch einmal geschieht
und geschehn kann,
[längst] endlich,
heftig,
längst,

Oder*[sic]* es kommt
der türkische Flieder gegangen
und erfragt sich
mehr als nur Duft.

Wörterliste: Das Narbenwahre : Le vrai-cicatrice / verhakt – accroché / das Äußerste – l'extrême / Nicht zu Entwirrende – impossible à dévider, (défaire)

H Titellose Fassung aus einem handschriftlichen Brief an GCL, unten datiert: »2. 4. 66« / »An Gisèle«, *oben mit dem Vermerk* »8« *versehen. Dabei eine Liste mit Wortübersetzungen mit der Bemerkung links oben:* »Für Gisèle«

V.4-5: Längst*[sic]* / ist der Schautanz getanzt,

Wörterliste: Die Narbe – la cicatrice / narbenwahr – vrai comme une cicatrice / vrai-»cicatricement« / verhakt – accroché / der Haken – le crochet / das Äußerste – l'Extrême / entwirren – antonyme de verwirren – brouiller, / das nicht zu Entwirrende – impossible à dévider, à sortir de la confusion / längst – il y a bien longtemps / der Schautanz – la danse-»show«, / die Schaumünze – la médaille (enfin : démonstrative) / münzen – frapper monnaie / die Einfahrt – l'entrée (pour automobilistes) / heftig – avec violence

J Handschrift, unten datiert: »2. 4. 66« / »endg. Fssg«, *oben mit dem Vermerk* »(8)« *versehen*

V.4-7: Längst*[sic]* / ist der Schautanz getanzt, / der schwergemünzte, / hier, i[n]m [der Einfahrt,] Torweg[.],

123 DAS SEIL

6./17. 4. 1966

Zitiert nach der Reinschrift im Schulheft, unten datiert: »(6. 4. 66)« / »Abschrift: 10. 4. 66«. *Drei weitere textidentische Reinschriften sind unterschiedlich datiert:* »*[angestrichen:]* Endg. Fssg.« / »17. 4. 1966« bzw. »6./10./17.« / »1[4]7. April« *bzw.* »1. Fassung: 6. 4. 1966« / »Abschrift: 10. 4. 66« / »Endgültig: 17. 4. 66«. *Der Titel erscheint in Inhalt I mit der Ordnungsziffer 11 (darauf bezieht sich der Vermerk oben rechts:* »(11)« *in einer der Reinschriften), sowie in Inhalt II als Nr. 11, zwischen* »Vom Hochseil« *(GW II 144, ED 10/34) und* »Mit dem rotierenden«; *Inhalt III und V geben den Titel als Nr. 13, zwischen* »Über die Köpfe hinweg-« *(ED 32) und* »Vom Hochseil«, *auch in Inhalt IV ist er enthalten.*

Erstdruck: ED 33

A Undatierte Fragmente und Entwürfe aus einem zu AW gehörenden Konvolut

Seiltänzerzorn / *[angestrichen:]* der Zorn des düpierten Seiltänzers / *[unleserlich]* am Tatort / unbußfertig / hinausfeuern / das Basiliskenhafte an diesem Blick / durch verwerfliche Kunstgriffe von*[sic]* [Hochs[i]eil] Hochseil auf den Boden / gezwungen

[Abstand:]

Seiltänzer-Zorn, [am Tatort]

[Abstand:]

Vom Seiltänzer und seinem Zorn

Vom Seiltänzer und seinem Zorn,〈//〉
das Seil, zwischen zwei Köpfen gespannt,

langt nach dem ewigen Draußen,
[die] Der*[sic]* Spieldose[n][, hal] [h]
das Seil, zwischen [die] zwei Köpfe‹n› benannt,
langt nach dem [bestä ewigen] beständigen Draußen
Spiel[e]uhren kommen

B Undatierte Handschrift aus einem zu AW gehörenden Konvolut, von PC als erste Fassung gekennzeichnet

[Vom Seil, z]
[Vom Seiltänzer und seinem Zorn]
[das Seil, zwischen zwei [K]hoch-
wohlgeborenen Köpfen gespannt,
langt nach]
Das Seil, zwischen zwei hoch-
wohlgeborenen Köpfe gespannt, ‹oben,› [droben, hoch] [oben,]
oben,
langt ‹nach› dem ewigen Draußen,
[das Seil,]
[muß] ‹Es muß› singen – ‹es singt [mit]›
mit
Die

C Undatierte Handschrift aus dem gleichen Konvolut wie B, von PC als zweite Fassung gekennzeichnet

[Ein Tänzer,]
Das Seil, zwischen zwei hoch-
wohlgeborene[n] Köpfe gespannt, oben,
langt nach dem ewigen Draußen,
das Seil
muß singen – es singt
mit.
Das Scheppern der
‹Schellen-›Attrappe – vorläufig
reicht‹s› [es] aus.

D Undatierte Handschrift aus dem gleichen Konvolut wie B, von PC als dritte Fassung gekennzeichnet

Das Seil,
zwischen zwei hoch-

wohlgeborene Köpfe gespannt, oben,
langt nach dem ewigen Draußen,

das Seil
[muß] [sing[en]t] [– es singt] soll singen – es singt,
[mit.]

[Das Scheppern
der Schellen Att]
Die heisere Glocken-Attrappe,
knallbudenecht,
reißt an den Siegeln, mit Tönen

[daran
[rechts, zwischen den beiden Zeilen:] [aus meinem *[unleserlich]*]
geht]

E Undatierte Handschrift auf der Vorderseite von B

DAS SEIL, zwischen zwei hoch-
wohlgeborene K[n]öpfe gespannt, oben,
langt⟨,⟩ ⟨auch mit deinen Händen⟩ nach dem [e]Ewigen Draußen,

das Seil
soll singen – es singt,

Ein*[sic]* [Kreischen] Ton
reißt an den Siegeln,
die du befremdet erbrichst

F Handschrift aus einem Brief an GCL, neben dem Gedichttext links doppelt angestrichen und mit dem Vermerk versehen: »Endg. Fassung« / «6. 4. 1966«. *Unter dem Text folgt eine Liste mit Wortübersetzungen.*

Das Seil, zwischen zwei hoch-
wohlgeborene [Kn] Köpfe gespannt, oben,
langt⟨,⟩ ⟨auch mit deinen Händen⟩ nach dem Ewigen Draußen,

das Seil
soll singen – es singt,

Ein*[sic]* Ton [reißt]
reißt an den Siegeln,
die du befremdet erbrichst.

Wörterliste: das Seil – la corde / hochwohlgeboren – de haute lignée / spannen – tendre / draußen – dehors / (ici substantivé): Le dehors / an etwas reißen – essayer d'ouvrir par la force / Siegel

– sceau / erbrechen – ouvrir par la force, arracher / befremdet – étonné

G Handschrift aus dem gleichen Konvolut wie B, unten datiert: »6. 4. 1966«
V.1-3: Das Seil, zwischen zwei hoch- / wohlgeborene Köpfe gespannt, oben, / langt⟨,⟩ [nach] ⟨auch⟩ mit deinen Händen,
V.5-7: [das Seil] das Seil / soll ⟨jetzt⟩ singen – es singt, / Ein*[sic]* Ton
V.9: die du befremdet erbrichst

H Handschrift aus dem gleichen Konvolut wie B, die Datierung unten ist zweimal angestrichen: »[zweimal unterstrichen:] Endg. Fassung« / »6. 4. 1966«; *unten rechts ist vermerkt:* »Gestrichen: hochwohlgeboren« / »befremdet« / »7. 4. 66«
V.1-2: Das Seil, zwischen zwei [hoch-] / [wohlgeborene] Köpfe gespannt, [oben] hoch oben,
V.9: die du [befremdet] erbrichst.

124 Mit dem rotierenden
7. 4. 1966

Zitiert nach der Handschrift im Schulheft, unten datiert: »(7. 4. 66)« / »Abschrift: 10. 4. 66«. *Der Titel erscheint in Inhalt I mit der Ordnungsziffer 12 (darauf bezieht sich der Vermerk oben rechts:* »(12)« *in G), sowie in Inhalt II als Nr. 12 zwischen* »Das Seil« *und* »Oder es kommt«; *Inhalt III und V geben den Titel als Nr. 7, zwischen* »Oder es kommt« *und* »Das Narbenwahre«, *auch in Inhalt IV ist er enthalten.*
Erstdruck: ED 27

A Undatiertes handschriftliches Fragment, auf der Rückseite eines Fragments von »Notgesang« *(B)*
[Mit dem Sehklumpen
stößt du zusammen
bei Eisfeuerschein,]

B Handschrift, oben rechts und unten links datiert: »Donnerstag, 7. April 66« *bzw.* «Erste Niederschrift« / »7. 4. 66«
Mit dem Sehklumpen
stößt du zusammen
bei Eisfeuerschein,

erblickt, erblickt – durchstoßen,
du kennst den Schrei,

weißt,
daß er geschrien wird an deiner Statt,
mehr als das brauchst du
nicht zu wissen,
das Spiel geht ohnehin weiter,
[das Gedicht]
⟨es⟩ wälzt sich, durch die erste ⟨beste⟩ Buchstabenöffnung
und [spricht von] ⟨meldet ungestört, ungehört⟩ Gewinn und Verlust.

C Handschrift, unten datiert: »7. 4. 66« / »Zweite Niederschrift«

Mit dem Sehklumpen
stößt du zusammen
bei Eisfeuerschein,
Erblickt*[sic]*, erblickt – durchstoßen, [//]
du kennst den Schrei,
weißt, ⟨/⟩ [daß er] [⟨hier⟩] geschrien wird
an deiner Statt,
Mehr*[sic]* als das brauchst du
nicht zu wissen,
das Spiel geht ohnehin weiter,
es wälzt sich
durch die erste beste
Buchstabenöffnung
und meldet [ungestört] ungehört
Gewinn und Verlust

D Oben rechts auf den »7. 4. 66« *datierte Handschrift*

Mit dem rotierenden
Sehklumpen stößt du zusammen
bei Eisfeuerschein[,]:
Erblickt*[sic]*, erblickt – durchstoßen, ⟨//⟩
du kennst den Schrei,
weißt,
das*[sic]* geschrien wird, auch
an deiner Statt,
Mehr*[sic]* als das [brauchst du]
[nicht zu wissen] steht dir nicht zu,
das Spiel geht ohnehin weiter, //

es wälzt sich
[durch die erste runde] [den ersten ru]
durch [d[ie]en erste] den ersten [best] runden
[Mit] Selbstlaut der Schrift, durch
die Öffnung,
und meldet ungehört
Gewinn und Verlust.

E Handschrift aus einem Brief an GCL, unten datiert: »7. 4. 1966« / »Endgültige Fassung«
Oben Notizen von GCL: »Klumpen – motte / motte œilletée«
Ohne Endpunkt
V.2: Sehklumpen stößt du zusammen
V.5-6: du kennst den Schrei, / weißt, das*[sic]* geschrien wird, auch
V.8-9: me[n]hr als das steht dir nicht zu, / das Spiel geht ohnehin weiter,
V.12: [beste] Buchstabenöffnung

Erklärungen
motte œilletée: *diese französische Neubildung stammt von PC selbst. Siehe die Erklärung in seinem Brief an GCL vom 7. 4. 1966:* »[...] Sehklumpen, mot composé de ›sehen‹, voir, et ›Klumpen‹, motte (– de terre etc.), donc motte œilletée etc.«

F Handschrift, unten datiert: »7. 4. 1966« / »[Endgültige Fassung]«
V.2: Sehklumpen stößt du zusammen
V.5-6: du kennst den Schrei, / weißt, das*[sic]* geschrien wird, auch
V.8-9: Mehr*[sic]* als das ‹zu wissen, /› steht dir nicht zu, / das Spiel geht ohnehin weiter,

G Handschrift, unten datiert: »7. 4. 66« / »Endgültige Fassung«
V.5-7: Du*[sic]* [kennst / den Schrei,] weißt, / da[s]ß geschrien wird, auch
V.9-12: [Mehr*[sic]* als das / zu wissen, steht / dir nicht zu, / das Spiel geht [ohnehin] weiter,]

H Publizierter Text
V.5: Du*[sic]* weißt,
V.6: daß geschrien wird, auch [an]
V.8: Mehr*[sic]* als das

125 Oder es kommt
2. 4. 1966, 8. 4. 1966

Zitiert nach der Reinschrift im Schulheft, unten datiert: »(8. 4. 66, ursprünglich 2. 8.*[sic, es muß 2. 4. heißen]*, als Schlußstrophe von ›Das Narbenwahre‹.)« / »Abschrift: 10. 4. 1966«. *Eine textgleiche Handschrift ist unten datiert und kommentiert:* »⟨endg. Fssg⟩ 8. 4. 66« / »ursprünglich 2. 8. *[sic]* 66,« / »als Schlußstrophe von Das [Nacht] Narbenwahre konzipiert«. *Der Titel erscheint in Inhalt I mit zwei Fragezeichen als Nr. 13 (darauf bezieht sich der Vermerk oben rechts:* »??« / »(13)« *in der zweiten Reinschrift), sowie in Inhalt II als Nr. 13 zwischen* »Mit dem rotierenden« *und* »Notgesang«; *Inhalt III und V geben den Titel als Nr. 6 zwischen* »Zeitlücke« *und* »Mit dem rotierenden« *an, auch in Inhalt IV ist er enthalten.*
Erstdruck: ED 26

A Undatierte Handschrift, als Schlußstrophe von »Das Narbenwahre« *(D)*

B Handschrift, als Schlußstrophe (in großen Klammern) von »Das Narbenwahre« *(E), datiert:* »2. 4. 66«

C Handschrift, als Schlußstrophe von »Das Narbenwahre« *(F), datiert:* »2. April 1966«

D Handschrift aus einem Brief an GCL, als letzte Strophe von »Das Narbenwahre« *(G), unten datiert:* »2. 4. 1966«

E Handschrift einer deutschen und zweier französischer Fassungen in einem Brief an GCL, unter der deutschen Fassung auf den »8. 4. 66« *datiert*
Deutsche Fassung: V. 1: … Oder es kommt

… Ou bien s'en vient
le lilas à la turque,
questionnant, [obtenant] il obtient
plus [que] que ⟨du⟩ parfum

Ou bien s'en vient
le lilas à la turque
ses questions, à la ronde,
glanent plus que du seul parfum
(cueillant plus que du parfum (odeur etc.))

F Undatierte Handschrift einer deutschen und einer französi-

schen Fassung mit Entwurf; die deutsche Fassung entspricht, abgesehen vom fehlenden Titel, der publizierten Fassung.

Ou bien s'en vient
le lilas turc,
et, à force
Ou bien s'en vient
le lilas turc
et, à force de questions
obtient plus
que [n'en] [en] n'offre
[le salut] le seul parfum

G Undatierte Handschrift einer französischen Fassung, zusammen mit einer gestrichenen französischen Fassung von »Mit uns« *(GW III 151, ED 17/23)*

Ou bien avec nous
s'en vient le [parfum] lilas turc
[se] et obtient, de question en question,
davantage que du [simple] parfum

H Undatierte Handschrift einer deutschen und einer französischen Fassung, die deutsche entspricht dem publizierten Text.

Ou bien s'en vient
le lilas turc
et, à force de questionner
obtient plus que ⟨le⟩ seul parfum

[unten Variante für V.3-4:]

⟨et, reçoit, à force de questionner,
plus que d[e]u parfum⟩

J Undatierte Handschrift einer deutschen (entspricht Fassung F) und einer französischen Fassung; das Blatt ist unten »Paul ⟨Celan⟩« *gezeichnet.*

Ou bien s'en vient
le lilas turc,
et à force de questions
il obtient, au-delà[,]
de celui-ci,
plus que du parfum.

126 NOTGESANG
27. 3. 1966, 9. 4. 1966

Zitiert nach der Handschrift im Schulheft, unten datiert: »(9. 4. 1966)« / »Abschrift: 10. 4. 1966«. *Der Titel erscheint in Inhalt I mit Fragezeichen und der Ordnungsziffer 14 (darauf bezieht sich der Vermerk oben rechts:* »(14)« *in E); sowie in Inhalt II als Nr. 14, zwischen* »Oder es kommt« *und* »Zeitlücke«*; Inhalt III und V geben den Titel an als Nr. 4 zwischen* »Mit uns« *(GW III 151, ED 17/23) und* »Zeitlücke«*, auch in Inhalt IV ist er enthalten. Erstdruck: ED 24*

A Als »-i-« *gekennzeichnete, auf den* »27. 3. 66« *datierte Fragmente aus einem Tagebuch (1966), durch den Vermerk* »oder« *als Alternativen deutlich*

Es geht ein kleines Sterben
umher, umher

Es geht ein kleines Sterben
um um umher

B Undatierte, durch »-i-« *gekennzeichnete handschriftliche Notiz mit dem Vermerk:* »Zu: Notgesang«*; auf der Rückseite befindet sich ein Fragment zu* »Mit dem rotierenden« *(A). Das Blatt ist von PC als erste Fassung gekennzeichnet.*

[es,] es geht ein kleines Sterben
umher, umher

C Undatierte Handschrift, von PC als zweite Fassung gekennzeichnet

[Notges]

Notgesang der Gedanken,
von einem Gefühl her,
[das hat
[keinen] keinen Namen]

das hat [/]
keinerlei in ⟨/⟩ [Fahnentuch]
⟨der⟩ großgewiegten Namen nicht viele

stachelig [war es] ists, ⟨aus de[n]m [Deckungen]
Hartlaubgebüsch⟩ zur Hand, ⟨zur Brennessel-Hand,⟩

es geht ein kleines Sterben
umher, umher

D Unten auf den »9. 4. 66« *datierte Handschrift*
V.1: Notgesang der Gedanken,
V.4: der [großgewi] wachge[wiegten]sungenen[,] [Namen]
V.6-7: stach[e]lig, ⟨/ unverkennbar,⟩ so, [steht es] / [steht es der Nesselhand]
V.9-11: steht es hervor, dir / [zur Hand,] entgegen, [/]/ stachlig.
E Handschrift, unten datiert: »Endg. Fssg« / »9. 4. 1966«
V.1: Notgesang der Gedanken[,]
V.9ff.: steht es ⟨mit ihnen⟩ hervor, dir / entgegen, /⟨/⟩ stachlig. // [Ein] Es geht ein kleines Sterben / umher, umher.
F Unten auf den »9. 4. 66« *datierte Handschrift, unten rechts durch einen Stern gekennzeichnet*
Die ersten beiden Strophen sind nachträglich zusammengefaßt.
V.8: aus dem Hartlaubgebüsch, [⟨der Macchia,⟩]
V.11: stachlig.
G Publizierter Text
V.7: so, unverkennbar[e],
V.12: Es*[sic]* geht ein kleines Sterben

127 ZEITLÜCKE
9. 4. 1966

Zitiert nach der Reinschrift im Schulheft, am rechten Rand datiert: »(9. 4. 1966)« / »Abschrift: 10. 4. 66«. *Der Titel erscheint in Inhalt I mit Fragezeichen und Ordnungsziffer 15 (darauf bezieht sich der Vermerk oben rechts:* »(15)« *in F), sowie in Inhalt II als Nr. 15 zwischen* »Notgesang« *und* »Mit uns« *(GW III 151, ED 17/23); Inhalt III und V geben den Titel als Nr. 5 an, zwischen* »Notgesang« *und* »Oder es kommt«, *auch in Inhalt IV ist er enthalten.*
Erstdruck: ED 25
V.14 beginnt in allen Fassungen: »Der*[sic]*«
A Undatierte Handschrift
der Nächste bekrönt
mit Rebellen-Tand

Zeitlücke unter-
halb der Schleierzirren, ⟨//⟩
sibyllengrau, silbrig, ⟨//⟩
Enthimmeltes [in] um
die Boje des ersten [Ertrunknen] Getauchten, //

Zeitlücke aber-
mals, a[n]m [diesem] selben Ort,
wo die Ortlosigkeit
dich bettet in ihr[e] – con sordino
[Hintergedanken] ⟨–⟩ ⟨Fahnen-⟩Hurrah – [con sordino]
Der Nächste – der dritte Nächste,
bekrönt
mi*[sic]* Rebellen-Tand
und scheppernden
Narren-Schellen, Weisen schellen*[sic]*

B Überarbeitete Handschrift, unten datiert: »Nachm.« / »9. 4. 66« / »[Endgültige Fassung]«

Zeitlücke unterhalb
der ⟨drei⟩ [Schleierz]Zirren, [//]
sibyllengrau, silbrig,
Enthimmeltes rund um
die Boje des Ersten,
Zeitlücke, [abermals] wieder,
am selben Ort,
da, wo die Ortlosigkeit⟨en⟩
dich betten komm[t]en ⟨/⟩ con sordino,
in all ihr ⟨/⟩ zerschlissenes
Fahnen-Hurrah,
Der Nächste und Dritte,
bekrönt mit Rebellen-Tand
und scheppernde[r]n
Narren-Schellen, Weisen-Schellen

[Variante für die 4. Strophe links:]
⟨Zeitlücke, wieder,
am selben Ort,
da, wo die Ortlosigkeiten
[verschoben auf den Platz nach dem nächsten Vers:] con sordino –
dich betten kommen
in all ihr zerschlissenes
Fahnen-Hurrah,⟩

C Handschrift, unten datiert: »[Endgültige Fassung,] Freitag« / »9. 4. 1966«

V.1: Zeitlücke unterhalb
V.4-6: Enthimmeltes rund / um die Boje des Ersten, / ⟨der schwimmt⟩
V.8ff.: am selben Ort, / da, wo die Ortlosigkeiten / dich betten kommen, / con sordino, / in all ihr zerschlissenes / Fahnen-[Hurrah,]Vorbei, // Der Nächste und Dritte, / bekrönt mit Rebellen-Tand / und scheppernden / Narren-Schellen, ⟨/⟩ Weisen-Schellen

D Handschrift, unten datiert: »[Endgültige Fassung]« / »Freitag 9. 4. 66«
V.10-11 sind nachträglich vertauscht.
V.3: [sibyllengrau,] silbriggrau,
V.5-6: um die Boje des Ersten, / der schwimmt,
V.8: am [selben] selben Ort, da
V.10-12: dich betten kommen, / ⟨die⟩ dunkelstimmig[,]⟨en⟩ / [in all ihr] ⟨in lauter⟩ zerschlissenes
V.14ff.: Der Nächste und Dritte, / bekrönt ⟨mit⟩ Rebellen-Tand / und scheppernden / Narrenschellen, Weisenschellen

E Undatiertes und gestrichenes handschriftliches Fragment
V.1: Zeitlücke unterhalb
V.3: silbriggrau,
V.5-6: um die Boje des [Ersten,] / [der schwimmt –] [Schwimmenden]
V.9: woh *[der Text bricht hier ab]*

F Handschrift, unten mit Stern gekennzeichnet und datiert: »Endg. Fssg« / »[(Kar)Freitag] Samstag« / »9. 4. 66«
V.4: Enthimme⟨l⟩tes rund
V.9: wohin die Ort[s]losigkeiten,
V.11: dich betten kommen,

128 MIT SEETANG-GESCHMEIDE GEFESSELT
10. 4. 1966

Zitiert nach einer Handschrift im Schulheft, unten datiert: »Abschrift: 15. 4. 66«. *Der Titel erscheint in Inhalt I mit der Ordnungsziffer 17 (darauf bezieht sich der Vermerk oben rechts:* »(17)« *in E), sowie in Inhalt II als letztes Gedicht nach* »Mit uns« *(GW III 151, ED 17/23); Inhalt III und V geben den Titel an als Nr. 16, zwischen* »Bedenkenlos« *(GW III 141, ED 7/35) und* »Die leere Mitte«, *auch in Inhalt IV ist er enthalten.*

Erstdruck: ED 36

V.4 in allen Fassungen: »Ertrunkene« *[sic]*

A Undatierte handschriftliche Fragmente in einem Heft mit Lesenotizen

Zaubersprüche und Anrufungen

Anrufungen, meerwassergrün, –
Seetang, [hart] harthörig

Anrufungen, [mi] meergrün, in mitten*[sic]*
von geschmeidigem Seetang

Geschmeidet*[sic]* von Seetang

Mit geschmeidigtem Seetang umwunden, *[links:]* ‹Klagelaut›
die Anrufungen frei-
[gekämpft] getrunken,
kämpferische[n] Klagelaute
[erlauscht, im Gehördämmer]

B Unten auf den »10. 4. 66.« *datierte Handschrift*

Mit geschmeidigtem Seetang [*[unleserlich]*] gefesselt

(Vorher: die Anrufungen frei-
getrunken –
die kämpferischen Klagelaute
erlauscht)

Hier herrscht die Ertrunkene Kette
[Auf] [S]schmalste[r]n Schulter‹n›
[kommt] [noch weiteres] wird weitere Dämmerfracht,
aufgeladen. ‹//›

Du – du
bleibt hier: Es ist euch
noch [Schwereres] ‹Anderes› zugedacht,
und ‹auch› die Klage
will in sich zurück

C Handschrift, unten datiert: »10. 4. 66 Erste Niederschrift«

Mit geschmeidigtem Seetang gefesselt

[(] Vorher: Die Anrufungen, alle, freigetrunken;
die kämpferischen Klagelaute – freigelauscht[)]

Hier h[ie]errscht die Ertrunkene Kette.

De[r]n schmalsten

Schulter⟨n⟩ aufgeladen
die übrige Dämmerfracht
[Du – bleib hier, du]
Du – du,
bleibt hier: Es ist euch
noch [Schwereres] ⟨Anderes⟩ zugedacht,
und auch die Klage
will in sich zurück.

D Überarbeitete Handschrift, zwischen den beiden Fassungen der letzten Strophe datiert: »10. 4. 66«

Mit geschmeidigtem Seetang gefesselt.
Vorher: Die Anrufungen, alle, freigetrunken;
die kämpferischen Klagelaute – freigelauscht.

Hier herrscht die Ertrunkene Kette.

Den schmalsten Schultern aufgeladen,
die übrige Dämmerfracht

Du – du, bleibt hier: ⟨/⟩ Es ist euch
noch [Schwereres] ⟨Anderes⟩ [ge] zugedacht,
und auch die Klage
will in sich zurück.

[unten, mit dem Vermerk »Reinschrift«*:]*

⟨Du hier ⟨und⟩ du, ihr sollt bleiben:
Es ist euch
noch Schwereres zugedacht,
und auch die Klage
will in sich zurück⟩

E Handschrift, unten links datiert: »Endgültige Fassung,« / »10. 4. 66«*; das Gedicht ist durch ein dreifach durchgestrichenes Fragezeichen gekennzeichnet.*

Die zweite, vierte und sechste Strophe sind eingerückt.

V.1-3: Mit [geschmeidigtem Seetang] ⟨Seetang-Geschmeide⟩ gefesselt. // Vorher: die Anrufungen, alle, freigetrunken; / [D]die kämpferischen Klagelaute – freigelauscht.

V.5: Den schmalsten Schultern aufgeladen,

V.9ff.: noch [Schwereres] ⟨Anderes⟩ zugedacht, / und auch die Klage / will in sich zurück.

F Handschrift, unten datiert: »10. 4. 66« / »Abschrift der« / »endgültigen Fassung«
Die zweite, vierte und sechste Strophe sind eingerückt.
V. 1-3: Mit [geschmeidigtem Seetang] ‹Seetang-Geschmeide› gefesselt. // Vorher: die Anrufungen, alle, freigetrunken; / Die *[sic]* kämpferischen Klagelaute – freigelauscht.
V. 5: Den schmalsten Schultern aufgeladen[,]
V. 10-11: und auch die Klage / will in sich zurück.

G Publizierter Text
V. 4: mit einem unklaren Zeichen, vielleicht eingerückt
Gestrichene Variante der 4. Strophe, ihr vorausgehend: [Den schmalsten Schultern aufgeladen, / wie die [üppige] übrige Sommerstag*[sic]*]

129 DIE LEERE MITTE
17./18. 4. 1966

Zitiert nach der Handschrift im Schulheft, unten datiert: »E. F.: 18. 4. 66«. *Eine weitere textgleiche, datierte Fassung ist mit einem unterstrichenem Fragezeichen gekennzeichnet, drei weitere textgleiche Reinschriften sind auf den 17. 4. 66 datiert. Der Titel erscheint in Inhalt I mit einem Fragezeichen; Inhalt III gibt ihn als Nr. 17 zwischen* »Mit Seetang-Geschmeide gefesselt« *und* »Erlisch nicht ganz« an, *Inhalt V als Nr. 17 zwischen* »Mit Seetang-Geschmeide gefesselt« *und* »Das am Gluteisen hier«, *auch in Inhalt IV ist er enthalten.*
Erstdruck: ED 37

A Unten auf den »17. IV. 1966« *datierte handschriftliche Fragmente und ein Entwurf mit dem Vermerk* »Endg. Fassung«
‹Die leere Mitte›

die feige Mitte, der wir singen halfen,
als sie leer – und hinaufsah

Die [feige] leere Mitte, der wir singen halfen,
als sie leerstand, nach oben,

[Abstand.]
Die leere Mitte, der wir singen halfen,
als sie [be] nach oben stand, hell,
und die [Schiffe] [Brote] Brote vorbeiließ, gesäuert und ungesäuert, [u]

[und sich Rot]
[Um] *[eingerückt:]* [von Dunkel]
[eingerückt:] von Rot umdunkelt[, und] ‹und
[‹von›] Andrem,› [ein paar] Fragen, dir folgen[d], seit langem.

B Undatierte Handschrift unten mit einem Stern und dem Vermerk: »‹Endg.Fassung›«
Keine Strophenunterteilung
V.3: [und] ‹als sie› die Brote vorbeiließ, gesäuert ‹/› und ungesäuert,
V.5: von [ein paar] Fragen, dir folgend[.],

C Handschrift, unten datiert: »Endg. Fssg« / »17. 4. 1966«
Die Strophenunterteilungen nach dem vierten und vor dem letzten Vers sind nachträglich eingefügt.
V.3-4: als sie die Brote vorbeiließ, gesäuert / und ungesäuert,

D Handschrift, unten datiert: »[Endg. Fssg]« / »[17. 4. 1966]«
Der Text entspricht C nach der Korrektur.

130 Das am Gluteisen hier
18. oder 19. 4. 1966

Zitiert nach der überarbeiteten Handschrift im Schulheft, datiert unten: »E. F.: 18. 4. 66«. *In früheren Quellen erscheint der 19. 4. 1966, bei einem von beiden Daten dürfte es sich um einen Schreibfehler handeln. Der Titel erscheint, unterstrichen, in Inhalt I, sowie in Inhalt III als Nr. 19 zwischen* »Erlisch nicht ganz« *und* »Wildnisse«, *in Inhalt IV ist er enthalten, Inhalt V gibt ihn an als Nr. 18 zwischen* »Die leere Mitte« *und* »Erlisch nicht ganz«.
Erstdruck: ED 38

A Oben rechts auf den »19. 4. 1966« *datierte Handschrift, von PC als erste Fassung gekennzeichnet*
Das Vorbeigedolmetschte*[sic]* ‹Drüben›
[Abstand:]
das am [Eisen] Gluteisen hier *[links:]* ‹Gluteis(en) ?›
vorbeigedolmetschte Drüben:
So leicht wird unsereins,
lobsingend, nicht satt.
[Abstand:]
[Die uns ins Rückgrat [Auch die Mein]
die

Es kommen⟨,⟩ ⟨bei Zeiten,⟩ die Härten[,]
und kein Nebenbei.

[Herbei] ⟨Von Funken⟩ gesteuerte Härten[,]
kommen, und kein Nebenbei

B Unten auf den »19. 4. [65]66« *datierte Handschrift, von PC als zweite Fassung gekennzeichnet. Die zweite und dritte Strophe sind nachträglich vertauscht.*

Das am Gluteisen hier
vorbeigedolmetschte Drüben:

So leicht wird un[t]sereins,
lobsingend, nicht satt.

Von Funken gesteuerte Härten
kommen, und kein Nebenbei.

C Unten auf den »19. 4. 66« *datierte Handschrift, von PC als dritte Fassung gekennzeichnet*

Das am Gluteisen hier
vorbeigedolmetschte Drüben:

So leicht wird unsereins,
lobsingend, nicht satt.

Von ⟨sechs⟩ Funken ⟨[aus] her⟩ gesteuerte Härten
kommen, und kein Nebenbei.

D Undatierte, von PC als vierte Fassung gekennzeichnete Handschrift. Der Text entspricht C nach den Korrekturen, abgesehen von:

V.4: lobsingend nicht satt.

E Handschrift, unten datiert: »[Endg. Fssg]« / »[19. 4. 1966]«, *von PC als fünfte Fassung gekennzeichnet. Am linken Rand zwischen den Strophen gestrichene Anweisungen für eine bzw. zwei (vor dem letzten Vers) Leerzeilen.*

Ohne Titel, ohne Endpunkt

V.3-4: So leicht wird unsereins / lobsingend nicht satt.

V.7: kommen[,]. [u]Und kein

F Handschrift, unten datiert: »Endg. Fassung« / »18. 4. 1966«

V.1: Das am Gluteisen hier

V.3-4: So leicht wird unsereins / lobsingend nicht satt.

Links von der dritten Stophe: »(von *[darüber Fragezeichen:]* den sechs« / »Funken her)«

G Handschrift, unten datiert: »E. F.« / »18. 4. 66«, *oben rechts durch ein unterstrichenes Fragezeichen gekennzeichnet*
V.3-4: So leicht wird unsereins / lobsin[k]gend nicht satt.
V.6: gest[ä]euerte Härten
H Publizierter Text
V.3-4: So leicht⟨,⟩ [wird unsereins] ⟨von Lobgesängen,⟩ / [lobsingend] ⟨wird unsereins⟩ nicht satt.
V.8: [n]Nebenbei.

131 ERLISCH NICHT GANZ
18./23. 4. 1966

Zitiert nach einer Handschrift im Schulheft, unten datiert: »21. 4. 66«. *Der Titel erscheint in Inhalt I, sowie in Inhalt III als Nr. 18 zwischen* »Die leere Mitte« *und* »Das am Gluteisen hier«; *in Inhalt IV ist er enthalten, Inhalt V gibt ihn als Nr. 19 zwischen* »Das am Gluteisen hier« *und* »Wildnisse« an. »Schreib dich nicht« *(B) war als zweite Strophe erwogen, dann aber mit der auf den* »2[2]3. 4. 66« *datierten Bemerkung zurückgezogen:* »*[mit einem Pfeil:]* selbständiges Gedicht« / »6. 4.« *[wohl irrtümlich für 6. 5.].*
Erstdruck: ED 39
A Undatiertes Fragment mit anderen Notizen auf dem Deckblatt eines Schreibblocks (siehe »Im Kreis« *A)*
erlisch nicht ganz im Nu,
wie andere es[t] taten, weit von dir und mir
B Oben auf den »19. 4. 66« *datierte Handschrift*
Erlisch nicht ganz – wie andere es taten
vor dir, vor mir,

die Umarmungen, abends, nach
dem Knospenregen, [wenden] sind
[wenden] [sich] einander zu, [so oft] stärker und stärker,
⟨ein Leuchter, groß,
[und] gar nicht allein⟩
und die aufgesprungene heimliche
Fülle
weiß, wo die [Augen jetzt] offnen
Augen jetzt stehn
morgens, mittags, abends, nachts.

C Oben auf den »19. 4. 1966« *datierte Handschrift*
Erlisch nicht ganz – wie and[e]re es taten
vor dir, vor mir,
[die Umarmungen, abends, nach
dem Knospenregen,]
[Dein] Das Haus, [abends] [⟨unterm Stern⟩] ⟨mit seinem Stern⟩, nach
dem Knospenregen, [w]
wölbt sich über uns hin,
mit den soeben [/]
geernteten ⟨/⟩ Steinen,
ein Leuchter, groß
und gar nicht allein
erblickt
die aufgesprungene heimliche
Fülle,
als erster erfährt er,
wo die offnen Augen jetzt stehn,
morgens, mittags, abends, nachts.

D Undatierte Entwürfe
Erlisch nicht ganz – wie and⟨e⟩re es taten
vor dir, vor mir,
[das Haus, nach
dem Knospenregen,
mit seinem Stern über sich,
wölbt sich über uns hin
mit dem fremden hell]
Erlisch nicht ganz – wie andere es taten
vor dir, vor mir,
das Haus, [unterm] [auf den Stern zu,]
nach dem Knospenregen,
wölbt sich über uns hin,
⟨auch⟩ mit den soeben
geernteten Steinen,
Ein*[sic]* Leuchter, herab-
getaucht, groß und
garnicht allein, //

erkennt, [als erster,] ⟨als die Schale barst,⟩ ⟨//⟩
[die aufgesprungene
heimliche Fülle,]
als die Schale barst,
die heimliche Fülle,
erfährt,
wo die offnen Augen jetzt stehn,
morgens, mittags, abends, nachts.

E Handschrift, unten datiert: »18. 4. 66,« / »19. 4. 66«

Erlisch nicht ganz – wie andere es taten
vor dir, vor mir,

Das*[sic]* Haus ⟨/⟩ [das] nach dem Knospenregen,
wölbt sich über uns hin,
mit den [soeben]
geernteten Steinen,

[gestrichenes Zeichen für Einrückung:] Ein Leuchter, ein einziger,
herabgetaucht, groß und
nicht völlig allein,
[erfährt,] erkennt, [als] wo die Schale birst,
die [heimliche] geborgene Fülle,
[gestrichenes Zeichen für Einrückung:] erfährt,
wo die offenen Augen jetzt stehn,
morgens, mittags, abends, nachts.

F Handschrift, unten datiert: »Endgültige Fassung« / »19. 4. 1966«

Erlisch nicht ganz – wie andere es taten
vor dir, vor mir,

Das*[sic]* Haus, nach
⟨den Umarmungen, [nach] nach⟩
dem Knospenregen,
[wölbt] weitet sich über uns [hin] aus,
mit den [geernteten] mitgewachsenen Steinen,

ein Leuchter, [ein] [herab-] hinzu-
[einziger,] getaucht, groß und
[gar nicht so völlig allein,] ⟨begleitet⟩
erkennt, ⟨/⟩ als die Schale birst,
die heimliche Fülle, //

[erkennt]
erfährt,
wo die offenen Augen jetzt stehn,
morgens, mittags, abends, nachts.

G Handschrift, unten datiert: »Endg. Fassung,« / »19. 4. 1966«

Erlisch nicht ganz – wie andere es taten
vor dir, vor mir,
Das*[sic]* Haus, nach
den Umarmungen, nach
dem Knospenregen,
weitet sich über uns aus
mit den [zuweilen] mit-
[geernteten] wachsenden Steinen, *[links:]* ⟨mit den mit- /
gewachsen[d]en Steinen,⟩
ein Leuchter, hinzu-
getaucht, groß und
gar nicht so völlig allein,
erkennt, als die Schale birst,
die heimliche Fülle,
erfährt,
wo die offenen Augen jetzt stehn,
morgens, mittags, abends, nachts.

H Handschrift, unten datiert: »Endg. Fssg« / »19. 4. 66«

Erlisch nicht ganz – wie andere es taten
vor dir, vor mir.
Das Haus, nach
den Umarmungen, nach
dem Knospenregen,
weitet sich über uns aus,
mit den mit[ ]gewachsenen Steinen,
ein Leuchter, hinzu-
getaucht, groß und
von seinesgleichen begleitet,
erkennt,
als die Schale birst,
die verborgene Fülle,
erfährt,

wo die offenen Augen jetzt stehn,
morgens, mittags, abends, nachts.

J Stark überarbeitete Handschrift im Schulheft, datiert unten: »End. Fassung« / »19. 4. 1966«. *Die Fassung ist gestrichen und mit dem Vermerk versehen:* »Endgültige Fassung zwei Seiten weiter«.

[Erlisch nicht ganz – wie andere es taten[,]
vor dir, vor mir,
Das*[sic]* Haus, [nach]
[den Umarmungen, nach]
dem Knospenregen,
weitet sich über uns aus,
mit den [‹zuweilen›] ‹mit-›[geernteten]‹fest›gewachsenen
Steinen, *[rechts:]* [‹mit den zuweilen / geernteten Steinen›]
[auf der gegenüberliegenden Seite mit Pfeil:] ‹mit den
festgewachsenen Steinen›
[eingerückt:](hin,
ein Leuchter, hinzu-
getaucht, groß und
[gar nicht] [so völlig] allein,
erkennt, als die Schale [birst], aufbricht,
[die heimliche Fülle,] *[rechts:]* ‹[wieviel] wieviel ‹unabwendbar›
an Verborgenem bleibt,›
erfährt,
wo die offenen Augen jetzt stehn,
morgens, mittags, abends, nachts.]
[unten:] [‹mit den mitgeernten*[sic]* Steinen›]
[auf der gegenüberliegenden Seite Variante für die 2. Strophe:]
‹das Haus, nach
dem Knospenregen
weitet sich über uns aus
mit den fest-
gewachsenen Steinen,
[der in die Musik]
[getauchten Umarmung,]›

K Handschrift, unten datiert: »[Endg. Fassung] / Erlisch nicht ganz« / »21. 4. 66«

V.4-6: weitet sich [aus,] über uns aus, / mit den [festgewachsenen] mitgewachsenen Steinen, // ein Leuchter, groß und [allein,] ⟨von seinesgleichen geleitet⟩
V.9-12: als die Sargschale, ganz aus Porphyr, / aufbricht, wie [viel] es von Verborgenem / wimmelt, un- / abwendbar,

L Handschrift, oben rechts datiert: »Endg. Fassung 21. 4. 66«
V.6-9: weitet sich [über] über uns aus, während / der Stein [fest]-mitwächst, // ein Leuchter, groß und [allein,] / ⟨von seinesgleichen geleitet,⟩
V.12: als die Sargschale, ganz aus Porphyr,
V.15-16: wimmelt, un- / abwendbar,

M Handschrift, unten datiert: »Endg. Fssug« / »21. 4. 66«, *oben rechts durch ein unterstrichenes Fragezeichen gekennzeichnet*
V.6-8: weitet sich [aus] über uns aus, [⟨/⟩ während] / ⟨während⟩ der Stein ⟨/⟩ festwächst[.], / ein Leuchte[n]r, groß und allein,
V.11-12: als die [Sarg] Schale, ganz aus Porphyr, / au[s]fbricht, wie
V.14-16: wimmelt, un[- /] abwendbar, // erfährt, ⟨/⟩ wo die offenen Augen jetzt stehn,

132 Wildnisse
20./22. 4. 1966

Zitiert nach der Reinschrift im Schulheft, unten datiert: »22. 4. 1966«. *Von den beiden weiteren textgleichen datierten Handschriften ist eine durch ein unterstrichenes Fragezeichen gekennzeichnet. Der Titel erscheint in Inhalt I, sowie in Inhalt III an 20. und letzter Stelle, nach* »Das am Gluteisen hier«*; in Inhalt IV ist er enthalten, Inhalt V gibt ihn an als Nr. 20 zwischen* »Erlisch nicht ganz« *und* »Schreib dich nicht«.
Erstdruck: ED 40

A Oben rechts auf den »20. 4. 1966« *datierte Notiz aus einem heterogenen Konvolut*
um deinen schönen Tod hast du dich selbst betrogen / und außer dir manch einen.

B Unten auf den »20. April 1966« *datierte Tagebuchnotiz*
um deinen schönen Tod
hast du dich selbst
betrogen

C Handschriftliches Fragment auf dem Rückendeckel des Suhrkamp-Almanachs »Dichten und Trachten« 27 (1. Halbjahr 1966, erhalten am 20. 4. 1966)

in den Tag hineingeschmiedete‹r› Wild[nis]wuchs: / mußt stehen, atmen

D Als »-i-« *gekennzeichnetes handschriftliches Fragment in einem Tagebuch unter dem Datum des 21. 4. 1966*

In [der g] den Tag hineingeschmiedete Wildnis: / mußt stehen, atmen

E Handschrift, unten datiert: »21. 4. 66« / »nach dem Besuch von Gisèle«, *von PC als erste Fassung gekennzeichnet*

Um deinen schönen Tod
hast du dich selbst betrogen –

‹Du,›
In*[sic]* den Tag ‹/› hineingeschmiedete,
hineingewobene Wildnis:
mußt stehen, atmen.

Alleingängerisch
rauscht eines großen
Vogels [einzige‹r› Sch] Flügel
hinzu.

Erklärungen

nach dem Besuch von Gisèle: *PC befindet sich in stationärer Behandlung in der Klinik Sainte-Anne (siehe* »Um dein Gesicht«*)*

F Undatierte, von PC als zweite Fassung gekennzeichnete Handschrift

Um deinen schönen Tod
hast du dich selbst betrogen,

[Du,]
[I]in den Tag hinein-
gewobene Wildnis,
mußt [stehn jetzt,] stehn jetzt [stehen] [‹atmend›] besteh[e]n.

Allein-
gängerisch, wieder und wieder,
rauscht eines großen, nicht wiedererkennbaren
Vogels [‹Flügel›] ‹rechter›
[hinzu.] ‹Flügel hinzu,

[du] durch die Geräusche
von den Meldetürmen
hindurch.⟩

[unten Variante für V.12-13:] die Geräusche des Meldeturms
[unten Variante für V.6:] mußt stehn jetzt, bestehn

G Undatierte, von PC als dritte Fassung gekennzeichnete Handschrift

Um deinen schönen Tod
hast du dich selbst betrogen,
in den Tag hinein-
gewobene Wildnis,
mußt stehn jetzt; bestehn.
Alleingängerisch, wieder
und wieder, rauscht,
⟨über die Meldetürme hinweg⟩
eines großen, nicht wieder-
erkenbaren*[sic]* Vogels
rechter
Flügel hinzu[,].
[[durch] über die [Geräusche] Meldetürme
[hindurch.] hinweg.]

H Undatiertes Fragment

Um deinen hellen Tod
hast du dich selbst betrogen
Wildnis, metallen, [einverwoben] ein-
verwoben den Tag
muß [atmen,] mitatmen, stehn

J Undatierte Entwürfe

Um deinen hellen Tag
hast du dich selbst betrogen
[Dem Tag *[rechts:]* [⟨Wildnisse, einverwoben⟩]
einverwobene Wildnis: *[rechts:]* [⟨den redenden Stunden.⟩]
mußt stehn.
Alleingängerisch, wieder und wieder,
rauscht eines großen,
nicht wiedererkennbaren
Vogels rechter
Flügel hinzu] //

Alleingängerisch, wieder
und wieder, rauscht,
über die Meldetürme hinweg,
[die] eines großen nicht wieder-
erkennbaren Vogels
[rech] weißer [F]
Flügel ‹zu [euch] dir› hinzu.

K Unten auf den »22. 4. 1966« *datierte Handschrift*
[Um diesen ‹hellen› Tag
mit den Wildnissen, ihm einverwoben
hast du dich selbst betrogen.]

[Abstand:]
Wildnisse, den Tagen ‹um uns› einverwoben.

Alleingängerisch, wieder
und wieder, rauscht,
über die Meldetürme hinweg,
eines großen weißen Vogels
rechte Schwinge [hinzu] ‹hinzu›
[zu uns hinzu.]

133 Schreib dich nicht
23./24. 4. 1966, wohl 12. 7. 1966
(Siehe eine Fassung im Anhang S. 320)

Zitiert nach der Reinschrift im Schulheft, unten datiert: »Endg. Fssg:« / »24. 4. 66«. *Eine weitere Reinschrift ist durch ein Fragezeichen gekennzeichnet. Der Titel erscheint in Inhalt I mit Fragezeichen, in Inhalt IV mit separater Datierung (*»24. 4. 66«*) sowie in Inhalt V als Nr. 21, zwischen* »Wildnisse« *und* »Der Geist, flüssig«. *Das Gedicht war zeitweilig als Strophe von* »Erlisch nicht ganz« *erwogen.*
Erstdruck: ED 41

A Auf den »23. 4. 1966« *datierte, korrigierte Handschrift*
Schreib dich nicht
zwischen die Welten
[und lerne sterben]

[Bau auf die] Vertrau der Tränenspur
und lerne leben

B Unten auf den »[22]23. 4. 66« *datierte Handschrift, zeitweilig*

als zweite Strophe von »Erlisch nicht ganz« *(publizierte Fassung) erwogen*
[schreib dich nicht
zwischen die Welten,
vertrau der Tränenspur,]

C Undatierte Reinschrift auf gleichem Blatt wie A. Eine weitere abgesehen vom fehlenden Endpunkt textgleiche, datierte Fassung trägt die Widmung: »23. 4. 66« / »abends« / »Für Dich,« / »Gisèle, Geliebte«.
Ohne Titel
Die zweite Strophe fehlt, jedes Strophenende endet mit Punkt.

D Handschrift in einem auf »Samedi soir, 23 avril 1966« *datierten Brief an GCL*
Ohne Titel, die zweite Strophe fehlt.

E Oben rechts auf den »24. 4. 66« *datiertes handschriftliches Fragment*
Aufkommen gegen
[die] der Bedeutungen ⟨Vielfalt⟩

F Auf den »23. 4. 66« *datierte Handschrift. Die zweite Strophe (ohne Endpunkt) fehlt ursprünglich und wurde wohl am 24. 4. 1966 hinzugefügt. Jede Strophe schließt mit Punkt, der ganze Text ist gestrichen.*

G Reinschrift, unten datiert: «Endg. Fssg« / »24. 4. 66«, *oben rechts durch ein unterstrichenes Fragezeichen gekennzeichnet. Der Text entspricht Fassung F (die zweite Strophe endet jedoch mit Punkt).*

H Handschrift auf dem gleichen Blatt wie F, unten datiert: »E. Fg« / »24. 4. 66.«. *Der Text entspricht, abgesehen vom fehlenden Titel, dem publizierten Text, er ist ganz gestrichen.*

J Publizierter Text

K Oben mit Fragezeichen gekennzeichnete Handschrift, unten datiert: »Endg. Fssg.« / »24. 4. 66«
Der Text entspricht dem gedruckten. V.3 sollte jedoch eventuell geteilt werden: komm ⟨/⟩ auf gegen

L Im Anhang publizierter Text: Unter dem Datum des 12. 7. 1966 eingeordnete Handschrift
V.4: [ler] leben.

134 DER GEIST, FLÜSSIG
24./25. 4. 1966

Zitiert nach einer überarbeiteten Handschrift im Schulheft, unten datiert: »Endg. Fassung« / »25. 4. 66«. *Der Titel erscheint in Inhalt I mit Fragezeichen, sowie in Inhalt V als Nr. 22, zwischen* »Schreib dich nicht« *und* »Weihgüsse«.
Erstdruck: ED 42

A Ungeordnete und undatierte Wortnotizen
im gleichen Schrittmaß / Klüftung / Gerölle / nagelkopfähnlich / Mur / Murverbauung (Mauern, *[zweimal unterstrichen:]* Faschinen) / klüpfig // Narbe (dinarische) / -i- karpatische Narbe ??

Erklärungen
Narbe (dinarische) / -i- karpatische Narbe: *siehe* »Die Atemlosigkeiten des Denkens«

B Undatierte Fragmente und Wortnotizen
Megagäa

Polarkappen – Schellenkappen

Verflochten die Erde und dein Leben

Verflochten
die Erde und dein Leben,
bis weit hinauf,
bis weit hinab,
[darunter Punkte:] wo das Schellenklingen

Wasseransammlungen *[rechts:]* Faltenkranz

-i- Bei Blutansammlungen
[rechts:]
⟨Blut,⟩ Angesammelt*[sic]*, wie Wasser,
[im] der Schild, kristallin, inmitten

Kristallin

der Schild, kristallin

Erklärungen
Megagäa: *Ausgangspunkt für die Neubildung* »Großerde« *(Fassungen D-M); es handelt sich sicherlich um eine Lesenotiz, deren Herkunft jedoch nicht nachgewiesen werden konnte.*

C Undatierte handschriftliche Entwürfe
[oben rechts:] fürstlich / unaufhaltsam

Das Blut, randvoll
angesammelt, wie Wasser,
der Schild, kristallin, [inmitten rundum,] ‹dorthin[.]›
verwiesen

Einer [Eiskappe groß gegenüber] Polar-
kappe groß genüber*[sic]*

Gerölle, nagelkopfähnlich, Muren

[die Muren]

[stark eingerückt:] die schöne Klüftung
[stark eingerückt:] unter dem ein-
[stark eingerückt:] äugigen Stern

[Abstand:]
Einer Polar-
Kappe groß gegenüber,

Gerölle, nagelkopfähnlich, Muren, [Mauern]
‹Versuche mit› Mauern, Faschinen, [doch unau] ‹fürstlich›
unaufhaltsam.

D Handschrift, unten datiert: »Edg. Fssg,« / »24. 4. 66«
Das Blut, randvoll
angesammelt, wie Wasser, ‹//›
der ‹Groß›Schild, kristallin,
dorthin verwiesen, [‹//›]
einer Polarkappe schräg
gegenüber,
Gerölle, [‹aus›] nagelk[o]‹ö›pf[ähnlich]ig, [–] [Muren, –
[‹und›] [Muren, ‹und› Muren [–],]
‹Stau›[V]versuche mit Mauern, Faschinen[,] –
[fürstlich unaufhaltsam] vergeblich,
Die*[sic]* schöne Klüftung [dort unten] [hier] jedoch,
[unter dem] [einäugigen ein-] ‹d[ie]er Großerde Freude›
[äugigen Stern.] ‹und des ihr zugeordneten
[einäugigen] helläugigen
Sterns –›

E Undatierte Handschrift
Das Blut, [randvoll] bis zum Weltrand

angesammelt, wie Wasser,
in Urgefäßen, grundwasserhin,
der Schild, kristallin,
dorthin verwiesen, einer
Polarkappe schräg gegenüber,
⟨[[die Urge] [der] der Urgefäße
Ratschlagen unterdessen]
Urmeere in Urgefäßen⟩
Gerölle, nagelköpfig, Muren,
Vermurung,
Stauversuche mit Mauern, Faschinen –
vergeblich.
Die schöne Klüftung [jedoch,] –
der Großerde [Freude] [und] und
des ihr zugeordneten, welt-
äugigen Sterns[.]
Freude daran.

F Undatierte Handschrift

[Das Blut] ⟨Der Geist, flüssig,⟩ bis an den [Weltrand]
Weltbecherrand
angesammelt, wie Wasser,
[in Urgefäßen,]
[der] Ein*[sic]* Schild, kristallin,
dorthin verwiesen, einer
Polarkappe [schräg gegenüber] nah
Urmeere, [mit] Urgefäß[en] ⟨–⟩ [, Urlaut],
[g]Gerölle, [nagelköpfig,] Muren,
Vermurung – kein Stauversuch mehr.
[Stauversuche – vergeblich.] [Zu verge]
Die schöne Klüftung [hier unten,] hier unten [bei uns],
der Großerde und
des ihr zugeordneten weitäugigen
Sterns
Freude daran.

G Handschrift, unten datiert: »Endg. Fassung« / »24. 4. 1966«

Der Geist, flüssig,
bis an den Weltbecherrand
angesammelt, wie Wasser, //

ein Schild, kristallin,
dorthin verwiesen, einer
Polarkappe nah,
[Urmeer – und Gefäß]
Gerölle, Muren,
Vermurung – kein
Stauversuch mehr.
Die schöne Klüftung
der Großerde und
des ihr zugeordneten, [weitäugigen]
[Sterns] ⟨weitäugigen⟩
[Freude daran.] ⟨Sterns.⟩

H Handschrift, unten datiert: »Endg. Fassung« / »24. 4. 66«. *Die Fassung entspricht G, abgesehen vom gestrichenen V.7 (fehlt hier) und V.12ff.:* des ihr zugeordneten / weitäugigen [/]/ ⟨gleichnamigen⟩ / Sterns.

J Undatierte Handschrift. Die Fassung entspricht G, abgesehen vom gestrichenen V.7 (fehlt hier) und:
V.5-6: dorthin verwiesen, in / Polarkappennähe,
V.12ff.: de[s]r ihr zugeordneten, / weitäugigen, / gleichnamigen / Ster⟨n⟩masse hier.

K Undatierte, durch zwei unterstrichene Fragezeichen oben rechts gekennzeichnete Handschrift
Der Geist, flüssig,
angesammelt, wie Wasser,
in den Bechern am Weltrand,
dorthin, in Polarkappennähe,
verwiesen
der Schild, kristallin,
Hier*[sic]*: kein Stauversuch mehr[, –].
Gerölle, Muren,
Vermurung.
Hier: die schöne Klüftung
der Großerde und
die ihr zugeordneten,
weitäugigen,
[gleic] gleich [nagie] namigen
Sternmasse.

L Undatiertes Typoskript aus einem zu AW gehörenden Konvolut; der Text entspricht K nach den Korrekturen, abgesehen von:
V.1: DER GEIST, flüssig,
V.3: [am] in den Bechern, am Weltrand,
V.7: Hier: kein Stauversuch mehr,
V.12ff.: die ihr zugeordnete, / weitäugige, / gleichnamige / Sternmasse da.

M Handschrift, oben rechts datiert: »[Endg. Fassung,]« / »24. 4. 66«
Der Geist, flüssig,
angesammelt, wie Wasser,
in den Bechern am Weltrand,
dorthin, in Polarkappennähe
verwiesen
der [riesige] rauchige Steinschild
[Bei uns hier: Kein Stauversuch mehr.]
Gerölle [Muren,] hier bei uns, Muren,
Vermurung[,] –
[⟨Von⟩ hier[:] ⟨aus, sichtbar:⟩]
die schöne Klüftung
der Großerde und
die ihr zugeordnete[n],
weitäugige[n]
gleichnamige
[Sternmasse –. stern-]
Sternmasse
[rechts Variante:]
⟨[Von wo aus jetzt sichtbar]
Sichtbar, [(woher?): die schöne] noch immer,
[Klüftung] ⟨die [Erde] Großerde⟩
[der Großerde]
⟨und die ihr zugefallene
weitäugige
Stern⟨ / ⟩masse⟩⟩

N Vollständig gestrichene, leicht korrigierte Handschrift, unten datiert: »E. Fg.« / »24. 4. 66«

[Der Geist, flüssig,
angesammelt, wie Wasser,
in den Bechern am Weltrand.
Dorthin, [verwiesen,] in Polarkappennähe
verwiesen
der rauchige Steinschild,
Gerölle hier bei uns, Muren,
Vermurung –
Sichtbar, noch immer,
die Erde und die ihr
zugefallene weit-
äugige [Stern-] Großstern-
masse.]

O Vollständig gestrichene, überarbeitete Handschrift im Schulheft, unten datiert: »[E. Fg.« / »24. 4. 66]«. *Der Text entspricht N, abgesehen von:*

V.4: Dorthin, in Polarkappennähe

V.6-9: der rauchige Steinschild[,]. // [Gerölle hier bei uns, Muren, / Vermurung –] // Sichtbar, ‹gleichen Namens, /› noch immer

V.11: zugefallene, weit-

P Handschrift, unten datiert: »E.Fg« / »2[4]5. 4. 66«, *oben rechts durch ein unterstrichenes Fragezeichen gekennzeichnet*

V.1: Der Geist, flüssig,

V.5: kappennähe verwiesen,

V.10: zufallende, [weitäugige] weit-

Q Publizierter Text. Die Tilgung des Kommas nach »kappennähe« *(V.5) ist bei der Korrektur wohl versehentlich unterblieben (siehe die Korrekturbestätigung rechts), sie ist vom Herausgeber realisiert.*

V.4-6: Dorthin, in Polar‹ / ›kappennähe, [/] [verwief] verwiesen / der rauchige Steinschild [–]‹, der aufklingt.›

[rechts der ersten Strophe:] in Polar- / kappennähe verwiesen

135 Weihgüsse
26./27. 4. 1966

Zitiert nach der überarbeiteten Handschrift im Schulheft, unten datiert: »Endg. Fssg« / »27. 4. 1966«. *Der Titel erscheint, unter-*

strichen, in Inhalt I, sowie in Inhalt V als Nr. 23, zwischen »Der Geist, flüssig« *und* »Die Zerstörungen?«.

Erstdruck: ED 43

Erklärungen

Im Zusammenhang mit der Entstehung des Gedichts zu sehen sind die Lesenotizen aus der Schadewaldtschen Übersetzung von Homers Odyssee (PC benützte die 1958 in Hamburg erschienene und am 20. 3. 1959 erworbene Taschenbuchausgabe, Lektüredaten zwischen 27. 3. und 26. 4. 1966) in einem Heft mit der Aufschrift »Notizen / ‹Vokabeln› Wendungen etc.«*: von S. 136 notiert PC* »und gieße um sie den Weihguß für alle Toten« *bzw. von S. 88f.* »wie sie mit Bechern den [Weißgu] Weihguß taten« / »den Weihguß tun«.

A Undatierter handschriftlicher Entwurf

Aus Ölblättern
baust du den Abgott

[Abstand:]

Weihgüsse, zur Nacht, aus lehmigen
Mündern

Aus Ölreisern, unterm
‹abgespaltenen Leuchter›
bau [du den Abgott] hier
den [lauschenden] Abgott hinein,
dem [du huldigst] zögernd huldigst

B Unten auf den »26. 4. 66« *datierte Handschrift*

Weihgüsse, zur Nacht,
aus lehmigen Mündern

Aus Ölreisern, unter[m]
[‹den›] abgespaltenen [Leuchte] [Leuchtkreisen] Lichtern,
bau hier den Abgott hinein, ‹den für immer erschienenen›
dem du zögernd
[huldigst, nicht nur] ‹zu huldigen kamst.›
[hier].

C Unten und vor dem letzten Vers (dort gestrichen) auf den »26. 4. 66« *datierte Handschrift*

Weihgüsse, zur Nacht,
aus lehmigen Mündern //

Aus Ölreisern, beblättert,
unter[m]
abgespalte[t]nen Lichtern[,]:
⟨hier⟩ bau [hier] den Abgott hinein,
den für immer ⟨/⟩ [erscheinenden,] ⟨flüchtig⟩ aufscheinenden
dem du zögernd
huldigen [kamst,] kommst,
die große [P]
Pause
⟨um dich.⟩

D Handschrift, unten datiert: »E. Fg« / »26. 4. 66«

Weihgüsse, zur Nacht,
aus lehmigen Mündern.

Aus Ölreisern, unter
abgespaltenen Lichtern[,]:
[bau [hi] den Abgott.][hinein,]
de[n]r für immer
entstiegene[n], flüchtig
aufscheinende[n],
⟨Abgott,⟩
dem du zögernd
huldigen kommst[, zu spät]
inmitten der Großen
Pause.

E Handschrift, unten datiert: »Endg. Fssg« / »26. 4. 66«

Weihgüsse, zur Nacht,
aus lehmigen Mündern, –:
[entgegengenommen.]

Aus Ölreisern, [unter] bei
[ab]gespaltenen,*[sic]* Licht[ern]:
der von dir
hineingebaute,
für immer entstiegen[d]e,
flüchtig aufscheinende
Abgott,
dem [du abermals] ⟨ein Stück von dir⟩ huldigen komm[s]t,
[inmitten der Großen]
[Pause] in der Pause.

[unten:]
‹aus der Tiefe
lehmiger Hände gespendet›

F Handschrift, unten datiert: »Endg. Fssg 27. 4. 1966« / »An Gisèle: 27. 4. 66«, *oben rechts durch ein unterstrichenes Fragezeichen gekennzeichnet*

V.2-5: aus der Tiefe / lehmiger Hände gespendet // [Vorm] Unterm abgespaltenen Licht: / der für immer entstiegene,
V.7: Abgott,

G Handschrift aus einem Brief an GCL, unten datiert: »Endg. Fssg« / »‹An Gisèle:› 27. 4. 66«; *im zugehörigen Brief vom 27. 4. 66 ist der Text ergänzt durch eine Liste mit Wortübersetzungen.*

V.2-5: aus der Tiefe / lehmiger Hände gespendet. // Unterm abgespaltenen Licht: / der für immer entstiegene,
V.7-8: Abgott, / dem ein Teil deiner selbst

Wörterliste: Weihe – initiation / gießen – verser / Weihguß – ›offrande liquide‹ / Guß – versement / spenden – dispenser, faire don de / spalten – fendre / Abgott – idole, faux dieu / huldigen – rendre hommage

H Publizierter Text
V.4: Unterm [abgespaltenen] abgesonderten Licht:
V.7: [Abgott,] Gott,

136 DIE ZERSTÖRUNGEN?
1. 5. 1966

Zitiert nach der überarbeiteten Handschrift im Schulheft, unten datiert: »Endg. Fssg« / »1. Mai 1966«. *Der Titel erscheint in Inhalt I, sowie in Inhalt V als Nr. 24, zwischen* »Weihgüsse« *und* »Herbeigewehte«.
Erstdruck: ED 44
«Es« *(V.4) und* »Eine« *(V.11) beginnen in allen Fassungen mit Großbuchstaben, auch nach Komma.*

A Unten auf den »1. Mai 1966.« *datierte Handschrift aus einem zu LZ gehörenden Konvolut*
Mit unklarem Einfügungszeichen zwischen erster und zweiter Strophe

V.4-11: Es sind die Versäumnisse, / an ihrem Rand: ‹//› die [Ringe] geschwätzige Ringeltaube // Blick und Aug, zusammen-

gewachsen[en], / erklettern die [Stange] Kanzel / über der [weitgehend] weithin / [bereits] / zerschnittenen [Landschaft] Grafschaft
V.13: gebiert sich selbst
V.16-17: Gedicht oder dessen / Teilen.

B Unten auf den »1. V. 66« *datierte Handschrift aus dem gleichen Konvolut wie A*
V.7: Blick und Aug, zusammengewachsen[en],
V.14ff.: den Automaten gespienen / Gedicht oder dessen / Teilen.

C Handschrift aus einem Brief an GCL, unten datiert: »1. Mai 1966 / an Gisèle«. *Oben rechts durch ein Fragezeichen gekennzeichnet, oben links eine gestrichene Übersetzung (die bereits in PCs Brief selbst erscheint) von der Hand GCLs:* »[Dévastations ?]«
V.2-3: als das, mehr [als] / als das.
V.7: Blick und Aug, zusammengewachsen,
V.14ff.: den Automaten gespie[e]nen / Gedicht oder dessen / Teilen.

D Publizierter Text
V.2: als das, [als] mehr
V.7: [Blick und Aug, zusammengewachsen,] Blick und Gehör, ineinandergewachsen,
V.14: den Automaten gespie⟨e⟩nen
V.16: [Teilen.] ⟨kenntlich-unkenntlichen⟩

137 HERBEIGEWEHTE
2. 5. 1966

Zitiert nach der überarbeiteten Handschrift im Schulheft, unten datiert: »2. Mai 1966«. *Der Titel erscheint nur in Inhalt V als Nr. 25, zwischen* »Die Zerstörungen?« *und* »Lindenblättrige«.
Erstdruck: ED 45

A Handschrift auf einem Zettel aus einem zu LZ gehörenden Konvolut, zusammen mit zu »Kantige« *(F) gehörenden Fragmenten, am linken Rand datiert:* »2. 5. 66« *(doppelt unterstrichen). Der Text ist links doppelt durch Anstrich gekennzeichnet.*
Mit unklarem Einfügungszeichen zwischen V.6 und 7
Herbeigewehte mit dem voll
[eingerückt:] [dem Strandhafergruß,]

ausgefächerten Strandhafer-Gruß[.],
[I]ich werde nicht da sein,
wenn ‹du› das Rad der Beglückung schlägst[,] ‹unterm Himmel›,
dem ich [stark] aus unausdenkbarer Ferne
in die Naben greif[.],
‹ein Einsamer, schreibend.›

B Handschrift, unten datiert: »Endg Fssg« / »2. Mai 1966«, *aus dem gleichen Konvolut wie A. In einem Brief an GCL findet sich eine textgleiche Fassung, datiert unten:* »Endg. Fssg an Gisèle« / »2. Mai 1966«.
V.2: ausgefächerten Strandhafer-Gruß,
V.5: das ‹himmelnde› Rad,

C Publizierter Text
V.2: ausgefächerten Strandhafer[-G]gruß,
V.5: das ‹himmelnde› Rad,
[unten, mit Fragezeichen:] ‹das himmelnde Rad›

138 LINDENBLÄTTRIGE
2. 5. 1966
(Siehe eine Fassung im Anhang S. 321)

Zitiert nach der Reinschrift im Schulheft, unten datiert: »Endg. Fassung« / »2. Mai 66«. *Der Titel erscheint nur in Inhalt V, an 26. und letzter Stelle, nach* »Herbeigewehte«.
Erstdruck: ED 46

A Handschriftliche Fragmente aus einem zu LZ gehörenden Konvolut, vor und nach anderen Notizen; der erste Teil ist oben rechts datiert: »2. Mai 66«.
Lindenblättrige Ohnmacht, [zweimal] [oftmals durch[tobt] [atmet]:]
der Hinaufgestürzten
Psalm

B Undatierte handschriftliche Entwürfe, aus dem gleichen Konvolut wie A
Lindenblättrige Ohnmacht[,]:
[oftmals durchatmet:]
der
Hinaufgestürzten
klirrender Psalm.

[Abstand:]
Lindenblättrige Ohnmacht[,]:
der Hinaufgestürzten
klirrender Psalm.

C Titellose Reinschrift aus einem Brief an GCL datiert »End. Fssg« / »2. Mai 1966«. *Der begleitende Brief unter dem gleichen Datum gibt eine französische Paraphrase:*
[...] aux feuilles de tilleul faisant évanouissement, le gardant. Le tout, pour les précipités vers le haut, est un psaume, dans un bruit de métal.

D Publizierter Text

E Im Anhang publizierter Text: Handschrift aus dem gleichen Konvolut wie A, datiert unten: »Eg. Fsg« / »2. Mai 66«. *Die Korrekturen sind sicherlich später als der übrige Text.*
V.1-2: Lindenblättrige Ohnmacht, ⟨der⟩ / [der] Hinaufgestürzten
V.4: [Psalm.] ⟨Halbpsalm.⟩

Verstreute Gedichte

Es handelt sich um einzelne Handschriften und Typoskripte auf losen Blättern. Mit Ausnahme des Typoskripts von »Auflehnung« *stammen diese Materialien aus heterogenen Konvoluten mit anderen publizierten und nicht publizierten Gedichten aus den Jahren 1964 bis 1966. Die Texte* »Lebe-Käuzchen, dein Schrei«, »Klopfzeichen, Kopfleuchten«, »Unter Omen-Beschuß, ständig«, »Es war«, »Den Wind im Rücken«, »Die Eingeweide des Klangsteins«, »Das herzrissige, wuchernde« *sind auf einem einzigen Blatt versammelt.*

141 Lebe-Käuzchen, dein Schrei
9. 12. 1965

Erstdruck nach einer Handschrift, unten datiert: »⟨Suresnes,⟩ 9. Dez. 1965«
V.3: auch du mußt entkerkern[,].

Erklärungen
Suresnes*: In Suresnes, einem nördlichen Vorort von Paris, befand sich die psychiatrische Klinik »Hôpital du Château«, in der PC behandelt wurde.*

142 Klopfzeichen, Kopfleuchten
12. 12. 1965

Erstdruck nach einer unten auf den «12. Dez. 1965« *datierten Handschrift*

143 Unter Omen-Beschuß, ständig
12. 12. 1965

Erstdruck nach einer unten auf den »12. Dez. 1965« *datierten Handschrift*

144 Es war
13. 12. 1965

Erstdruck nach einer unten auf den »13. Dez. 1965« *datierten Handschrift*
V.2: [d]Die Tage

145 Einmal, wars das Leben?, wieder
14. 12. 1965

Erstdruck nach einer Handschrift, unten datiert: »Suresnes, 14. 12. 1965«
V.5: die [rauhe] stachlige Grenzerhand herüber[,]
Erklärungen
Suresnes*: siehe* »Lebe-Käuzchen, dein Schrei«

146 Den Wind im Rücken
16. 12. 1965

Erstdruck nach einer Handschrift, unten datiert: «16. 12. 1965 (vorm.)«

147 Die Eingeweide des Klangsteins
16. 12. 1965

Erstdruck nach einer Handschrift, unten datiert: «16. 12. 1965 (etwas später)«

148 Das herzrissige, wuchernde
16. 12. 1965

Erstdruck nach einer Handschrift, unter den beiden ersten Versen datiert: »16. 12. 1965 (nachmittags.)«. *Eine erste Fassung bestand*

u. U. nur aus diesen Versen. Der Schreibfehler V.5 »Alluminiumaufwand« *wurde im Druck korrigiert.*
V.2: Trauma[.];
V.4: mit [all sei] allerlei

149 Da bist du nun, wieder
26. 12. 1965

Erstdruck nach einer Handschrift, unten datiert: »Suresnes, 2[5]6. Dezember 1965«
Erklärungen
Suresnes*: siehe* »Lebe-Käuzchen, dein Schrei«

150 ZWITSCHER-HYMNUS AM HYPERURANISCHEN ORT
Vermutlich 8. 12. 1966

Erstdruck nach einem Typoskript aus einem heterogenen Konvolut mit Dokumenten aus dem Dezember 1966
A Undatierte Notiz auf einem unter dem Datum des 8. 12. 1966 abgelegten Blatt, zusammen mit einem Prosaentwurf und Lesenotizen
Zwitscher-Hymnus am hyperuranischen Ort

151 Du stehst, ich weiß, zu
28. 12. 1966

Erstdruck nach einer unten auf den »28. XII. 66« *datierten Handschrift aus einem Konvolut, in dem auch der fragmentarische Zyklus* »Nachtstück« *(siehe Nachwort) enthalten ist.*
V.6: zu mir [z] lieg,
Erklärungen
Main: *Ein Hinweis auf einen Aufenthalt in Frankfurt am Main gerade zu diesem Zeitpunkt liegt nicht vor, PC hält sich am 28. 12. 1966 in Paris auf.*

152 Sichtbar-unsichtbar
28. 12. 1966

Erstdruck nach einer korrigierten Handschrift aus dem gleichen Konvolut wie »Du stehst, ich weiß, zu«, *unten auf den* »28. XII. 66« *datiert und mit der Bemerkung versehen:* »zu L'Éphémère«

Vor V.6 unklares Einfügungszeichen
V.1-3: ‹Sichtbar-unsichtbar:› // [EIN] ein ‹ / › blauweißer Skythe,
V.7-10: /‹ / › vor sich her[,]- / ‹atmend ‹ / › den Einen*[sic]* / Pfeil.›
Erklärungen
L'Éphémère: *Französische Literaturzeitschrift, in der PC seit ihrer Gründung 1967 publiziert hat. Seit dem Herbstheft 1968 war er Mitherausgeber.*
zebragewandet: *Auf einem Blatt mit handschriftlichen Lesenotizen zu Jean Amérys Buch »Jenseits von Schuld und Sühne. Bewältigungsversuche eines Überwältigten« (München 1966, PC erhielt sein Exemplar am 30. 10. 1966), findet sich die als Zitat gekennzeichnete Notiz* »die Zebragewänder«. *Der »Zebra-Anzug« (Améry, S. 74) bezieht sich auf die Häftlingskleidung der Konzentrationslager.*

153 Auflehnung
1. 1. 1967

Erstdruck nach einem handschriftlich überarbeiteten Typoskript aus einem zu FS gehörenden Konvolut, unten datiert: »1. 1. 1967« / »‹Paris›«
V.4ff.: bedingtheit ‹ / › ruhlos[en]‹-genauen› / Fackeln.

ZEITRAUM LICHTZWANG

Die Gedichte von LZ entstanden zwischen dem 9. Juni 1967 und dem 6. Dezember 1967.
Manuskript: 2. 3. 1970
Druck: 2. 6. 1970, Suhrkamp Verlag Frankfurt am Main

Nicht aufgenommene Gedichte

PC stellt diese Gedichte selbst unter das Etikett »Umkreis ›Lichtzwang‹ « / »nicht aufgenommen«. *Der Vermerk* »n« *auf manchen Textzeugen steht wohl für ›nein‹, d. h. ›nicht aufnehmen‹. Einige Textzeugen, handschriftlich paginierte Typoskripte, stammen aus dem Manuskript selbst von LZ. Die Titel erscheinen auf verschiedenen Entwürfen für Inhaltsverzeichnisse. Inhalt I ist eine handschriftliche, in Zyklen eingeteilte Inhaltsangabe unter dem Titel*

»Bakensammler« *(neben verworfenen Titeln wie* »Schwarzmaut« *und* »Mit fahniger Lunge«*), alle Gedichttitel sind dort numeriert und datiert; Inhalt II ist ein mit* »Inhalt« *überschriebenes Typoskript (mit zwei Durchschlägen) ohne Numerierung aber mit Zykluseinteilung, die Titel der nicht in LZ aufgenommenen Gedichte sind im Original und in einem Durchschlag gestrichen; Inhalt III ist eine handschriftliche, durchnumerierte Liste ohne Titel und Zykluseinteilung.*

159 ... und hagelte
18. 7. 1967

Erstdruck nach einem undatierten, paginierten (17) Typoskript mit dem Vermerk »n«. *Von den beiden Durchschlägen ist einer handschriftlich auf den* »18. 7. 67« *datiert, der andere ist paginiert und trägt zweimal den Vermerk* »n«. *Eine textgleiche, datierte Handschrift ist durch* »-i-« *gekennzeichnet. Der Titel erscheint in dieser Kurzform in Inhalt I und II, jeweils als 1. Gedicht des 2. Zyklus, vor* »Einmal« *(GW II 249).*

160 ICH FRAG
19./20. 7. 1967

Erstdruck nach einem undatierten, paginierten (19) Typoskript mit dem Vermerk »n«. *Von den beiden Durchschlägen ist der eine paginiert und durch* »n« *gekennzeichnet, der andere ist handschriftlich auf den* »20. 7. 67« *datiert. Der Titel erscheint in Inhalt I und II jeweils als drittes Gedicht des 2. Zyklus, zwischen* »Einmal« *(GW II 249) und* «Beilschwärme« *(GW II 250).*

A Auf den »19. 7. 67« *datierte handschriftliche Entwürfe*
[Ich sah mich um: es ist kein Meer.
Wie kann das Auge fortgeschwommen sein?
Worin? Wohin?]
Ich frag den Schotter ab: [es ist] [k]Kein Meer rings, kein⟨s⟩.
Wie kann das Auge fortgeschwommen sein?
Worin? Wohin?

B Als »-i-« *gekennzeichnete und unten auf den* »20. 7. 1967« *datierte Handschrift, auf dem gleichem Blatt wie* »... und hagelte«
Ohne Titel, ohne Stropheneinteilung

161 Ein Teil

2. 9. 1967

Erstdruck nach einem undatierten und nicht paginierten, handschriftlich überarbeiteten Typoskript mit dem Vermerk »n«. *Von den beiden unkorrigierten Durchschlägen trägt einer den Vermerk* »nicht veröffentlichen« / »?« / »n«, *der andere ist handschriftlich auf den* »2. 9. 67« *datiert. Eine textgleiche Reinschrift mit undeutlicher Stropheneinteilung ist unten datiert:* »Paris, 2. 9. 67, abends«. *Der Titel erscheint in Inhalt I und II jeweils im 3. Zyklus, zwischen* »Ich kann dich noch sehen« *(GW II 275) und* »Lauter« *(GW II 276).*

V.1: EIN TEIL [ALLER TEILE SEIN,] aller Teile sein,

162 Graumanns Weg

19. 9. 1967

Erstdruck nach einem undatierten und nicht paginierten Typoskript mit dem Vermerk »n«. *Von den beiden Durchschlägen ist einer handschriftlich auf den* »19. 9. 67« *datiert, der andere trägt den Vermerk* »n«. *Zwei weitere textgleiche Reinschriften sind datiert:* »Zürich, Hotel Urban« / «19 . 9. 1967« *bzw.* »Zürich, 19. September 1967«. *Der Titel erscheint in Inhalt I und II jeweils im 3. Zyklus, als letztes Gedicht nach* »Das Wildherz« *(GW II 279).*

Erklärungen

Graumanns Weg: *Straße im Hamburger Stadtteil Hohenfelde, benannt nach dem Hamburger Gastwirt Johann Joachim Hinrich Graumann (1797-1866). Zur Entstehung des Gedichts gibt eine Notiz von PC in einem Notizbuch (1967) Auskunft:* »7[45] Pension Koschinek Graumanns Weg 5 Hbg«. *Das Hotel Koschinek, in PCs Guide Bleu »Allemagne« (1964) als Hotel der unteren Kategorie verzeichnet, existierte am Graumannsweg 5-7 zwischen 1954 und 1972/73. PC hielt sich allerdings 1967 vermutlich nicht in Hamburg auf.*

Zürich, Hotel Urban: *ehemaliges Hotel in Zürich, in dem PC bei seinen Zürich-Aufenthalten häufig gewohnt hat. PC befand sich nach einem Erholungsurlaub auf der Durchreise in Zürich.*

163 Erstiegene Stille
29. 9. 1967

Zitiert nach einer Reinschrift, unten datiert: »Paris, 29. 9. 67«. *Eine weitere, textgleiche Handschrift in einem Brief an Franz Wurm, ist unten mit vollem Namen signiert und datiert:* »Paris, am 29. 9. 1967«. *Der Titel erscheint nur in Inhalt III, an erster Stelle vor* »Verworfene« *(GW II 290).*
Erstdruck: PC/FW S. 100
Erklärungen
Franz Wurm (* 1926): *Freund PCs; der gebürtige Prager lebt mit englischem Paß in Zürich.*
A Handschrift in einem Taschenkalender (1967) unter dem Datum des 29. 9. 1967, mit Unterschrift: »P. C.«
Ohne Titel, ohne Stropheneinteilung
B Handschrift in einem Notizbuch (1967), unten datiert: »29. 9. 67«
Ohne Endpunkt

Einzelnes verstreutes Gedicht

167 (Er hatte in der Stadt Paris
8. 10. 1967

Erstdruck nach einer Handschrift, datiert unten: »8. 10. 67«. *Die Satzzeichen in V.2, 4 und 6 sind vom Herausgeber ergänzt.*
V.6: getschilpt vor jede[r]m [Tür] Tor

ZEITRAUM SCHNEEPART

Die Gedichte von SP sind entstanden zwischen dem 16. Dezember 1967 und dem 18. Oktober 1968.
Das Manuskript ist auf den 22. 9. 1969 datiert, es wurde aber von PC selbst nicht mehr beim Verlag eingereicht.
Druck: 1971, Suhrkamp Verlag Frankfurt am Main

Nicht aufgenommene Gedichte

Die Titel aller dieser Texte erscheinen in zumindest einem der beiden Inhaltsverzeichnisse mit dem Titel »Schneepart«. *Inhalt I ist ein handschriftlich ergänztes Typoskript mit 43 Nummern. Inhalt II ein handschriftlich ergänztes Typoskript (mit fast textgleich ergänztem Durchschlag) mit 98 Nummern; im als Ganzem gestrichenen Original sind die meisten nicht aufgenommenen Gedichte zusätzlich einzeln gestrichen. Ein großer Teil der Gedichte gehört zu einem Konvolut von Typoskripten mit PCs Aufschrift:* »(Umkreis Schneepart)« / »nicht veröffentlichen!« / »(39 Stücke)« / »Niemals veröffentlichen!« / »3. 9. 1969« *(Konvolut I). Ein weiteres Konvolut hat PC mit der Aufschrift versehen:* »Originale Schneepart« / «Wirklich *[mit einem Rechtspfeil]*« / «dazu einige nicht aufgenommene« / «Gedichte, davon eines für Eric« *(Konvolut II), ein anderes mit der Aufschrift:* »[Sehstamm«/ »/ Leseast /]« / »[Leuchtstäbe]« / »[(zu Schneepart - ? –)]« / »Nicht veröffentlichen« / »Schneepart: Doppel« / »erste Niederschriften (darunter« / »auch gültige,« / » d. h. aufgenommene« / »22. September 1969)« *(Konvolut III). Neu erscheint auf manchen Textzeugen dieser Periode das Zeichen* »j« *oder* »ja«, *wohl mit der Bedeutung: ›in den Gedichtband aufnehmen‹.*

173 Hinter der Hirnstille
16. 2. 1968

Erstdruck nach einer Handschrift, unten datiert: »16. 2. ⟨19⟩68« / »im Zug Frankfurt – Paris«. *Der Titel erscheint in Inhalt I als Nr. 21, zwischen* »Largo« *(GW II 356) und* »Zur Nachtordnung« *(GW II 357).*

A Erste Niederschrift mit späteren Korrekturen in einem Notizbuch (1968), unten datiert: »Im Zug ⟨Ffm – Paris 16. 2. 1968⟩«
Hinter der Hirnstille, in [Schreber-
gärten,] den Scherben- ⟨/⟩ [gärten] ⟨halden⟩
siedelt die willige Zukunft, ⟨//⟩
es lüften
sich rote, runde Hüte zum Gruß,
dünne Stöcke sprechen sich Mut zu,
freundlich
fahnts [in] ⟨aus⟩ den Fenstern, //

auch du kommst vorbei, eine [grüne] helle
Flasche zwischen den Schultern,
manchmal, zwei Zoll hoch,
schnellt der Sprech[pfropfen]korken [hoch] über dich weg,
verständnis-
innig.

B Paginierte Handschrift, unten datiert: »16. 2. 1968« / »Im Zug Frankfurt – Paris«
Ohne Titel
V.2: de[r]n Scherben-
V.9: fahnts in den Fenstern;
V.13: schnellt der Sp[eer]rechkorken über dich weg,
C Publizierter Text
V.12: manchmal, zwei Zoll [H]hoch,

174 Das Geissblatt blökt
8. 6. 1968

Erstdruck nach dem korrigierten, paginierten Typoskript (mit zwei im Ergebnis ebenso korrigierten Durchschlägen) aus Konvolut I, unten datiert: »Paris, 8. 6. 1968, Place de la Contrescarpe«. *Der Vermerk* »j« *oben rechts ist gestrichen. Der Titel erscheint in Inhalt I als Nr. 41 (an Stelle von* »Wer filzt«*), zwischen* »Die Abgründe streunen« *(GW II 378) und* »Dein Mähnen-Echo« *(GW II 379); sowie in Inhalt II als Nr. 40, in der gleichen Konstellation.*
V.12-18: zu [dir,] [–] ⟨–⟩ // [der Unterschied, ins / Autodafé / gepflanzt, / ist dein Sarg, / den ich mit deinen / gebrochenen Schwüren belebe]

Erklärungen
Place de la Contrescarpe: *Platz im Quartier latin; siehe das Gedicht* »La Contrescarpe« *(GW I 282)*

175 Wer filzt
17. 6. 1968

Erstdruck nach dem handschriftlich korrigierten, paginierten Typoskript aus Konvolut I (mit zwei unkorrigierten Durchschlägen), unten datiert: »Paris, 17. 6. 68« / »Rue de Seine«. *Der Vermerk* »j« *oben rechts ist gestrichen. Der Titel erscheint in Inhalt I zunächst als Nr. 41 nach* »Die Abgründe streunen« *(GW II 378), dann als*

letztes Gedicht (43) nach »Dein Mähnen-Echo« *(GW II 379); Inhalt II gibt ihn an als Nr. 42, zwischen* »Dein Mähnen-Echo« *(GW II 379) und* »Wirklich«.
V.8: dein [ervetterter] vetternder

Erklärungen
Rue de Seine: *Straße im sechsten Pariser Arrondissement*

176 WIRKLICH
21. 6. 1968

Erstdruck nach dem paginierten Typoskript aus Konvolut I (mit Durchschlag), unten datiert: »Freiburg, 21. 6. 68«. *Der Vermerk* »j« *oben rechts ist gestrichen. Zwei textgleiche Reinschriften sind ebenfalls unten datiert. Der Titel erscheint in Inhalt II als Nr. 43, zwischen* »Wer filzt« *und* »Das Im-Ohrgerät« *(GW II 383).*

Erklärungen
Freiburg*: PC war in Freiburg anläßlich einer Lesung an der Universität (26. 6. 1968).*

177 DU
15. 7. 1968

Erstdruck nach dem undatierten, paginierten Typoskript aus Konvolut I (mit Durchschlag). Der Titel erscheint in Inhalt II als Nr. 47, zwischen »Ein Blatt« *(GW II 385) und* »Die kleinzweiige«.

A Titellose Handschrift aus Konvolut II, unten datiert: »Rue Tournefort, am 15. Juli 1968«
V.6: ‹auch den Abzählreim-Haß,›

Erklärungen
Rue Tournefort: *Straße im Pariser Quartier latin; im Haus Nr. 24 befand sich das möblierte Appartement, in dem PC zwischen Ende November 1967 und Ende September 1969 wohnte.*

178 DIE KLEINZWEIIGE
15. 7. 1968

Erstdruck nach dem paginierten Typoskript aus Konvolut I (mit Durchschlag), unten datiert: »Rue Tournefort, am 15. Juli 1968«. *Der Titel erscheint in Inhalt II als Nr. 48, zwischen* »Du« *und* »Playtime« *(GW II 386).*

A Korrigierte Handschrift aus Konvolut II, unten datiert: »Rue Tournefort, am 15. Juli 1968«
V.1: Die [⟨zweite⟩] ⟨kleinzweiige⟩ Wirklichkeit schiebt ihren Wahn

179 An Ungenannt
18. 7. 1968

Erstdruck nach dem handschriftlich korrigierten Typoskript aus Konvolut I (mit ebenso korrigiertem Durchschlag), unten datiert: »Rue Tournefort, 18. Juli 1968«. *Der Titel erscheint in Inhalt II als Nr. 50, zwischen* »Playtime« *(GW II 386) und* »Geengelt«.
Erklärungen
Löw: *dem bedeutenden Prager Rabbiner Löw (ca.1520-1609), wurden in Legenden überirdische Kräfte zugesprochen. Siehe auch* »Einem, der vor der Tür stand« *(GW I 242).*
A Stark korrigierte Handschrift aus Konvolut II, unten datiert: »Paris, Rue Tournefort, 18. Juli 1968«. *Das Gedicht ist hier von PC selbst als das erste des Tages gekennzeichnet.*
V.1: An Ungenannt zer[fallen]spellen die Waren,
V.4-5: die Giftmixer gießen ihr [giftiges] üppiges / Selbst in ihr Aug,
V.9: [über]durchvatert von deinen Säften,
V.11-13: [//Normannen, nesselgeredet / überjuden die Schwedenhüte,] ⟨//⟩ die Einsamkeit sammelt, ⟨//⟩
Erklärungen
überjuden die Schwedenhüte: *siehe den Brief an Franz Wurm vom 7. 5. 1968 (PC/FW S. 147):* »*[...]* lassen Sie mich Ihren und alle unsere Löwen grüßen, unterm gelüpften Schwedenhut – *[...]*«, *bzw. eine Notiz auf einem auf den* »3. VIII.« *datierten Blatt mit Fragmenten zu AW:* »die Judenfahne mit dem / Schwedenhut ⟨(⟩inmitten⟨)⟩«
B Publizierter Text
V.10: [über]durchvatert
zwischen V.12 u. V.13: [//Normannen, nesselgeredet / überjuden die Schwedenhüte,//]

180 Geengelt
18. 7. 1968

Erstdruck nach dem paginierten Typoskript aus Konvolut I (mit Durchschlag), unten datiert: »Rue Tournefort, 18. Juli 1968«. *Der Titel erscheint in Inhalt II als Nr. 51, zwischen* »An Ungenannt« *und* »Anorgisch«.

A Handschrift aus Konvolut II, unten datiert: »Paris, Rue Tournefort, 18. Juli 1968«
V.4: Erschlossen*[sic]* die Borke,
V.6-7: falter[n]haft, ⟨ein / Windkesselspeicher,⟩

181 Anorgisch
18. 7. 1968

Erstdruck nach dem paginierten Typoskript aus Konvolut I (mit Durchschlag), unten datiert: »Rue Tournefort, 18. Juli 1968«. *Der Titel erscheint in Inhalt II als Nr. 52, zwischen* »Geengelt« *und* »Aus der Vergängnis« *(GW II 387).*

Erklärungen
Anorgisch: *So in allen Fassungen; die – im 19. Jahrhundert noch häufigere – falsche Form für »anorganisch«, müßte eigentlich »nicht zürnend« bedeuten.*

A Handschrift aus Konvolut II, unten datiert: »Paris, Rue Tournefort, 18. Juli 1968«
Der erste Strophenzwischenraum ist nachträglich eingefügt.
V.5: ⟨lötig, läutig,⟩

182 Wir gehen nicht müssig
18. 7. 1968

Erstdruck nach dem paginierten Typoskript aus Konvolut I (mit Durchschlag), unten datiert: »Rue Tournefort, 18. Juli 1968«. *Der Titel erscheint in Inhalt II als Nr. 54, zwischen* »Aus der Vergängnis« *(GW II 387) und* »Sprüchlein-Deutsch«.

A Handschrift aus Konvolut II, unten datiert: »Paris, Rue Tournefort, 18. Juli 1968«
V.12: mond, [goldgold] rotgold.

183 Sprüchlein-Deutsch
18. 7. 1968

Erstdruck nach dem handschriftlich ergänzten, paginierten Typoskript aus Konvolut I (mit ebenso ergänztem Durchschlag), unten datiert: »Rue Tournefort, 18. Juli 1968«. *Der Titel erscheint in Inhalt II als Nr. 55, zwischen* »Wir gehen nicht müßig« *und* »Offene Glottis« *(GW II 388).*

Erklärungen
Konstanze: *möglicherweise Anspielung auf Konstanze Mozart (1763-1842) sowie die Konstanze aus Mozarts »Entführung aus dem Serail«*
Dora Dymant *(oder Diamant, 1902-1952): Letzte Geliebte Kafkas, die ihn am 13. 7. 1923 kennenlernte und bis zu seinem Tod im Sanatorium pflegte*

A Handschrift aus Konvolut II, unten datiert: »Paris, Rue Tournefort, 18. Juli 1968«. *Das Gedicht ist hier von PC selbst als das sechste des Tages gekennzeichnet.*
V.2-4: entdinglichte Welt, ‹er- / fürchtet, erwirklicht,› // Konstanze, ‹heute,›
V.6-7: Dora / Dymant, ‹heute,›
B Publizierter Text
V.4: Konstanze‹, heute,›
V.6: Dora Dymant‹, heute,›

184 Mein Gischt
19. 7. 1968

Erstdruck nach dem paginierten Typoskript aus Konvolut I (mit Durchschlag), unten datiert: »Rue Tournefort, Rue d'Ulm, am 19. Juli 1968«. *Der Titel erscheint in Inhalt II als Nr. 57, zwischen* »Offene Glottis« *(GW II 388) und* »Sinn sieht sich«.

Erklärungen
Rue Tournefort: *siehe* »Du«
Rue d'Ulm: *Straße im Quartier latin, wo sich PCs Arbeitsstelle, die Ecole Normale Supérieure befand*

A Stark korrigierte Handschrift aus Konvolut II, unten datiert: »Paris, Rue Tournefort, am 19. Juli 1968«

V.1 gehen 3 unleserlich getilgte Verse voraus
[m]Mein Gischt
stieg dir ins Hirn, bis unter
die [Töter]Kammwarze,
⟨Merzende, mit⟩
[mit] dem Siebenleuchter Entmerzte,
jetzt fürchte, ⟨ich
erlebs,⟩
ihn, der auch dich
[*[unleserlich]*] hinzwingt zur Wahrheit,
von seine[r]s V[ä]ater⟨s⟩ Väter
Unruh und Stolz her,
groß und stark

185 Sinn sieht sich
19. 7. 1968

Erstdruck nach dem paginierten Typoskript aus Konvolut I (mit Durchschlag), unten datiert: »Rue Tournefort, am 19. Juli 1968«. *Der Titel erscheint in Inhalt II als Nr. 58, zwischen* »Mein Gischt« *und* »Aus dem Moorboden« *(GW II 389).*

A Handschrift aus Konvolut II, unten datiert: »Paris, rue Tournefort, am 19. Juli 1968«
Abgesehen von den beiden Titelzeilen sind hier keine Strophen abgesetzt.
V.5: da[s], wo die Schalthebel schrumpfen,
V.7: [*[unleserlich]*] den aufgezweigten

186 Sandentadelte
19. 7. 1968

Erstdruck nach dem paginierten Typoskript aus Konvolut I (mit Durchschlag), unten datiert: »Paris, Rue Tournefort, am 19. Juli 1968«. *Der Durchschlag trägt oben rechts den Vermerk:* »ja«. *Der Titel erscheint in Inhalt II als Nr. 60, zwischen* »Aus dem Moorboden« *(GW II 389) und* »Port Bou – deutsch?«.

A Handschrift aus Konvolut II, unten datiert: »Rue Tournefort, am 19. Juli 1968«. *Das Gedicht ist von PC selbst hier als das erste des Tages gekennzeichnet.*
V.3-6: dich in[s] / ⟨den⟩ stehenden / Brücken- / kopf[,] um,

187 PORT BOU – DEUTSCH?
19. 7. 1968

Erstdruck nach dem handschriftlich korrigierten, paginierten Typoskript aus Konvolut I (mit ebenso korrigiertem Durchschlag), unten datiert: »Paris, Rue Tournefort, 19. 7. 1968«. *Der Titel erscheint in Inhalt II als Nr. 61, zwischen* »Sandentadelte« *und* »Limbisch«.

Erklärungen
Die Entstehung des Gedichts am 19. 7. 1968 fällt zusammen mit der Lektüre von Walter Benjamins Rezension »Wider ein Meisterwerk«, deren Schluß in PCs Exemplar des 2. Bandes von Benjamins »Schriften« (Frankfurt am Main 1955, S. 315) mit dem Datum des 19. 7. 1968 versehen ist. Benjamin bezeichnet Max Kommerells Buch »Der Dichter als Führer in der deutschen Klassik. Klopstock, Herder, Goethe, Schiller, Jean Paul, Hölderlin« (Berlin 1928) kritisch als »Heilsgeschichte des Deutschen« (S. 315) und sieht hellsichtig »[...] Rune, Deute, Ewe, Blut, Geschick« als »Gewitterwolken am Himmel« (S. 310). Der Schlußabsatz der Rezension, zu Kommerells Hölderlin-Kapitel, ist als Bezugspunkt für das Gedicht deutlich erkennbar: »[...] Ein Mahnmal deutscher Zukunft sollte aufgerichtet werden. Über Nacht werden Geisterhände ein großes ›Zu Spät‹ draufmalen. Hölderlin war nicht vom Schlage derer, die auferstehen, und das Land, dessen Sehern ihre Visionen über Leichen erscheinen, ist nicht das seine. Nicht eher als gereinigt kann diese Erde wieder Deutschland werden und nicht im Namen Deutschlands gereinigt werden, geschweige denn des geheimen, das von dem offiziellen zuletzt nur das Arsenal ist, in welchem die Tarnkappe neben dem Stahlhelm hängt.« (S. 315).
Port Bou: *Spanische Stadt an der französischen Pyrenäen-Grenze, wo der Philosoph Walter Benjamin (1892-1940), der sich dort 1940 auf der Flucht vor der Gestapo das Leben genommen hat, bestattet wurde.*
Links-/nibelungen: *siehe* »Ars poetica 62« *und* »Mutter, Mutter«

A Handschrift aus Konvolut II, unten datiert: »Rue Tournefort, 19. 7. 1968«. *Das Gedicht ist von PC selbst hier als das zweite des Tages gekennzeichnet.*

Ohne Endpunkt
Titel: Port Bou[,] – deutsch?
V.1: [Pfeif] Pfeil die Tarnkappe weg, den
V.12-13: als ⟨B-⟩Bauhaus: / nein. ‹//›

B Publizierter Text
V.1: Pfei[f]l die Tarnkappe weg, den
V.12: als ⟨B-⟩Bauhaus:

188 LIMBISCH
19. 7. 1968

Erstdruck nach dem paginierten Typoskript aus Konvolut I (mit Durchschlag), unten datiert: »Paris, rue Tournefort, 19. 7. 1968«. *Der Titel erscheint in Inhalt II als Nr. 62, zwischen* »Port Bou – deutsch?« *und* »Keinerlei Kleinzeit«.

A Handschrift aus Konvolut II, unten datiert: »Rue Tournefort, 19. 7. 1968«. *Das Gedicht ist von PC selbst hier als das dritte des Tages gekennzeichnet.*
Ohne Titel, die Strophengrenzen sind nachträglich festgelegt.
V.2: [e]Ein Reizversuch, hippokampisch,
V.4: [sie] geht ein

189 KEINERLEI KLEINZEIT
19. 7. 1968

Erstdruck nach dem paginierten Typoskript aus Konvolut I (mit Durchschlag), unten datiert: »Paris, Rue Tournefort, 19. 7. 1968«. *Der Titel erscheint in Inhalt II als Nr. 63, zwischen* »Limbisch« *und* »Gewiddert«.

A Handschrift aus Konvolut II, unten datiert: »Rue Tournefort, 19. 7. 1968«. *Das Gedicht ist von PC selbst hier als das vierte des Tages gekennzeichnet.*
V.1: Keinerlei ⟨Klein⟩Zeit
V.5-7: geblasen⟨, bestürmt –⟩ / alle[r] Physik. // Und wenn ich dich hätte. ⟨Und wenn.⟩ ‹//›

190 GEWIDDERT
19. 7. 1968

Erstdruck nach dem handschriftlich korrigierten, paginierten Typoskript aus Konvolut I (mit ebenso korrigiertem Durchschlag), unten datiert: »Paris, rue Tournefort, 19. 7. 1968«. *Der Titel erscheint in Inhalt II als Nr. 64, zwischen* »Keinerlei Kleinzeit« *und* »Am Reizort«.

Erklärungen

Richard Beer-Hofmann (1866-1945): *Lyriker und Erzähler des Wiener Spätimpressionismus. In PCs Ausgabe der »Gesammelten Werke« (Frankfurt 1963) finden sich besonders im Abschnitt »Der große Fürst Michael, der für Dein Volk steht« (aus dem biographischen Fragment »Paula«) zahlreiche Anstreichungen (S. 852-55); Beer-Hofmann erzählt dort von einer hebräischen Gravour auf einer katholischen St. Michael-Medaille durch einen polnischen Juden.*

Boulevard St. Michel*: Boulevard zwischen dem 5. und 6. Pariser Arrondissement; gleich zu Beginn, am gleichnamigen Platz, befindet sich ein Brunnen, der den Sieg des Erzengels über den Dämon darstellt.*

Drohobycz: *zunächst zu Polen, seit 1772 zum österreichischen Galizien, zwischen den Weltkriegen wieder zu Polen, seit 1939 zur UdSSR und heute zur Ukraine gehörende Industriestadt in den nördlichen Vorbergen der Karpaten. Der jüdische Bevölkerungsanteil betrug vor dem 2. Weltkrieg bis zu 50%.*

A Handschrift aus Konvolut II, datiert unten: »Rue Tournefort, 19. 7. 1968«. *Das Gedicht ist von PC selbst hier als das fünfte des Tages gekennzeichnet.*

V.1: Gewiddert:

V.7: Beer-Hoffmann

V.11ff.: wienert⟨s⟩ [es] vorbei, // Drohobycz herrscht[.] – / nicht allein[⟨,⟩] / [⟨es wirft Strahlen⟩]

B Publizierter Text

V.7: Beer-Ho[f]fmann

191 Am Reizort

19. 7. 1968

Erstdruck nach dem paginierten Typoskript aus Konvolut I (mit Durchschlag), unten datiert: »Paris, rue Tournefort, 19. 7. 68«. *Der Titel erscheint in Inhalt II als Nr. 65, zwischen* »Gewiddert« *und* »Hochmoor« *(GW II 390).*

A Handschrift aus Konvolut II, unten datiert: »Rue Tournefort,

19. 7. 68«. *Das Gedicht ist von PC selbst hier als das sechste des Tages gekennzeichnet.*

Die Stropheneinschnitte sind nachträglich festgelegt.

V.6: Abe[nd]r wer hört sein ‹eigenes› Ohr?

V.9: denn es menscht

192 UND WER SICH NICHT HAT

20. 7. 1968

Erstdruck nach dem paginierten Typoskript aus Konvolut I (mit Durchschlag), unten datiert: »Paris, rue Tournefort, 20. Juli 1968«. *In einer ebenso datierten, textgleichen Handschrift aus Konvolut II ist das Gedicht von PC selbst als das zweite des Tages gekennzeichnet. Der Titel erscheint in Inhalt II als Nr. 67, zwischen* »Hochmoor« *(GW II 390) und* »Oldest Red«.

193 OLDEST RED

20. 7. 1968

Erstdruck nach dem paginierten Typoskript aus Konvolut I (mit Durchschlag), unten datiert: »Paris, rue Tournefort, 20. Juli 1968«. *Der Titel erscheint in Inhalt II als Nr. 68, zwischen* »Und wer sich nicht hat« *und* »Erzflitter« *(GW II 391).*

Erklärungen

Oldest Red: *als Ortsname nicht identifiziert, er steht eventuell in Zusammenhang mit Felsformationen aus »Old Red Sandstein« an der Wallisischen oder Schottischen Küste.*

Jehuda Halevi: *Jehuda ben Samuel ha-Levi (1083-1142), jüdischer Dichter und Religionsphilosoph. Seine »Zionslieder«, Ausdruck der Sehnsucht nach Palästina (auf der Reise dorthin ist er verschollen), haben Heinrich Heine zu seinen »Hebräischen Melodien« inspiriert; dieser stellt ihn dem etwa zeitgenössischen Troubadour und Kreuzritter Geoffroi Rudello (Jaufré Rudel) gegenüber.*

A Handschrift aus Konvolut II, unten datiert: »Paris, Rue Tournefort, am 20. Juli 1968«. *Das Gedicht ist von PC selbst hier als das dritte des Tages gekennzeichnet.*

V.2: ‹Gesungen wird:›

V.16: [nir] zustaub.

B Publizierter Text

V.11: jungstein[st]ts:

194 AUGENGNEISE
20. 7. 1968

Erstdruck nach dem geringfügig korrigierten, paginierten Typoskript aus Konvolut I (mit ebenso korrigiertem Durchschlag), datiert unten: »Paris, rue Tournefort 20. 7. 1968«. *Eine der beiden Handschriften aus Konvolut II, datiert unten:* »Paris, Rue Tournefort, am 20. Juli 1968« / »Endg. Fassung«, *ist textgleich. Der Titel erscheint in Inhalt II als Nr. 70, zwischen* »Erzflitter« *(GW II 391) und* »Streu mich nicht«.

A Undatierte Handschrift aus Konvolut II
Ohne Titel
V.4: sammeln sich ⟨un- / bändige⟩ Isothermen,
V.6: zu einerlei, ⟨steinerlei⟩ ⟨/⟩ Freiheit.

B Publizierter Text
V.4: sammel⟨n⟩ sich un-

195 STREU MICH NICHT
20. 7. 1968

Erstdruck nach dem paginierten Typoskript aus Konvolut I (mit Durchschlag), unten datiert: »Paris, rue Tournefort, 20. Juli 1968«. *Die Handschrift in Konvolut II, unten datiert:* »Paris, Rue Tournefort, am 20. Juli 1968«, *ist textgleich. Der Titel erscheint in Inhalt II als Nr. 71, zwischen* »Augengneise« *und* »Einkanter« *(GW II 392).*

196 KLAMMER AUF, KLAMMER ZU
21. 7. 1968

Erstdruck nach dem handschriftlich korrigierten Typoskript aus Konvolut I, unten datiert: »Paris, 21. 7. 1968, Rue d'Ulm«. *Der ebenso korrigierte Durchschlag trägt den Vermerk* »ja«. *Der Titel erscheint in Inhalt II als Nr. 74, zwischen* »Mit Rebmessern« *(GW II 393) und* »Lößpuppen« *(GW II 394).*

Erklärungen
Rue d'Ulm: *siehe* »Mein Gischt«

A Erste Niederschrift in einem wieder benützten Notizbuch aus dem Jahr 1963, unten datiert: »21. 7. 68« / »Unterwegs« / »10 Uhr 10, Rue d'Ulm«

Einmal die Klinge,
einmal die Schneide,
einmal keins
Nichts ist verloren,
nichts ist erkoren
Einer sagt eins

B Handschrift aus Konvolut II, unten datiert: »Paris, 21. 7. 68. Unterwegs, Rue d'Ulm«
Titel: [Klammer auf, Klammer zu:] Reimklammer:
Die Klammern vor V.1 und nach V.3 sind nachträglich gestrichen.

C Publizierter Text
Titel: [REIMKLAMMER:] KLAMMER AUF, KLAMMER ZU
Die Klammern sind handschriftlich hinzugefügt.

197 WIE EINEN SEIN SIEG
23. 7. 1968

Erstdruck nach dem paginierten Typoskript aus Konvolut I (mit Durchschlag), unten datiert: »Paris, Rue Tournefort, 23. Juli 1968«. *Der Titel erscheint in Inhalt II als Nr. 76, zwischen* »Lößpuppen« *(GW II 394) und* »Eiweißkörper«.
Erklärungen
Rue Tournefort: *siehe* »Du«

A Handschrift aus Konvolut II, unten datiert: »Paris, rue Tournefort, 23. Juli 1968«. *Das Gedicht ist von PC selbst hier als das erste des Tages gekennzeichnet.*
V.3: Assynt-Distrikt, ‹heute,› bei den
V.11: gibt er sein Weiß
V.13: harft er ins Happening den

198 EIWEISSKÖRPER
23. 7. 1968

Erstdruck nach dem paginierten Typoskript aus Konvolut I (mit Durchschlag), unten datiert: »Paris, rue Tournefort, 23. Juli 1968«. *In der textgleichen datierten Reinschrift aus Konvolut II ist das Gedicht von PC als das zweite des Tages gekennzeichnet. Der Titel erscheint in Inhalt II als Nr. 77, zwischen* »Wie einen sein Sieg« *und* »Skat mit«.

199 SKAT MIT

23. 7. 1968

Erstdruck nach dem paginierten Typoskript aus Konvolut I (mit Durchschlag), unten datiert: »Paris, rue Tournefort, 23. 7. 1968«. *Der Titel erscheint in Inhalt II als Nr. 78, zwischen* »Eiweißkörper« *und* »Nacktsamer«. *Der Schreibfehler aller Fassungen in V. 5,* »drischt« *für »drischst«, ist vom Herausgeber verbessert.*

A Handschrift aus Konvolut II, unten datiert:«Paris, Rue Tournefort, 23. 7. 68«. *Das Gedicht ist von PC selbst hier als das dritte des Tages gekennzeichnet.*

V. 2-3: Geokraten. Tarock. ‹Oder, besser, / das Hochgedicht.›

V. 8: unverrückbar[,] rebellisch,

200 NACKTSAMER

23. 7. 1968

Erstdruck nach dem paginierten Typoskript aus Konvolut I (mit Durchschlag), unten datiert: »Paris, rue Tournefort, 23. 7. 1968«. *Der Titel erscheint in Inhalt II als Nr. 79, zwischen* »Skat mit« *und* »Gedichtzu, gedichtauf«.

A Stark überarbeitete Handschrift aus Konvolut II, unten datiert: «Paris, [r]Rue Tournefort, 23. 7. 68«. *Das Gedicht ist von PC selbst hier als das vierte des Tages gekennzeichnet.*

V. 5-9: Und [verlier] gib dich [an mich,] mir zu, / wie ‹gewinnendes / › Blau [an] gewinnende[s]m / Weiß‹.› / [wie Weiß [an] gewinnende[s]m] / [Blau.]

201 GEDICHTZU, GEDICHTAUF

23. 7. 1968

Erstdruck nach dem geringfügig maschinenschriftlich korrigierten, paginierten Typoskript aus Konvolut I (mit ebenso korrigiertem Durchschlag), unten datiert: »Paris, rue Tournefort, 23. 7. 1968«, *oben rechts mit dem gestrichenen Vermerk:* »[j]«. *Der Titel erscheint in Inhalt II als Nr. 80, zwischen* »Nacktsamer« *und* »Stahlschüssiger Sehstein« *(GW II 397).*

A Handschrift aus Konvolut II, unten datiert: »Paris, Rue Tournefort, 23. 7. 68«. *Das Gedicht ist von PC selbst hier als das fünfte des Tages gekennzeichnet.*

V.3: zum schutzfremden‹,› frei[en]‹stirnigen›
V.6-7: d[as]er Schwerste. / ‹Hier bin ich.›

B Publizierter Text
V.6: d[as]er Schwerste.

202 AUSSENBÜRTIGER
24. 7. 1968

Erstdruck nach dem geringfügig korrigierten, paginierten Typoskript aus Konvolut I, unten datiert: »Paris, rue Tournefort, am 24. 7. 1968«. *Der ebenso korrigierte Durchschlag ist oben rechts mit* »ja« *gekennzeichnet. Ein datiertes Typoskript aus Konvolut II ist, nach den Korrekturen, textgleich. Der Titel erscheint in Inhalt II als Nr. 82, zwischen* »Stahlschüssiger Sehstein« *(GW II 397) und* »Jetzt wächst dein Gewicht«.

A Handschrift aus Konvolut II, unten datiert: »Paris, [24] Rue Tournefort, am 24. 7. 68«
Der Strophenabsatz zwischen V.2 und V.3 ist nachträglich eingefügt.
V.5-6: Wissererfortsatz ‹unter / der Haube›
V.11-13: wie die andern ‹Un- / zufällige,› / Namenwüchsige[,] ober-

B Publizierter Text
V.7: schl‹u›gen nichts‹ ›auf, das da sprach

203 JETZT WÄCHST DEIN GEWICHT
26. 7. 1968

Erstdruck nach dem paginierten Typoskript aus Konvolut I (mit Durchschlag), unten datiert: »Paris, 26. 7. 68, Rue Tournefort«. *Der Titel erscheint in Inhalt II als Nr. 83, zwischen* »Außenbürtiger« *und* »Wieviele«.

A Handschrift aus Konvolut II, in der Teile (in den V. 8, 9 und 10) unleserlich getilgt sind; unten datiert: »Paris, 26. 7. 1968, Rue Tournefort«
V.11-12: hinwegsetzt über [das] / ‹das› heckige Listholz,

204 WIEVIELE
26. 7. 1968

Erstdruck nach dem paginierten Typoskript aus Konvolut I (mit

Durchschlag), unten datiert: »Paris, 26. 7. 1968, Rue Tournefort«. *Der Titel erscheint in Inhalt II als Nr. 84, zwischen* »Jetzt wächst dein Gewicht« *und* »Ich höre soviel von euch«.

A Handschrift aus Konvolut II, unten datiert: »Paris, 26. 7. 1968, Rue Tournefort«
Kein Stropheneinschnitt zwischen V.3 und V.4
V.1-3: Wieviele / die's nicht wissen [?] ‹in dieser Stadt, / in diesen Ländern und Städten?›
V.5: das miträgt*[sic]* am Kampf
V.8: [Deine Herkunft, die eine,] de[r]in Stamm, der eine,

205 Ich höre soviel von euch
26. 7. 1968

Erstdruck nach dem paginierten Typoskript aus Konvolut I (mit Durchschlag), unten datiert: »Paris, rue Tournefort 26. 7. 1968«. *Der Titel erscheint in Inhalt II als Nr. 85, zwischen* »Wieviele« *und* »Du bist ohne Ende«.

A Reinschrift aus Konvolut II, unten datiert: »Paris, Rue Tournefort, 26. 7. 1968«
V.9-10: daß ich zuweilen / spreche

B Publizierter Text
V.6: als [s]Sehen

206 Du bist ohne Ende
26. 7. 1968

Erstdruck nach dem handschriftlich korrigierten, paginierten Typoskript aus Konvolut I (mit ebenso korrigiertem Durchschlag), unten datiert: »Paris, Rue Tournefort, 26. 7. 1968«. *Der Titel erscheint in Inhalt II als Nr. 86, zwischen* »Ich höre soviel von euch« *und* »Du, das Gewand«.

A Handschrift aus Konvolut II, unten datiert: »Paris, Rue Tournefort, 26. 7. 1968«
Nur zwei Strophen (V.1-10, 11-17)
V.1: [Er] Du ‹b›ist
V.4-6: was er nicht war, von [D]dir her. / [‹(›] Friedliche Worte / sagen: du fielst
V.9-10: Da stehst du[.], ‹ein Stein, der / hat Dich, wie er sich hat.›

B Publizierter Text
V.4: was er nicht war, von [D]dir her.
V.12: dass [d]Du Mitwisser hast,

207 Du, das Gewand
26. 7. 1968

Erstdruck nach dem handschriftlich korrigierten, paginierten Typoskript aus Konvolut I (mit ebenso korrigiertem Durchschlag), unten datiert: »Paris, Rue Tournefort, 26. 7. 1968«. *Der Titel erscheint in Inhalt II als Nr. 87, zwischen,* »Du bist ohne Ende« *und* »Überfluß, Einfluß«.

Erklärungen
Biafra*: Ostteil Nigerias, der sich unter diesem Namen im Mai 1967 für selbständig erklärt hatte. Während der folgenden kriegerischen Auseinandersetzungen wurde gegenüber Biafra eine totale Blockade verhängt, die zum Hungertod von Millionen von Menschen führte. Daran änderten auch die Ende Juli 1968 unternommenen Versuche humanitärer Organisationen nichts, die Blockade durch Versorgungsflüge nach Biafra zu durchbrechen. PC unterschrieb Anfang 1970 einen ausdrücklich auf die aus der deutschen Vergangenheit erwachsende Verantwortung hinweisenden Aufruf von deutschen Intellektuellen an die Regierung der Bundesrepublik, Druck auf Großbritannien auszuüben, das sich als ehemalige Kolonialmacht auf Seiten Nigerias engagierte.*

A Handschrift aus Konvolut II, unten datiert: »Paris, Rue Tournefort, 26. 7. 1968«
V.9-10: in seine[, der Abgefallenen,] / Fa‹u›st, die heraufstand,

B Publizierter Text
V.9: in seine[r]

208 Überfluss, Einfluss
26. 7. 1968

Erstdruck nach dem paginierten Typoskript aus Konvolut I (mit Durchschlag), unten datiert: »Paris, Rue Tournefort, 26. 7. 1968«. *Der Titel erscheint in Inhalt II als Nr. 88, zwischen* »Du, das Gewand« *und* »Gershom, du sprichst«.

Erklärungen
unweit Frankfurts: *PC hielt sich vom 4. bis 9. Juli 1968 zu Lesungen in Frankfurt auf.*

A Handschrift aus Konvolut II, unten datiert: »Paris, Rue Tournefort, 26. 7. 1968«
V.6-7: Jetzt geht dem Gegoldeten ⟨einiges⟩ Nichts auf, / wie ⟨dir⟩ unweit Frankfurts
V.11-12: Und wenn ich nichts hätte als dies[.], / [U]und wenn dies nichts hätte als mich:
V.14: was Ewiger, Dich

B Publizierter Text
V.14: was⟨,⟩ Ewiger, Dich

209 Gershom, du sprichst
26. 7. 1968

Erstdruck nach dem handschriftlich korrigierten, paginierten Typoskript aus Konvolut I (mit ebenso korrigiertem Durchschlag), unten datiert: »Paris, Rue Tournefort, 26. 7. 1968«. *Die Reinschrift aus Konvolut II entspricht dem Wortlaut des korrigierten Textes. Der Titel erscheint in Inhalt II als Nr. 89, zwischen* »Überfluß, Einfluß« *und* »Sie haben dich alle gelesen«.
V.3: ⟨dafür⟩

Erklärungen
Gershom: *Mit dem jüdischen Religionswissenschaftler und Philosophen Gershom (ursprünglich: Gerhard) Scholem (1897-1982) war PC in persönlichem Kontakt.*

210 Sie haben dich alle gelesen
27. 7. 1968

Erstdruck nach dem handschriftlich korrigierten, paginierten Typoskript aus Konvolut I (mit ebenso korrigiertem Durchschlag), unten datiert: »27. Juli 1968«. *Der Titel erscheint in Inhalt II als Nr. 90, zwischen* »Gershom, du sprichst« *und* »Und Kraft und Schmerz« *(GW II 398).*

Erklärungen
gassatim: *Die in Grimms »Deutschem Wörterbuch« noch als geläufig bezeichnete makkaronische Wendung »gassatim gehen« für »nachts auf den Gassen herumschwärmen« notiert PC (ohne*

weitere Angabe) auf einem Blatt mit handschriftlichen Lesenotizen zu Gottlob Regis' Rabelais-Übersetzung: »andere rannten gassatim«.

A Handschrift aus Konvolut II, unten datiert: »27. Juli 1968«
V. 1-2: Sie haben dich alle gelesen, ⟨jetzt tinten / sie dran,⟩
V. 4-6: Feme-Pardon[.]⟨, bei Neon-Ruch, / und zerstäubens: / das nennen sie Welt,⟩
V. 8: galg⟨t[']⟩s in den Happening-Harfen,

B Publizierter Text
V. 6: das nen⟨n⟩en sie Welt,
V. 11: welch[e] ein Reim, gassatim,

211 Komm ich dir
28. 7. 1968

Erstdruck nach dem paginierten Typoskript aus Konvolut I (mit Durchschlag), unten datiert: »Paris, Rue Tournefort, 28. Juli 1968«. *In der Form* »Komm ich dir hinter die Schliche« *erscheint der Titel in Inhalt II als Nr. 93, zwischen* »Miterhoben« *(GW II 399) und* »In den Schlaf, in den Strahl«.

A Handschrift aus Konvolut II, unten datiert: »Paris, Rue Tournefort, 28. Juli 1968«
Das letzte Zeilenpaar ist nachträglich abgetrennt.
V. 10: entschränkt

212 In den Schlaf, in den Strahl
28. 7. 1968

Erstdruck nach dem paginierten Typoskript aus Konvolut I (mit Durchschlag), unten datiert: »Paris, Rue Tournefort, 28. Juli 1968«. *Der Titel erscheint in Inhalt II als Nr. 94, zwischen* »Komm ich dir« *und zunächst* »Du, Michaela«, *dann* »Und wie die Gewalt«.

Erklärungen
»Israel, Land, / dich halt ich«, »lebdenkt«, »denklebt«*: siehe* »Denk Dir« *(GW II 227)*

A Handschrift aus Konvolut I, unten datiert: »Paris, Rue Tournefort, 28. Juli 1968«
V. 4-5: kein Licht. ⟨Dein Aug sieht dein Auge: mehr. / Helligkeiten.⟩

V.9-10: Leben [*[unleserlich]*] ‹der Menschen, / der deinen, /›
V.12-13: für erstandenes Stehn, / ‹erfüllt, /›

213 Du, Michaela
28. 7. 1968

Erstdruck nach der Handschrift aus Konvolut II, unten datiert: »Paris, Rue Tournefort, [1]28. Juli 1968«. *In der Form* »Du Michaela« *erscheint der Titel, zusätzlich zur Streichung eingeklammert, nur in Inhalt II (nur Original) als Nr. 95 zwischen* »In den Schlaf, in den Strahl« *und* »Und wie die Gewalt«, *durch dieses dann ersetzt.*
V.12: [ü]Übergenaues.
Erklärungen
Michaela: *nicht identifiziert*

214 Und wie die Gewalt
Vermutlich 28. 7. 1968

Erstdruck nach dem paginierten Typoskript aus Konvolut I (mit Durchschlag), unten datiert: »Paris, Rue Tournefort, 18. Juli 1968«. *Die Handschrift aus Konvolut II ist auf den 28. 7. 1968 datiert, die Stellung beider Textzeugen in den Konvoluten spricht für die Richtigkeit d i e s e r Datierung. Der Titel erscheint in Inhalt II ursprünglich als Nr. 96, zwischen* »Du, Michaela« *und* »Übermeister«, *dann als Nr. 95, zwischen* »In den Schlaf, in den Strahl« *und* »Übermeister«.
Erklärungen
Myschkin: *Fürst Myschkin, Person in Fjodor Dostojewskis Roman »Der Idiot«*
Baal-Schem: *Israel ben Elieser (ca. 1700-1760), genannt Baal Schem (Tov), d. h. ›Herr des göttlichen Namens‹, jüdischer Mystiker und Begründer des Chassidismus*

A Handschrift aus Konvolut II, unten datiert: »Paris, Rue Tournefort, 28. Juli 1968«
V.8: den Saum einer Mantel-

215 Übermeister
28. 7. 1968

Erstdruck nach dem paginierten Typoskript aus Konvolut I (mit Durchschlag), unten datiert: »Paris, rue Tournefort, 28. Juli

1968«. *Der Titel erscheint in Inhalt II als Nr. 96 (urspünglich Nr. 97), zwischen* »Und wie die Gewalt« *und* »Die gestohlenen Briefe«.

A Handschrift aus Konvolut II, unten datiert: »Paris, Rue Tournefort, 28. Juli 1968«
V.12: gegen die Schlaf[k]farbe So.

216 DIE GESTOHLENEN BRIEFE
28. 7. 1968

Erstdruck nach dem paginierten Typoskript in Konvolut I (mit Durchschlag), unten datiert: »Paris, rue Tournefort, 28. 7. 68«. *Der Titel erscheint in Inhalt II als Nr. 97 (ursprünglich Nr. 98), zwischen* »Übermeister« *und* »Dehngrenze: hier will der Schaffner«. *Im ergänzten Durchschlag von Inhalt II ist dies der letzte Titel.*

A Überarbeitete Handschrift aus Konvolut II, unten datiert: »Paris, Rue Tournefort, 28. 7. 68«
V.11-12: [Am] Überm Sund, wo du [Weiß] Blau flichst und [Blau] Weiß, / osterts, entheim-[ge]zuheim.
V.14: scheffelt. [*[unleserlich]*] ‹Komm auf, mit mir.›

217 Dehngrenze: hier will der Schaffner
Vermutlich 29. 7. 1968

Erstdruck nach der undatierten Handschrift aus Konvolut II. In der fragmentarischen Form »Dehn-« *erscheint der Titel in Inhalt II (nur Original), als letzter (98) nach* »Die gestohlenen Briefe«.
Die Stropheneinteilung ist nur für den Einschnitt zwischen V.7 und V.8 eindeutig.
Vor V.1: [Dehh]
V.6-8: Auch beginnen die Lärchen. ‹In der / Staudammnis.› // Mit [w]Wassertinte
V.14: [h]Halbkleines? Es entfernte sich

Verstreute Gedichte

221 ZRTSCH
25. 1. 1968

Zitiert nach einem undatierten Typoskript mit Kennzeichnung

»Paul Celan« *aus einem Brief an Franz Wurm. Die beiden Durchschläge befinden sich in zu SP gehörenden Konvoluten.*
Erstdruck: PC/F W, S. 131f.
Erklärungen
Franz Wurm: *siehe* »Erstiegene Stille«
Zur Datierung siehe den Begleitbrief für Franz Wurm: »Lieber Franziskus! Das Bösere ist des Guten Freund. Zumindest heute. Am 25. Jänner 1968, mit den herzlichsten Grüßen Pablo«
A Unten auf den »25. 1. 1968« *datierte, korrigierte Handschrift in einem Notizbuch (1967-68), das verschiedene Entwürfe zu SP enthält.*
Titel: Zr⟨t⟩sch
V.1: Zahniger Zorn
V.8-11: E-E-G! E-E-G! ⟨//⟩ Ich haare, ich härsche[,]. / [hehe – / heringst.] //

222 In meinem zerschossenen Knie
7. 2. 1968

Erstdruck nach einer Reinschrift, unten datiert: »Paris, Rue ⟨du⟩ Pot de Fer« / »7. 2. 1968«
Erklärungen
Michailowka*: siehe* »Wolfsbohne«
Rue du Pot de Fer: *Straße im Quartier latin, in der Nähe von PCs Wohnung und Arbeitsstelle*
über-/ sterbensgroß: *siehe* »Largo« *(GW II 356), dessen erste Fassung sich auf der vorausgehenden Seite im Taschenkalender (Fassung A) befindet*
A Handschrift in einem Taschenkalender (1968), datiert unten: »[8.] 7. 2. 68«
In meinem zerschossenen Knie
stand mein Vater,
⟨[über-
sterbensgroß] stand er ⟨/⟩ da,⟩
Michailowka und
der Kirschgarten standen um ihn. ⟨//⟩
Ich wußte, es würde[,]
so kommen, sprach er.

223 24 RUE TOURNEFORT
6. 6. 1968

Erstdruck nach einer stark überarbeiteten Handschrift aus einem zu SP gehörenden Konvolut, unten datiert: «24 Rue Tournefort« / «am 6. Juni 1968« / »0 Uhr 30«. *Der offensichtliche Schreibfehler* »Ja« *statt* »ja« *(V.3) wurde im Druck korrigiert.*

⟨24⟩ Rue Tournefort
⟨Du und dein⟩
Spülküchendeutsch – [was denn sonst? –] ⟨ja, spül-,⟩
[⟨J⟩] ⟨Ja,⟩ vor ⟨–⟩ Ossuarien. ⟨//⟩
⟨Sag:⟩ Löwig. ⟨Sag:⟩ Schiwiti. ⟨//⟩
Das schwarze Tuch
senkten sie vor dir,
als dir d[as]er [Ohr] Atem
[in die Münder hinein[hing]schwoll:] ⟨[zur *[unleserlich]*]
narbenhin schwoll, [narbenher,]⟩ ⟨//⟩
auch Brüder, ihr Steine,
[können nur [wettern^{+}.] zwinkern.]
⟨bildern das Wort zu[.] ⟨hinter
Seitenblicken.⟩⟩

Erklärungen
24 Rue Tournefort: *siehe* »Du«
Löwig: *Nicht identifiziert*
Schiwiti: *Die Form des hebräischen Verbs für ›stellten‹ (Psalm XVI,8) ist die Bezeichnung für ein auf dem Pult des Vorsängers befestigtes Bild. Siehe die Notizen zur Ausstellung »Israël à travers les âges« von Mai bis September 1968 im Petit Palais in Paris (Notizheft 1968):* »Petit Palais – Israël à travers les âges – 1. Saal: ›L'Éternel est Un‹ (mit lauter großen Buchstaben) *– [...] –* Im Saal ›L'ÉTERNEL EST UN‹ Mitte: VI Bible, Allemagne XIIe siècle – links: IV Evangiles Empires byzantins Xe siècle – rechts: V Coran Empire ottoman XVIe siècle – Alles Paris, Bibl*[iothèque]* Nat*[ionale]* – Gleich darauf: Ossuarien – Sceptre aux bouquetins – Stèles et statues en basalte – CHIVITI Psaume XVI,8 ›Je place sans cesse Iahvé devant moi, car, s'il est à ma droite, je suis inébranlable.‹ Le texte épouse la forme du chandelier à 7 branches. CHIVITI est le premier mot du psaume. Il signifie ›je place devant‹, ›je vois‹, ›j'imagine‹ – S. 814 – Arche de la Loi (Aron Kodech) – Isaïe,

II, 4 Ils martèleront – Isaïe, XI, 6 Le loup... et un petit garçon les mènera«. *Der Katalog zur Ausstellung, die drei als »Shiviti« bezeichnete Ausstellungsstücke zeigte, ist auf den* »25. 5. 68« / »Paris« *datiert. Siehe auch* »Der sechzehnte Psalm« *in:* »Einkanter« *(GW II 392) und dazu eine Notiz von PC:* »Schiwiti« / «Psalm, XVI,8«.

6. Juni: *Geburtstag von PCs Sohn Eric*

224 Wer steuert den Lichtstreifen an

8. 6. 1968

Erstdruck nach einer ersten Niederschrift in einem Notizbuch (1968), unten datiert: »Bd St Germain« / »8. 6. 68«

V.2: den der Turm, ‹den du hältst› sich verschreibt?

V.4: dein [Tod] [*[unleserlich]*] Tod in sie hineinsteht.

Erklärungen

Bd St-Germain: *Der Boulevard Saint Germain verbindet das 5., 6. und 7. Pariser Arrondissement.*

225 Byssus, gezwirnt

8. 6. 1968

Erstdruck nach einer ersten Niederschrift in einem Notizbuch (1968) neben »Wer steuert den Lichtstreifen an«, *unten datiert:* »Rue du Pot de Fer« / »8. 6. 68«

V.2: [nach dem Bild] im Sinn

V.6: ‹Blind›[L]lid.

Erklärungen

Rue du Pot de Fer: *siehe* »In meinem zerschossenen Knie«

226 Als hätte

13. 6. 1968

Erstdruck nach einer unten auf den »13. 6. 68« *datierten Reinschrift aus einem heterogenen Konvolut mit Texten aus allen Schaffensperioden*

227 Niemals, stehender Gram

29. 7. 1968

Erstdruck nach der Reinschrift aus einem zu SP gehörenden Konvolut, unten datiert: »29. Juli 1968, Rue Tournefort«

Erklärungen
Rue Tournefort: *siehe* »Du«

228 Bestechlichkeit
29. 7. 1968

Erstdruck nach der Handschrift aus einem zu SP gehörenden Konvolut, unten datiert: »29. Juli 1968, Rue Tournefort«
Die vier letzten Verse sind wohl nachträglich hinzugefügt.

229 Ô les hâbleurs
Vermutlich Ende Juli 1968
(Siehe die Abbildung S. 327)

Erstdruck nach der undatierten Reinschrift aus einem zu SP gehörenden Konvolut. Das Dokument trägt die Spuren eines »vereinzelte*[n]* Riesen-/blattes der Paulownia« *(so PC in* »Der geglückte« *aus FS, GW II 144, auf das hier eventuell angespielt wird). Zur Paulownia siehe auch* »La Contrescarpe« *(GW I 282). Das Gedicht ist wohl das einzige französische von PC, das keine Übersetzung eines eigenen Gedichtes darstellt.*

Erklärungen
Dieses Gedicht meint PC, wenn er auf einem Deckblatt (Schneepart, *nicht aufgenommene Gedichte, Konvolut II) von einem Gedicht für seinen Sohn Eric spricht; siehe auch die anderen Gedichte* »Für Eric« *(GW II 372 und 376).*

230 Biwaks im Klärschlamm-Massiv
3. 8. 1968

Erstdruck nach einer Reinschrift in einem Heft, unten datiert: »Vaduz, 3. August 1968«

Erklärungen
Vaduz: *PC hielt sich in der Hauptstadt des Fürstentums Liechtenstein zu einer Lesung im Rahmen einer Ausstellung mit Radierungen von GCL (*»Atemkristall«*) auf.*

231 Glimmergekröse
5. 8. 1968

Erstdruck nach einer Handschrift aus einem zu SP gehörenden Konvolut, unten datiert: »5. 8. 68, rue Tournefort«. *Das Gedicht ist von PC selbst als das erste des Tages gekennzeichnet.*

Erklärungen
rue Tournefort: *siehe* »Du«

A Stark korrigierte Handschrift aus einem zu SP gehörenden Konvolut, unten datiert: »5. 8. 68 r. Tournefort o'37«
Über dem ersten Vers: [Paris, Jardin des Plantes]
Glimmergekröse, an dir
entlang
schob ich die ‹farbtaube / › Stille ins Ziel

Sie schlitterte weg,
ins Herzkaff,
da pritschelte ja
das bundesgenössische, ‹nicht
un-
photogene / › Denken.

Priest, Proster!

Erklärungen
Jardin des Plantes*: Botanischer Garten im Zentrum von Paris, unweit von PCs Wohnung und Arbeitsstätte*

B Publizierter Text
V.6: ins [Herzkaff,] H-Kaff,

232 Nachts, wenn der Ring ruht
6. 8. 1968

Erstdruck nach einer korrigierten Handschrift in einem Heft, unten datiert: »Paris, 6. August 68, Rue Tournefort«. *Die Stropheneinteilung ist z. T. nicht sehr deutlich.*
V.4: eine ‹sammelnde› Grenze ins
V.6-7: Geglaubt ‹und Gedacht› geh[t]n groß in [sein] ihr Spät, / Spät in [dein] [ihr] sein Früh,

233 Sie bringen ein
6. 8. 1968

Erstdruck nach einer Handschrift in einem Heft, unten datiert: »Paris, 6. August, Rue Tournefort«. *Die Stropheneinteilung ist undeutlich.*

234 Ich kenne dein Höher
Vermutlich August 1968

Erstdruck nach einer undatierten Reinschrift in einem Heft. Die Stropheneinteilung ist undeutlich.

235 Der mit dem Himmel
10. 10. 1968

Erstdruck nach einem maschinenschriftlich korrigierten Typoskript (mit ebenso korrigiertem Durchschlag) aus einem zu SP gehörenden Konvolut, unten datiert: »Paris, Rue d'Ulm, 10. 10. 1968«

Erklärungen
Rue d'Ulm: *Siehe* »Mein Gischt«
10. 10. 1968: *Am 10. 10. 68, einem (schulfreien) Donnerstag, begleitete PC seinen Sohn ins Planetarium im Palais de la Découverte (Grand Palais, Paris).*

A Reinschrift aus einem zu SP gehörenden Konvolut, unten datiert: »Paris, Rue d'Ulm, 10. 10 68«
Der mit dem Himmel Hantierende
im Planetarium.
Optische
Zufälle, doch uneingeebnet
ein Wissen, das
mein Sohn
trägt, wo es
getragen sein will.

B Publizierter Text
V. 1: Der mit ⟨d[em]em⟩ Himmel Hantierende

SPÄTE GEDICHTSAMMLUNG

Die Gedichtsammlung, die den posthum veröffentlichten Gedichten von ZG chronologisch vorausgeht (Ausnahme dort ist »Mandelnde« *vom 2. 9. 1968, GW III 95), überschneidet sich von August bis Oktober mit SP. Von allen Gedichten finden sich die ersten Niederschriften in zwei Notizbüchern (1968-1969 bzw. 1969). Außer* »Im Unaufhellbaren« *und* »Hinter verläßlich«

sind sie auf dieser Grundlage in ein paginiertes, später auseinandergenommenes und durch weitere Blätter ergänztes Schulheft wiederaufgenommen, das im vorderen Teil auch einige wenige Gedichte aus SP enthält. Die Seite 37 fehlt und damit auch das eventuell darauf geschriebene Gedicht. Die Fassungen des Schulhefts sind, wenn vorhanden, für den Druck ausgewählt. Vor das Notizbuch 1968-1969 wie das Schulheft sind Blätter mit Vermerken eingelegt, die eine Publikation verbieten: »Nach Schneepart« / »Nicht veröffentlichen!« / »3. 9 .69« / »Nicht veröffentlichen!« / »24. 1. 1970« *(Notizbuch) bzw.* »Unveröffentlichbar« / »bis auf einige wenige Ausnahmen« / »3. 9. 69« *(Schulheft). Die wenigen erhaltenen Typoskripte sind von GCL angefertigt, jedoch zum größten Teil von PC selbst korrigiert. Als Titel für einen Zyklus nach SP notiert PC in seinem Notizbuch 1969 alternative Vorschläge:* »SILBENSCHLIFF oder LINSENSCHLIFF: Titel nach Bakenmeister *[d. h. LZ]* und Schneepart« *bzw.* »-i- Titel für nach Schneepart: DER GRAT«.

239 BEFAHRENE STEINBLICKE
Vermutlich August 1968

Erstdruck nach der undatierten Handschrift im Schulheft (S. 3), zwischen »Ich schreite« *(aus SP, GW II 401, datiert:* »August 1968«*) und* »Es sind schon« *(aus SP, GW II 407, vom 24. 8. 1968). Ein ebenfalls undatiertes Typoskript ist textgleich.*

A Undatierte Handschrift im Notizbuch 1968-1969
Ohne Titel, ohne Endpunkt

240 ES WÄCHST
Vermutlich Ende August 1968

Erstdruck nach der undatierten Reinschrift im Schulheft (S. 5), zwischen »Es sind schon« *(aus SP, GW II 407, vom 24. 8. 1968) und* »Schnellfeuer-Perihel« *(aus SP, GW II 410 vom 27. 8. 1968)*

Erklärungen
Äsop: *Eine Briefmarke mit dem griechischen Fabeldichter Aisopos (6. Jhd. v. Chr.) ist in Eric Celans ehemaliger Briefmarkensammlung nicht mehr enthalten!*

A Undatierte Handschrift im Notizbuch 1968-1969
Ohne Titel, ohne Endpunkt

V.2: Äsop, ⟨im⟩ [b]Briefmarken[fabel]präsens,
V.5-6: reimt sich für / dich auseinander,
V.9: zifferts dir heim

241 KLEINSTSEITE
28. 8. 1968
(Siehe im Anhang S. 322: PARIS, KLEINSSEITE)

Zitiert nach der undatierten Reinschrift im Schulheft (S. 7), zwischen »Schnellfeuer-Perihel« *(aus SP, GW II 410) und* »Hinter Schläfensplittern« *(aus SP, GW II 412)*
Erstdruck (Fassung D) als Abbildung: PC/FW S. 223
Erklärungen
Franz Wurm: *siehe* »Erstiegene Stille«
Kleinstseite: *Anspielung auf das Prager Stadtviertel »Kleinseite«, Malá Strana, auf dem linken Ufer der Moldau. Es entspräche in Paris der allerdings keineswegs noch kleineren und engeren »Rive gauche«, d.h. dem Quartier latin, in dem PC arbeitete (Rue d'Ulm) und seit fast einem Jahr lebte (Rue Tournefort).*
Der heilige Medardus: *Auf dem linken Seine-Ufer befindet sich die Kirche und das Viertel St. Médard, zu dem auch die Rue Tournefort gehört. Die Geschichte der Kirche weiß von Szenen kollektiver Hysterie (»Convulsionnaires«, um 1730). St. Medardus (ahd. der Macht-Starke) wird Fußstapfen in einen Stein drückend dargestellt, er ist u.a. der Schutzpatron der Wahnsinnigen und Zahnkranken (was PC an seine zahlreichen Zahnarztbesuche im Vorjahr erinnern mag). Im Notizbuch 1968-1969 erwähnt PC das* »Séc*[urité]*Sociale Centre St-Médard«, *also eine Zweigstelle der Krankenkasse.*

A Undatierte Handschrift im Notizbuch 1968-1969
Ohne Titel
V.3: das Zündholz und das Licht
V.5-6: [er heilt] ⟨behandelt⟩ mir meinen Plattfuß / Ich klage nicht

B Handschrift mit großem Tintenfleck in einem zu SP gehörenden Konvolut, unten datiert: »Paris, Rue Tournefort, 28. 8. 1968«. *Die Korrekturen sind eventuell nachträglich vorgenommen.*
Stropheneinschnitt zwischen V.3 und 4
Titel: ⟨Paris,⟩ Kleinstseite

V.3: das Zündholzschachtelgsicht.
V.5: [er pflegt mir] behandelt meinen Plattfuß,

C Publizierter Text

D Im Anhang publizierter Text (Erstdruck): Reinschrift im Besitz von Franz Wurm, möglicherweise mit dem Brief nach Prag vom 7. 11. 1969, unten datiert: »August 68«

242 VERJAGT
21. 10. 1968

Erstdruck nach der Reinschrift im Schulheft (S. 9) zwischen »Hinter Schläfensplittern« *(aus SP, GW II 412) und* »An die Zehe«, *unten datiert:* »21. 10. 68« / »Im Zug, vor Antibes«. *Textgleich ist eine Reinschrift aus einem zu SP gehörenden Konvolut, unten datiert:* »Antibes, 21. 10. 68«.
Erklärungen
Antibes: *Stadt an der französischen Mittelmeerküste (Departement Alpes-Maritimes)*

A Handschrift im Notizbuch 1968-1969, unten datiert: »21. 10. 68« / »*[mit Rechtspfeil]* Antibes«
Ohne Titel
V.5: [die voller] wo sich die Barthaare [stehn] drängen

243 AN DIE ZEHE
21. 10. 1968

Erstdruck nach der Handschrift im Schulheft (S. 10), unten datiert: »La Colle-sur-Loup, 21. 10. 68«
Erklärungen
La Colle-sur-Loup: *Ort im französischen Departement Alpes-Maritimes nahe Vence, dem Sitz der Kunststiftung Fondation Maeght. PC wohnte in einem Gästehaus, über das die Stiftung in La Colle-sur-Loup verfügte.*

A Handschrift im Notizbuch 1968-1969, unten datiert: »21. 10. 68 Colle-sur-Loup«
Die Stropheneinteilung ist uneindeutig; die V.7-9 sind eingekreist und mit einem Pfeil mit unklarem Ziel versehen.
An die Zehe geschraubt, doch unfühlbar,
die erkenntliche Aster
Wegmassen stürzen

über sich weg,
⟨auch [eine Ölfrucht] [*[unleserlich]*] Bäume,⟩
durch die ⟨weltweiten⟩ Schuhlaschen stäubt
das noch immer [*[unleserlich]*]
unbesonnene Ruder,
mit der Galions-Null im Bund,
die eine Nüster des Meers
wirft Schmerzloses [*[unleserlich]*] auf

B Publizierter Text
V.6: durch die Schuhlaschen, [stäubt] mit

244 IN DEN REISFELDERN
21. 10. 1968

Erstdruck nach der Reinschrift im Schulheft (S. 11), unten datiert: »21. 10. 68« / »Fondation Maeght«

A Handschrift im Notizbuch 1968-1969, unten datiert: »21. 10. 68« / »Fondation Maeght«
Ohne Titel, kein Verseinschnitt nach V.2
V.6-8: in die [vertrauter-] ⟨mit-⟩ / [vertrauende], mit / [selige⁺] ⟨verfrachtete⟩ ⟨eßbare / ⟩ Wahrheit

245 LES DAMES DE VENISE
21. 10. 1968

Erstdruck nach der geringfügig korrigierten Handschrift im Schulheft (S. 12), unten datiert: »21. 10. 68« / »Fondation Maeght«

Erklärungen
Les Dames de Venise: *Im der zeitgenössischen Kunst gewidmeten Museum der Fondation Maeght in Vence befinden sich eine ganze Reihe der »Femme de Venise« genannten Einzelfiguren, die der Schweizer Bildhauer Alberto Giacometti 1956 für die Biennale in Venedig geschaffen hat.*

A Handschrift im Notizbuch 1968-1969, nach der ersten Strophe datiert: »21.10.68« / »Fondation Maeght«
Die Schlußstrophe ist nachträglich hinzugefügt.

B Publizierter Text
V.5-6: Dieser schein[B]bar / [s]Schreitende

246 Femiges
Vermutlich Ende Oktober 1968

Erstdruck nach der undatierten Reinschrift im Schulheft (S. 13)
A Undatierte Handschrift im Notizbuch 1968-1969
Ohne Titel
V.3-4: das Uhrzeiger-Dutzen⟨d⟩ / her[hetzend]⟨tastend⟩ hinter
V.6-10: darüber / [Der Abglanz] / [Halkyonisches stäubt] / [von unten her] / [über]
V.13-14: unbezifferte Bucht [dieser Unzeit] [hier] / ⟨zur Linken, zur Linken⟩

247 Eine Mücke
25. 10. 1968

Erstdruck nach der Reinschrift im Schulheft (S. 14), unten datiert: »25. 10. 1968, Les Gorges-du-Loup«
Erklärungen
Les Gorges-du-Loup: *Schlucht im Tal des Loup, in der Gegend von Vence (Departement Alpes-Maritimes)*
A Undatierte erste Niederschrift im Notizbuch 1968-1969
Eine Mücke
melkt ein Gesicht.
Du hast Abend genug
für das ⟨mit dem ⟨einen⟩ Steineuter⟩ überhängende Wort
wenn dein Gedächtnis jetzt käme
nachsinnig
wie dein ins Un-
gehörige ver-
franzter
Gott

B Handschrift im Notizbuch 1968-1969, unten datiert: »25. 10. 1968 Les Gorges-du-Loup«
Ohne Titel
V.2: melkt [ein] das Gesicht hinterm Berg,
V.4: für das [überhängende] mit dem einen
V.7: wenn ⟨doch⟩ dein Gedächtnis jetzt käme,

C Reinschrift aus einem zu SP gehörenden Konvolut, unten datiert: »Les Gorges du Loup, 25. 10. 68«
Stropheneinschnitt nach V.2

248 Über sich
28. 10. 1968

Erstdruck nach der Reinschrift im Schulheft (S. 15), unten datiert: »Vence, La Colle-sur-Loup« / »28. 10. 68«

Erklärungen
»Schraubenjakob«, »Leiter«: *siehe Jakobs Traum von der Himmelsleiter (Gen. 28. 12ff.)*
La Colle-sur-Loup: *siehe* »An die Zehe«

A Als »-i-« *gekennzeichnete Handschrift im Notizbuch 1968-1969, vor und nach der letzten Strophe datiert:* »[Vence, 28. 10. 68]« *bzw.* »Vence / La Colle-sur-Loup« / »28. 10. 68«
Dieu ne t'aide pas
au-delà de lui-même
Über sich
hinaus
hilft der Gewaltige
stündlich zwischen
Obgleich und Obglanz [.]⟨:
Schraubenjakob,
[färb] ⟨beiß⟩ mir den Schaumstoff der Leiter
bliblau.⟩

B Handschrift aus einem zu SP gehörenden Konvolut, unten datiert: »Vence / La Colle-sur-Loup« / »28. 10. 68«
V.2: [hinaus] hinaus
V.4-5: stündlich zwischen ⟨be- / engelte[n]m blanke[n]m⟩
V.7-8: [Jakob, Jakob,] ⟨Schraubenjakob,⟩ / [färb] beiß mir den Schaumstoff der Leiter

249 Sie füttern
30. 10. 1968

Erstdruck nach der Handschrift im Schulheft (S. 16), unten datiert: »Vence, 30. 10. 68«

A Handschrift im Notizbuch 1968-1969, unten datiert: »Vence, 30. 10. 68«
Ohne Endpunkt
V.2: das soll [dich] deine Hände
V.4: knote [sie] ⟨die keimfrohen⟩ los,

B Handschrift aus einem zu SP gehörenden Konvolut, unten datiert: »Vence, 30. 10. 68«
V.1: Sie füttern dir Pflanzenschutz ein,
V.6: mit Turmstacheln:

250 HINTER VERLÄSSLICH
30. 10. 1968

Erstdruck nach einer überarbeiteten Handschrift in einem zu SP gehörenden Konvolut, unten datiert: »Vence – La Colle-sur-loup« / »30. 10. 68«. *Das Gedicht ist von PC selbst in beiden Textzeugen (im Notizbuch nachträglich) als das zweite des Tages gekennzeichnet.*

Erklärungen
La Colle-sur-Loup: *siehe* »An die Zehe«

A Handschrift im Notizbuch 1968-1969, nachträglich unten datiert: »⟨Vence – La Colle« / »30. 10. 68⟩«
Hinter ⟨verläßlich⟩ vorgeschädigten
Rippen
hedder[t]n [das vorlaute] [Kuns] die amtlich
vertrauerten Fühlkutteln
[Ku] je nach Bedarf,
weis dich mit ein,
⟨von dir aus,⟩
eh [es zu früh ist] die blindverordnete Frühe
dich Lehmigen lähmt

B Publizierter Text
V.3: hedder[n]t d[ie]er amtlich
V.6: weis dich mit ein, [von dir aus,] ⟨frischweg,⟩ von dir aus,

251 IM UNAUFHELLBAREN
4. 11. 1968

Erstdruck nach einer Reinschrift in einem zu SP gehörenden Konvolut, unten datiert: »La Colle-sur-Loup, 4. XI. 1968«

A Undatiertes Fragment im Notizbuch 1968-1969
Im Unaufhellbaren geht eine Tür,

252 Glaswaben
5. 11. 1968

Erstdruck nach der Handschrift im Schulheft (S. 17), unten datiert: »Cap d'Antibes, 5. XI. 1968«

Erklärungen

Cap d'Antibes: *Stadt auf einer Landspitze bei Antibes (Departement Alpes-Maritimes) mit einem berühmten Leuchtturm*

A Handschrift im Notizbuch 1968-1969, zusammen mit dem Zusatz »⟨Verlust und⟩« *auf der vorausgehenden Seite unten nachträglich datiert:* » ⟨Cap d'Antibes, 5. XI. 1968⟩«

V.1: Glas[blasen]waben, im

V.4: ⟨gastfrei,⟩

V.6: ⟨durch alles⟩

V.8-9: Dochtsuche, [auch / bei [⟨schon⟩] nur halber] ⟨vor lauter⟩ / ⟨Verlust und⟩ Versternung

B Handschrift in einem zu SP gehörenden Konvolut, unten datiert: »Cap d'Antibes, 5. XI. 1968«

V.4: ⟨gastfrei,⟩

V.6ff.: durch sie alle, / ein Öltropfen, hart- / flüssig, auf / Dochtsuche, vor / lauter Verlust / und Versternung.

C Publizierter Text

V.9: [lau] Verlust und Versternung.

253 Englisches
30. 11. 1968

Erstdruck nach der Reinschrift im Schulheft (S. 18), unten datiert: »Epinay-sur-Orge« / »30. XI. 1968«

Erklärungen

Epinay-sur-Orge: *Stadtrandgemeinde im Süden von Paris, wo PC nach einer psychischen Krise im Hôpital de Vaucluse, einer psychiatrischen Klinik, behandelt wurde*

A Reinschrift im Notizbuch 1968-1969, unten datiert: »30. Nov. 68« / »Epinay-sur-Orge«

V.2-3: dein Gehör zwischen / Greifenklauen,

254 Kreuzkobolde
2. 12. 1968

Erstdruck nach der Handschrift im Schulheft (S. 19), unten datiert: »Epinay-sur-Orge« / »2. XII. 1968«

A Handschrift im Notizbuch 1968-1969, unten datiert: »2. XII. 68 (H. Vaucluse)«
Kreuzkobolde, verspielt
zwischen [Nägeln] de[n]m Nagelhundert.
Eine ‹muntere› Sargträne schleift
am [vitaminierten] bärenstimmigen
Lungen-Alraun.

B Publizierter Text
V. 1-2: Kreuzkobolde, ver‹- / ›spielt,

255 Geheimnisumflockt
4. 12. 1968

Erstdruck nach der Reinschrift im Schulheft (S. 20), unten datiert: »Epinay, 4. 12. 1968«

A Handschrift im Notizbuch 1968-1969, unten datiert:«‹Epinay-sur-Orge›« / »4. 12. 1968«
Geheimnisumflockt
stehn die Gotts[*[unleserlich]*]chlucker
in deinen Winter
Wer auch
der Nebenwelt
sekundiert,
den wandern [*[unleserlich]*] sie ab,
die gedächtnis[weißen][steifen][harten]schroffen.

256 Auf den Geisterschwellen
7. 12. 1968

Erstdruck nach der Handschrift im Schulheft (S. 21), unten datiert: »Epinay-sur-Orge, 7. Dez. 1968«

A Undatierte Handschrift im Notizbuch 1968-1969
Auf Geisterschwellen
tanzen die Mücken,
(der Halbschatten einer

führt dich hinweg:),
die feine Schraffur deines Glücks,
die mitgezeichnete
trotzt der Pauke

B Handschrift im Notizbuch 1968-1969, unten datiert: »7. Dez. 1968«

Ohne Titel

V.2: zeichnen [verwegene] tanzende Mücken

V.4-5: Du wartest den Paukenschlag ab / mit entsichertem [Herzen] Herzhirn.

C Publizierter Text

V.5: mit entsichertem [Herzen.] Herzhirn.

257 LANDSCHAFT, NICHT OHNE FALKEN
7. 12. 1968

Erstdruck nach der Handschrift im Schulheft (S. 22), unten datiert: »Epinay, 7. 12. 1968«

A Handschrift im Notizbuch 1968-1969, unten datiert: »7. 12. 68«

[Sprachl]Landschaft[s]- [Kultur] ‹[mit] [für viele[n]] nicht ohne Falken›
-i- : [die Geierelliptik, sie]
Die windigen Isoglossen, semiotisch
‹entfärbt und›
verfärbt,
‹Syntagmen. Syntagmen›
ein Wander-Code, auf Fixstern-
Achsen,
eine [Tauben[Wunden]schnur] ‹Wegweiserkette,› [feuer-] wunden-
beflügelt,
[Blutzucker]‹Zeichen›wein, in verscharrten
Schmerzkufen, bei
Mars[schaum]tide, [und] Milchblitz

C Publizierter Text

Titel: [[Sprachl]Landschaft für [viele Falken] [Augen und Münder]] Landschaft nicht ohne [viele] Falken

258 Die Fahnen
8. 12. 1968

Erstdruck nach der Reinschrift im Schulheft (S. 23), unten datiert: »E. s. O., 8. 12. 68«

A Handschrift im Notizbuch 1968-1969, nach Vers 5 datiert auf den »8. 12. 68«
Die Fahnen wahren den Schein
Hefte den Blick nicht an sie
wende den Blick nicht ab
zahl nicht die Brückenzölle
Ebenbürtige atmen
[unten:]
⟨⟨Auch⟩ von dieser Fahne, der traumsteifen,
stäubt der Schein⟩

259 Polnische
8. 12. 1968

Erstdruck nach der Reinschrift im Schulheft (S. 24), unten datiert: »E. s. O., 8. 12. 68«

A Undatiertes, als »-i-« *gekennzeichnetes Fragment im Notizbuch 1968-1969*
Betfrösche mit Dürerhänden

B Handschrift im Notizbuch 1968-1969, unten datiert: »E. s. O. 8. 12. 68«
Ohne Endpunkt
V. 3: [⟨krampfha⟩] ⟨gefalteten⟩
V. 5: [frömmel] halbieren den [Himmel] letzten

260 Pulsstrahlen
8. 12. 1968

Erstdruck nach der Reinschrift im Schulheft (S. 25), unten datiert: »E. s. O., 8. 12. 68, abends, nach dem Besuch von Gisèle«. *Der nur hier fehlende Titel ist wohl Unachtsamkeit (und im Druck ergänzt). Eine weitere Reinschrift auf einem dem Schulheft hinten beigelegten Blatt ohne Paginierung und ein korrigiertes Typoskript, beide sonst textgleich, haben Titel.*

A Undatierter, vollständig gestrichener handschriftlicher Entwurf im Notizbuch 1968-1969

[[⟨Licht⟩]Käferglanz, ⟨pulsstark⟩ in der ⟨/⟩ Arm-
beuge: das ⟨/⟩ Wort
Geliebte, von Brot-
[fi] händen entfacht ⟨/⟩ und⟩ ⟨/⟩ lange gehalten,
[umpulst von beredt+]
hierhergeschwommen, ⟨blutaufwärts⟩ als [wäre] ⟨/⟩ gehörte[n]
die Nacht um mich ⟨sich, das ist:⟩ ⟨/⟩ deinem Tag]

B Handschrift im Notizbuch 1968-1969, unten auf den »8. 12. 68« *datiert*

V.1: [Käferglanz, pulsstark,] ⟨Pulstrahlen,⟩ in der

V.6: händen entfa[acht]ltet und lange

V.8ff.: [hierhergebracht, *[unleserlich]*] / [hin], hier ⟨jetzt ein⟩, [I]immer, als [wäre] / gehörte / die Nacht um mich sich, [*[unleserlich]*] im Schutz / deine[m]s [schwärmenden] [schützenden] ⟨Tags.⟩ / [Tag]

261 Es schleichen
10. 12. 1968

Erstdruck nach der stark überarbeiteten Handschrift im Schulheft (S. 26), unten datiert: »E. s. O., 10. Dezember 1968«

A Undatiertes, als »-i-« *gekennzeichnetes Fragment und Entwurf im Notizbuch 1968-1969*

Es schleichen die Köpfe umher im Bannkreis

[Abstand:]

[die] der Klonken-Diktion ⟨/⟩ [unsrer] einer [technischen] [lila] Rose
ein [*[unleserlich]*] Bolzen benimmt und benimmt sich
[im Takt] [beim Schein] ⟨bei⟩ apriorische[n]m [Müssens] Schein,
[leicht geneigt, ⟨ich-verfugt,⟩ [und] [daseins⟨-/⟩*[unleserlich]*]]
[daseins⟨-/⟩*[unleserlich]*], ich-verfugt, leicht geneigt,
dominierst du
[*[unleserlich]*]
die Daseins-
Anrainer

B Publizierter Text

Die Verse 5-6 bilden vielleicht eine eigene Strophe.

V.3-6: der [Klonkendiktion] Fehldiktion einer [technischen] ⟨Über-⟩ / [Rose] Kunst, / ⟨Kutteln, ⟨metallisch⟩ am Halse gelegt, / äugen,⟩

V. 9: [ich-verfugt] leicht
V. 12: [die] Daseins-

262 UNGESPALTEN
12. 12. 1968

Erstdruck nach der Reinschrift im Schulheft (S. 27), unten datiert: »E. s. O., 12. 12. 68«

A Handschrift im Notizbuch 1968-1969, unten datiert: »E. s. O., 12. 12. 1968«

⟨Die⟩ [U]ungespaltene ⟨/⟩ [Zungen] Rede, ⟨ein⟩ Rauch[– /]
[topase] stein[e], auf keinen beziehbar,
ein [E]Hemd. ⟨//⟩
Hären die Wildgesänge,
ertastet
von deiner ⟨/ unentwegten /⟩ Liebkosung.

B Reinschrift auf einem dem Schulheft hinten beigelegten Blatt ohne Paginierung, unten datiert: »Epinay-sur-Orge, 12. 12. 1968«, *und ein nach der Schreibfehlerkorrektur textgleiches Typoskript mit gleicher Datierung*

V. 5-6: ertastet von deiner / unentwegten

263 NARBENHERALDIK
13. 12. 1968

Erstdruck nach einer oben rechts als »(Endgültige Fassung)« *bezeichneten Reinschrift im Schulheft (S. 29), unten datiert:* »E. s. O., 13. 12. 68«. *Eine weitere datierte Handschrift auf einem dem Schulheft hinten beigelegten Blatt ohne Paginierung und ein Typoskript sind textgleich.*

A Undatiertes, als »-i-« *gekennzeichnetes Fragment im Notizbuch 1968-1969*

Narben-Heraldik im Dunkeln

B Oben rechts als »(Erste Fassung)« *gekennzeichnete Reinschrift im Schulheft (S. 28), unten datiert:* » E. s. O. 13. 12. 68«

Narbenheraldik im Dunkeln, wir,
die Entnarbten, inmitten,
du singst mir
Verlust zu, ich bin dir
über.

C Als »-i-« *gekennzeichneter Entwurf im Notizbuch 1968-1969, unten datiert:* »E. s. O. 13. 12. 68«; *es handelt sich wohl um eine nachträgliche Bearbeitung einer der Fassung B vorausgehenden Grundlage.*

Narbenheraldik im Dunkeln, wir, [beide]
die Entnarbten, inmitten,
⟨mit allem
⟨ausgesendeten⟩
Pomp unsres Schicksals⟩
du [sprichst] [sings] [si] sagst mir ⟨/⟩ Verlust zu;
ich [herrsche, von dir aus] ⟨bin dir⟩
über⟨, ich herrsche
Vorgewußtes herbei,
als wie ein ⟨[haltbares^{+}] zweites⟩ ⟨mächtiges⟩ Glück.⟩

264 Leb die Leben
14. 12. 1968

Erstdruck nach der Reinschrift im Schulheft (S. 30), unten datiert: »E. s. O., 14. 12. 68«. *Eine weitere datierte Reinschrift auf einem dem Heft beigelegten Blatt und ein ebenso datiertes Typoskript mit Schreibfehlerkorrekturen sind textgleich.*

A Undatiertes, als »-i-« *gekennzeichnetes Fragment im Notizbuch 1968-1969*
die Träume / auseinanderhalten

B Handschrift im Notizbuch 1968-1969, unten datiert: »E. s. O.« / »14. XII. 68«
Ohne Titel, ohne Endpunkt

265 Wühl dich
16. 12. 1968

Erstdruck nach der Handschrift im Schulheft (S. 31), unten datiert: »E. s. O., 16. 12. 68«

A Als »-i-« *gekennzeichneter Entwurf im Notizbuch 1968-1969, unten datiert:* »E., 16. 12. 68«
Wühl dich ins Unzerwühlte,
hör den Schmerz ⟨darin⟩ sagen: ich
war nur, ich
bin ⟨/⟩ der Gewesne, ⟨//⟩

greif ihn dir wie eine Flocke,
heb ihn nicht auf,
⟨laß ihn er sein,⟩
sei dein eigner ⟨/ gegenwissender⟩ ⟨/ hauchgetragener,*[sic]*⟩ ⟨/⟩
Winter.

B = Publizierter Text
V.2-3: hör den Schmerz ⟨darin⟩ sagen: ich / [nur] war nur, ich

266 MIT MEERISCHEM TROSS
17. 12. 1968

Erstdruck nach der überarbeiteten Handschrift im Schulheft (S. 32), unten datiert: »E.s. O., 17. 12. 68«

A Als »-i-« *gekennzeichneter Entwurf im Notizbuch 1968-1969, zweifach datiert:* »E.s. O., 17. 12. 68« *bzw.* »E.s. O., 17. XII. 68«. *Der ursprüngliche Schluß des Entwurfs steht in Verbindung mit einem Titelprojekt für SP, das im Notizbuch 1968-1969 formuliert ist:* »Titel für ›Sehstamm‹:« / »Gegenwink(e)«
Mit [vulkanischem] meerischem Troß unter⟨m⟩ [einen]
Himmel
übst du Land-
[nahme[,] ⟨, na[t]ckt⟩ mitten im]
[Schlaf]Halb-[l]Lied, der
Spatenträger,]
je[d]nes Fahnen-
tuch, [⟨*[unleserlich]*⟩] dem dein Gesang galt,
flattert dich zu[,], vor Ort.
[⟨gegenwinkerische⟩]
[wir siegen:]
[mit einem Stern gekennzeichnet:]
du winkst
gegen, von
überallher.]
[nach dem Datum:]
⟨Von Verlust zu Verlust
schwingt sich dein Sieg.⟩
[nach einem weiteren Datum drei Varianten:]
⟨[Jenes Fahnentuch, dem dein Gesang galt,
gewinnt.]

[eingerückt:] [du]
flattert dich zu, am wahren
Ort.
Du winkst[,],
[von überallher] überallhin›
‹Das Fahnen[tuch][stück]tuch, dem dein stärkster
[Gesang] [Puls] Gesang galt,
flattert dich zu, ‹ / › du
winkst›
‹Mit meerischem Troß [unterm] unter diesem
‹Himmel› übst du ‹ / › Land‹ / ›nahme, draußen›
B Publizierter Text
V.1-2: Mit meerischem Troß, ‹auch / › unter diesem

267 Durchs Schüttelsieb
17. 12. 1968

Erstdruck nach der stark überarbeiteten Handschrift im Schulheft (S. 33), unten datiert: »Epinay s. O., 17. 12. 68«
A Handschrift im Notizbuch 1968-1969, unten datiert: »E. s. Orge« / »17. 12. 68«
Vor V.2 ist möglicherweise ein Stropheneinschnitt.
Durchs ‹weiße› ‹ / › Schüttelsieb schick ich den [‹scheckigen›] ‹ / › Traum,
du fängst ihn auf, [mit]
mit Seelen-‹ / ›tellern ‹ // ›
und setzt ihn der Speise zu,
die wir [knieend verschmähen,] [‹beiden schließlich›] knieend
[Knie an Knie] Ineinandergeknieten verschmähen
B Publizierter Text
V.1: Durchs Schüttelsieb schick ich ‹den Traum,›
Zwischen V.1 und V.2: [den Traum, //]
V.6: die wir [gemeinsam] [‹kniend›] [verschmähn] Ineinandergeknieten
Unten, mit Verweis zu einem gestrichenen Einfügungszeichen nach V.4: [‹die wir [Nackten] Entkleideten zusprechen sollen, / die wir kniend verschmähn›]

268 SCHWÄRZE
19. 12. 1968

Erstdruck nach der Reinschrift im Schulheft (S. 34), unten datiert: »E. s. O., 19. XII. 68«

A Handschrift im Notizbuch 1968-1969, unten datiert: »E., 19. 12. 68«
Schwärze dein Zinn:
das Ewige Licht
bimmelt dir durch den Kopf,
eine Mauer, gewitterweiß
beißt sich fest in der Luft,
aus der [du] er
geknetet [b]ist, zinngleich, ⟨//⟩
du hast, was du nicht hast,
du erhebst dich, dein Visier,
⟨das Geschwärzte⟩
kleidet⟨s⟩ [ihn] ⟨dir ein,⟩
[ein, deine] dein Gehirn

269 SCHLÄFENHITZE
20. 12. 1968

Erstdruck nach der Reinschrift im Schulheft (S. 35), unten datiert: »E. s. O. 20. XII. 68«

A Dreifach als »-i-« *gekennzeichneter Entwurf im Notizbuch 1968-1969, unten datiert:* »E. s. O., 20. XII. 68«. *Der Entwurf ist oben mit einem Stern gekennzeichnet.*
Schläfenhitze⟨,⟩ [//]
beim ⟨auch [jens] drüben⟩ [entzifferten] [entschlüsselten] erschlüsselten
[vo[m]n] Schrecken gedungen ⟨*[unten, mit Verweis hierher:]* (er gibt ja nichts frei)⟩: dein
Kissen, das du
frisch überziehst
mit ⟨[halb] [zur Gänze] halb⟩ begnadigtem
Tuch[,].
fristhin]

270 Du suchst Zuflucht
20. 12. 1968

Erstdruck nach einer dem Schulheft beigelegten Handschrift ohne Paginierung, unten datiert: »E. s. O., 20. XII. 68« / »(Abschrift nach dem Notizbuch: 6. 8. 69)«

Erklärungen

Jetzt / überlebst du dein zweites / Leben: *siehe das von PC übersetzte Gedicht der amerikanischen Lyrikerin Emily Dickinson (1830-1886):* »Mein Leben, zweimal fiels ins Schloß, / eh's zufällt; nun, ich will / jetzt sehn, ob die Unsterblichkeit / ein Drittes mir enthüllt« *(GW V 385)*

A Als »-i-« *gekennzeichnete Handschrift im Notizbuch 1968-1969, unten datiert:* »20. XII. 68«

Mit Endpunkt

B Publizierter Text

V.3: Erbstern – sie wird dir [gewährt.]

271 Dein Heim

21. 12. 1968

Erstdruck nach der Handschrift im Schulheft (S. 36), unten datiert: »E. s. O. 21. 12. 68«

Erklärungen

Im Zusammenhang mit der Entstehung des Gedichts zu sehen sind Lesenotizen und Übersetzungsentwürfe zu den Gedichten und Briefen von Emily Dickinson im Notizbuch vor und nach dem ersten Entwurf (A, siehe dort »E. D.«*), u. a.:* »... whose home is in so many houses« *(wohl aus einem Brief, konnte nicht nachgewiesen werden);* »*[dreimal angestrichen:]* Homeless at home« *(aus dem Gedicht* »*To the bright east she flies*«*, im Frühjahr 1883 an Maria Whitney, in: The Letters of Emily Dickinson, Cambridge 1965, S. 771; aus welcher Ausgabe PC zitiert, ist unklar).*

A Undatierter, als »-i-« *gekennzeichneter Entwurf im Notizbuch 1968-1969*

[E. D.]
Dein Heim – in wieviel Häusern? –
erwacht unter der Last ‹seiner
Herkunft›
im scharfen Kahn,
[neben der] ein Nachbar der Silbenfracht,
elektrisch entreimt,

[fahrtenschwer] fahrtenschwer, [unterwegs] übernächtig, [bis auf den Tag,]
⟨unterwegs,⟩
bis auf den Tag, auf der Helling,
wo [Sand] Fahrt ausgegeben wird,
in schallenden [Segel-] Sand-
tüten.

B Publizierter Text
V.12: in [schla] schallenden Sand-

272 Das Vergessen
23. 12. 1968

Erstdruck nach der oben rechts mit «ja« gekennzeichneten Handschrift im Schulheft (S. 38), unten datiert: »E. s. O., 23. 12. 68«

Erklärungen
23. 12. 68: *am 21. 12. 1968 fand der erste bemannte Raumflug in Mondnähe statt. Die Raumkapsel Apollo 8 umrundete mit drei Astronauten an Bord zehnmal den Mond.*

A Als »-i-« *gekennzeichneter Entwurf im Notizbuch 1968-1969, unten datiert:* »E. s. O. 23. XII. 68«
Ohne Titel und Stropheneinteilung
V.3: du buddelst still im Astralstaub

B Publizierter Text
V.3: [du] ⟨schon⟩ buddelst ⟨du⟩ still im Astralstaub,

273 Lehmgetier
24. 12. 1968

Erstdruck nach der Handschrift im Schulheft (S. 39), unten datiert: »E. s. O. 24. 12. 68«

A Als »-i-« *gekennzeichneter Entwurf im Notizbuch 1968-1969, unten datiert:* »E. s. O., 24. 12. 68«
Lehmgetier[,] spielt
mit der Stahl-
wolle: [es weiht, es]
[nachtet,] ein zweites
Leben überlebt
[ein] das erste, [der Hauch] der Brodem
fährt durch [den Brodem] den Hauch,

die Buch-
staben stehn aufwärts,
dennoch[,]:
[fürste] dien noch,
fürste [‹/› noch]
noch.

B Publizierter Text
V.11: ‹fürchte noch,›

274 Den unterm Silbenflug
27. 12. 1968

Erstdruck nach der Reinschrift im Schulheft (S. 40), unten datiert: »E. s. O., 27. 12. 68«

A Als »-i-« *gekennzeichneter Entwurf im Notizbuch 1968-1969, unten datiert:* »E. s. O., 27. 12. 68«
‹Den› ‹Unterm› Silbenflug [//]

[den] zutode Getragnen angehn,
ihn ‹[zurück-] herüber-› ‹/› meißeln [‹und meißeln›]
[ins Leben+] mit seiner ‹eignen› ‹un-
[lebendigen›] [Rechten] verdorrten
Rechten,

ihm die Tore
auftun [zur] [‹Vorstadt und›] zur Stadt,

sie ‹mit›befestigen, [mit] beide,
mit Unverwirktem‹.› [aus+]

275 Im Blutdschungel
28. 12. 1968

Erstdruck nach der Reinschrift im Schulheft (S. 41), unten datiert: »E. s. O., 28. 12. 68«. *Im Druck ist der Schreibfehler* »stet« *für* »steht« *(V.2), entsprechend den Fassungen A und B korrigiert.*

A Undatierter, als »-i-« *gekennzeichneter Entwurf im Notizbuch 1968-1969*
[Planetens]
[Planetenschatten im Schlepptau]
Im Blutdschungel, da
steht der Abschied,
der [augen][herz]schmal- ‹/›fingrige, [//]

an jeder ⟨/⟩ Kuppe, ⟨/ herzförmig ein [/]⟩
[ein] Brennglas, da [stürzt] [kommt] ⟨/⟩ erbeuten
[alles Getigerte durch, heillos,]
[der Tiger hindurchgestürtzt]
die Tiger Tag

B Handschrift auf der A folgenden Seite des Notizbuchs 1968-1969, unten datiert: »E. s. O. 28. 12. 68«
Ohne Titel
V.4-5: jeder Kuppe, [ei] herz- / förmig, ein [Bren]

276 Bei Erdschein
30. 12. 1968

Erstdruck nach der Reinschrift im Schulheft (S. 42), datiert unten: »E. s. O., 30. 12. 68«

A Als »-i-« *gekennzeichneter Entwurf im Notizbuch 1968-1969, unten datiert:* »E.,« / »30. 12. 68«
[b]Bei Erdschein
⟨schlaf fordern
vom ⟨wachen⟩ ⟨/⟩ Neben-
himmel.⟩

277 Das mückenbeinige Leben
4. 1. 1969

Erstdruck nach der Handschrift im Schulheft (S. 43), unten datiert: »E. s. O., 4. 1. 69«

A Undatierter, als »-i-« *gekennzeichneter Entwurf im Notizbuch 1968-1969*
das mücken[äugige]beinige Leben,
anagrammatisch zuhause
im [Düse- Dieselfächer] Düsenfächer,
[seine] die Gewißheit, [endlich] hinzu-
[getiegen*[sic]*,] gehaucht [weht den mächtigen]
[steht zum ohn-]
[mächtigen] ⟨macht beim [mächtigsten]⟩ Tropfstein
Station.

B Handschrift auf der A folgenden Seite im Notizbuch 1968-1969, unten datiert: »4. 1. 69«, *mit Pfeilverweis auf Fassung C*

Das mückenbeinige Leben,
anagrammatisch ⟨unmöglich⟩ zuhause,
im Düsenfächer[;],
die Gewißheit, hinzu-
ge[haucht]⟨blasen,⟩
macht beim [nächsten] ⟨eisigsten⟩ ⟨*[unten, mit Verweis hierher:]*
eigenmächtigsten⟩ Tropfstein
⟨fauchend⟩ Station.

C Handschrift im Notizbuch 1968-1969, unten datiert: »E., 4. 1. 69«, *mit Pfeilverweis von Fassung B*

V.4-6: Die*[sic]* Gewißheit, hinzu- / geblasen, / macht beim eigenmächtigsten Tropfstein

D Publizierter Text

V.2: an⟨a⟩grammatisch zuhause

V.7: [mach] beim eigenmächtigsten Tropfstein

278 Der Wahrheitskonsum

5. 1. 1969

Erstdruck nach der Handschrift im Schulheft (S. 44), unten datiert: »E. s. O., 5. 1. 69«

A Undatiertes, als »-i-« *gekennzeichnetes Fragment im Notizbuch 1968-1969*

Der Wahrheitskonsum lieb[g]äugelt / mit den [schon]
eingesammelten / Kippen.

B Undatiertes, als »-i-« *gekennzeichnetes Fragment im Notizbuch 1968-1969*

fécondé par une absence / erfruchtet von / entsiegeltem Fortsein

C Handschrift im Notizbuch 1968-1969, unten datiert: »E., 5. 1. 69«

⟨Der Wahrheitskonsum, lieb-
äugelnd mit
⟨selbst⟩gehäufelten Kippen.⟩

Befruchtet [von]
von [zu entsiegelndem] entsiegeltem ⟨/⟩ Fortsein[,]:
der Glanz einer Klage, ⟨//⟩
ja er, ⟨/⟩ erstürmt
die Lichter.

D Publizierter Text
Der fehlende Doppelpunkt V.5 ist vom Herausgeber entsprechend Fassung C ergänzt.
V.3-4: selbstgehäufelten Kippen[;]. / [b]Befruchtet

279 Fahnige Stecklinge
10. 1. 1969

Erstdruck nach der Reinschrift im Schulheft (S. 45), unten datiert: »Epinay s. O., 10. 1. 1969«

A Handschrift auf losem Blatt im Notizbuch 1969, unten datiert: »E. s. O., 10. 1. 196[8]9«. *Das Gedicht ist hier von PC selbst als das erste des Tages gekennzeichnet.*
V.3: geheuert, links[,]
V.5: Augenscharen, [zweckentfremdete,] ozeanisch
V.12: hinauf, ins nach oben zu

280 Die dich beschwatzenden
10. 1. 1969

Erstdruck nach der Reinschrift im Schulheft (S. 46), unten datiert: »E. s. O. 10. 1. 1969«

A Handschrift auf losem Blatt im Notizbuch 1969, unten datiert: »E. s. O., 10. 1. 1969«. *Das Gedicht ist von PC selbst hier als das zweite des Tages gekennzeichnet.*
V.1: Die ‹dich be-›schwatzenden
V.7: mit herein –;

281 Kralliger Licht-Mulm
13. 1. 1969

Erstdruck nach der Reinschrift auf einem zum Schulheft ergänzten Blatt (S. 47), unten datiert: »Epinay s. O., 13. 1. 1969«

A Als »-i-« *gekennzeichnetes Fragment im Notizbuch 1969, oben datiert:* »13 .1. 1969«
die gepulverten / Organellen

B Undatierte Handschrift im Notizbuch 1969, unten mit der Notiz: »(I. A. Biol. 130)«
Licht-Mulm, bau ihn nicht ab,
‹die zerstäubte
Zeit:

[eingerückt:] aus ihm ⟨ / ⟩ glänzt sie dich an⟩
Organellen, Partikulaten

Erklärungen

(I. A. Biol. 130): *Siehe die* »*Geschichte der Biologie*« *von Isaac Asimov (Frankfurt 1968) in PCs Nachlaß, die Begriffe* »Organellen« *und* »Partikulaten« *sind auf der angegebenen Seite unterstrichen.*

C Handschrift im Notizbuch 1969, unten datiert: »E. s. O. 1[2]3. 1. 1969«

V. 1: ⟨Kralliger / ⟩ [⟨Helligkeitszuwachs⟩,] Licht-Mulm, bau ihn nicht ab.

282 Ich schachte
14. 1. 1969

Erstdruck nach der überarbeiteten Handschrift auf einem zum Schulheft ergänzten Blatt (S. 48), datiert unten: »Epinay sur Orge, 14. 1. 1969«. *Das Gedicht ist oben rechts durch einen Stern gekennzeichnet.*

A Als »-i-« *gekennzeichnetes, undatiertes Fragment im Notizbuch 1969, mit Pfeil zum Schlußteil von Fassung C auf der folgenden Seite*

du, entklumpt,
blätterst in ⟨meinen entlaßnen⟩
[den]
Beweisen.

B Handschrift im Notizbuch 1969 auf der A folgenden Seite, unten datiert: »E., 14. 1. 1969«

Ich schachte die Spur deines Schritts aus:
[ich liebe dich wieder
am [Rand] Fieberrand meine[s]r selbst] [//]
die Welt ergießt sich
in die entscheidende Lücke,
ich liebe dich wieder
am Fieberand*[sic]* meiner selbst,
du blätterst entklumpt
in meinen [Beweisen] [entfernten] [fernsten] befernten
Beweisen.

C Als »-i-« *gekennzeichnetes, undatiertes Fragment im Notizbuch 1969*
du, entklumpt, / blätterst in meinen fernsten / Beweisen.

D Publizierter Text
V.1: Ich schachte die Spur deines Schritts aus[,]:
V.4: in die entscheidende Lücke, [//] //
V.6: am Fieberrand meiner selbst, ⟨//⟩
V.8: in meinen [befernten] [fernsten] befernten

283 IRRES GOLD
14. 1. 1969

Erstdruck nach der Reinschrift auf einem zum Schulheft ergänzten Blatt (S. 49), unten datiert: »Epinay s. Orge, 14. 1. 1969«

A Undatiertes, als »-i-« *gekennzeichnetes Fragment im Notizbuch 1969*
[Mit Gebetstacheln, unaufhörlich,] / [berennst du mein Knie]

B Fragment und Entwurf im Notizbuch 1969, beide als »-i-« *gekennzeichnet, undatiert und gestrichen*
[Irres Gold, irres Kupfer

das beleidigte Nichts
tut euch in seinen Bann;
ihr bohrt euch ein
in euch selber,
die ⟨wehenden⟩ Halme erfahrens
brieflich,
besiegelns.]

C Oben rechts als »Endgült. Fssg« *gekennzeichnete Handschrift im Notizbuch 1969, unten datiert:* »E. s. O. 14. 1. 69«
V.1-3: Irres Gold, irres Kufer*[sic]* / [in den Bann getan] / [vom] tief im beleidigten Nichts:

284 DIE MENSCHENSCHERBEN
21. 1. 1969

Erstdruck nach der überarbeiteten Handschrift auf einem zum Schulheft ergänzten Blatt (S. 50), unten datiert: »E. s. O. 21. 1. 69«

A Oben auf den »21. 1. 69« *datierte und durch Stern gekennzeichnete Handschrift im Notizbuch 1969. Unter Umständen war der Name* »Jan Pal[l]ach« *unter dem Datum ursprünglich als Titel vorgesehen.*

V.6-11: nabeln [sich fest] ‹im nackten› / [im] Gedanken-Gestänge; / das ‹regierende› Hungerzelt ‹ / › erläßt / [die mit Schädeln ‹ / › zu füllende ‹ / › feurige] / ‹feurig-› ‹eßbare› / Amnistie*[sic]*
Auf der gegenüberliegenden Seite Variante für den Schluß: [erläßt die mit Schädeln zu füllende / ‹eßbare› feurige, [eßbare] / Amnistie*[sic]*.]

Erklärungen
Jan Palach: *Tschechischer Philosophiestudent, der sich am 16. 1. 1969 auf dem Prager Wenzelsplatz verbrannte, um eine Lockerung der Zensur zu erzwingen*

B Publizierter Text
zwischen V.10-11: [die mit Schädeln zu fü]
V.11-12: ‹die feurig-›eßbare / Amn[i]estie.

285 KLEINE SILBE
24./26. 1. 1969

Erstdruck nach der überarbeiteten Handschrift auf einem zum Schulheft ergänzten Blatt (S. 51), datiert unten: »E.s. O. 26. 1. 69«

A Oben auf den »24. 1. 1969« *datierte, jeweils als* »-i-« *gekennzeichnete und gestrichene Fragmente im Notizbuch 1969*
[der Eine, Viele] / [wie ich mich eingeheimnißt verliere]

B Jeweils als »-i-« *gekennzeichnete Fragmente im Notizbuch 1969, oben datiert* »25. 1. 69«
Kleine Silbe, kurze Heimat / Dichtung, beseelter Kristall / (Titel?:) Zehn Tage Nachwahn

C Handschrift im Notizbuch 1969, oben und unten datiert: »26. 1. 69« *bzw.* »Ep. sur Orge, 26. 1. 69«
Kleine Silbe, kurze Heimat,
in der [ich mich] du dich eingeheimnißt verlierst,
[die]
der Eine, Viele,
‹*[unten, mit Verweis hierher:]* der Nachbar›
im beseelten Kristall
[‹*[unleserlich]*›fügt] fügt di[e]r zehn Tage Nachwahn zu.

D Publizierter Text
V.2: in der [ich mich] du dich eingeheimnißt verlierst,

286 Dir in die un-
28. 1. 1969

Erstdruck nach einer dem Schulheft hinten beigelegten, oben rechts mit »ja« *gekennzeichneten und unten auf den* »28. 1. 69« *datierten Reinschrift*

A Als »-i-« *gekennzeichnetes Fragment im Notizbuch 1969, datiert unten:* »28. 1. 69«
deiner Verzweiflung laut- / lose Geduld

B Als »-i-« *gekennzeichneter Entwurf im Notizbuch 1969, unten datiert:* »E. s. O., 28. 1. 69«
Mit der Widmung: »Für G.:«, *ohne Endpunkt*
V.3: [gewogen:] [entboten:] gewogen:
Unten, mit einem nach oben gerichteten Pfeil: [in deine seit langem / ungefalteten Hände]

Erklärungen
Für G. : *Für GCL*

SPÄTE VERSTREUTE GEDICHTE

289 Das leise Gemerk
25. 3. 1969

Erstdruck nach einer überarbeiteten Handschrift, zusammen mit in ZG publizierten Gedichten; unten datiert: »25. 3. 69« / »Rue d'Ulm«
V.1: Das leise Gemerk⟨,⟩ [im Umholz*[sic]*,]
V.4: knüpft sich hinein[,] [und] [hinweg.] [hinüber].

Erklärungen
Rue d'Ulm: *siehe* »Mein Gischt«

290 Im Zeithub
29. 3. 1969

Erstdruck nach einer Reinschrift aus der Korrespondenz PC-GCL, mit einer mit Bleistift zwischen die Zeilen geschriebenen französischen Übersetzung, unten datiert : »Dover-London 29. 3. 69«

Erklärungen
Dover-London: *Die südenglische Hafenstadt Dover, bekannt durch ihre Kreidefelsen, ist Ziel der kürzesten Schiffsverbindung Europas mit England (von Calais). PC hielt sich in der englischen Hauptstadt über Ostern zu Besuchen bei Verwandten und Freunden auf.*

A Als »-i-« *gekennzeichneter Entwurf in einem Notizbuch (1969), unten datiert* »Dover, 29. 3. 1969«

⟨Im Zeithub,
beim Weltentziffern,⟩
[bei Zeithub] ⟨//⟩
[Es^{+}] die Möwe hängt sich herein,
die Kreide formiert sich [–],

[vom] Eis gegenüber
nickt der [blödeste] selbstgefährlichste aller
Namen.

[unten, Variante für V. 5:]
selbst- und gemeingefährlichste aller
Namen

B Publizierter Text
Interlinearversion:
⟨Dans la montée du temps,
en déchiffrant le monde,

la mouette s'y suspend,
la craie se constitue

De sur la glace en face
fait signe le plus dangereux
pour lui-même et autrui
de tous les
noms.⟩

291 KEW GARDENS
6. 4. 1969

Erstdruck nach einer Reinschrift aus der Korrespondenz PC-GCL, mit einer mit Bleistift zwischen die Zeilen geschriebenen französischen Übersetzung, unten datiert: »London, 6. 4. 69«

Erklärungen
Kew Gardens: *Botanischer Garten im Südwesten Londons*

A Undatiertes, als »-i-« *gekennzeichnetes Fragment in einem Notizbuch (1969)*
jetzt, wo du dich häufst / in meinen Händen,

B Als »-i-« *gekennzeichnete Handschrift in einem Notizbuch (1969), unten datiert:* »6. 4. 69« / »London«
Ohne Titel, ohne Endpunkt

C Handschrift im Notizbuch 1969, unten datiert: »London, 6. 4. 69«
V.7: [läutendes] Blau
Auf der vorausgehenden Seite zwei Varianten für »läutendes«*:* ‹grimmiges / rasche‹l›ndes›

D Publizierter Text
Interlinearversion (V.6 sollte eventuell zwischen »en« *und* »du« *geteilt werden):*
‹Maintenant que
tu t'amoncèles, de nouveau,
dans m[a]es mains,
vers le bas, dans l'année,
la mésange à laquelle s'adressent les balbutiements
se dissout en du seul
bleu.

292 Welt
21. 4. 1969

Erstdruck nach einer Reinschrift aus der Korrespondenz PC-GCL, mit einer mit Bleistift zwischen die Zeilen geschriebenen französischen Übersetzung, unten datiert: »21. April 1969« / »Rue d'Ulm«

Erklärungen
Rue d'Ulm: *siehe* »Mein Gischt«

A Gestrichener Entwurf
[Die umnagelte Mandel: bei ihr
vergewissere dich,
daß du zu dir kommst, an deinen noch immer
[licht][welt]lichtfühligen Rändern, //

⟨Welt‹(›härte‹)› fingert an dir⟩]

B Handschrift auf dem selben Blatt wie A, unten datiert: »21. April 1969« / »Rue d'Ulm«

V.2-3: fingert an dir[,]: befrag / ihre [Härte⟨n⟩] [Härten] [Schwielen,] Härten, ‹//›

C Publizierter Text

Interlinearversion:

⟨De l'univers (⟨Du⟩ monde)
te tâte de ses doigts: questionne
ses duretés,

l'amande »circoncloutée«: a[p]uprès d'elle
[r]assure-toi
que tu viens à toi, par tes
bords sensibles à la lumière⟩

293 Über lauter verhökerten linken
Vermutlich 8. 8. 1969

Erstdruck nach einer einem Notizbuch (1969) lose beigelegten, korrigierten Handschrift, unten datiert: »Dampierre-en-Burly, 8. 8. 1968«. *Die Tatsache, daß alle Fragmente und Entwürfe zum Gedicht in diesem Notizbuch enthalten sind, das außer diesem nur Gedichte enthält, die in ZG veröffentlicht wurden, lassen auf einen Fehler bei der Jahresangabe schließen.*

Erklärungen

Dampierre-en-Burly*: Dorf im Departement Loiret, in dem Freunde von PC ein Landhaus besaßen*

A Undatiertes Fragment in einem Notizbuch (1969)

mein linkes Auge / bleibt frei bis+ zuletzt

B Wortnotizen und als »-i-« *gekennzeichnete Fragmente im selben Notizbuch wie A*

Flutlichttürme / geh ran / ⟨uzen⟩

ich hänge hinein in den Tod
der will mich nicht haben

⟨die Ringspur am Gegenpol Gottes⟩

C Fragment und Entwurf im selben Notizbuch wie A

Mischpult (... arbeiten am Mischpult)

[V.1-3 eingekreist und als letzte Strophe verschoben:]

überm Mischpult
hängst du hinein in den Tod,
der will dich nicht haben,

die Flutlich⟨t⟩türme
uzen die Ringspur
am Gegenp[l]ol Gottes,

geh ran,

D Undatierte, jeweils als »-i-« gekennzeichnete Fragmente und Entwurf im selben Notizbuch wie A

die umgestülpten Nöte
besiedeln
die Klitsche Wahrheit

⟨Abend. Die um-
gestülpten Nöte
[besiedeln die Klitsche]
⌈Wahrheit⌉
erreichen
die unbesiedelte Klitsche
Wahrheit⟩

die Klitsche Wahrheit

E Undatierte Handschrift im selben Notizbuch wie A

Über lauter verhökerten linken
[li]
Freiaugen
hängst du hinein
[ha] in den Tod,
der will dich nicht haben

⟨Flutlichttürme
uzen
die immer noch sichtbare Ringspur⟩

F Publizierter Text

V.5-6: Flutlichttürme ⟨erjagen⟩ / [uzen] [necken] die immer noch sichtbare

V.11-12: [klammern] karren [dich in] ⟨auch dich / in⟩ die Klitsche

SCHWER ZU DATIERENDE GEDICHTE

297 Dem das Gehörte quillt aus dem Ohr

Erstdruck nach einer Handschrift aus dem gleichen Konvolut wie »Auf der Klippe« *(A, B)*

298 Sieglos lebst du mit mir

Erstdruck nach einer Handschrift aus einem heterogenen Konvolut
V.7: im [Glanz] Abglanz

PAUL CELAN – KURT LEONHARD:

301 EIN- UND AUSFAHRT FREIHALTEN! GEDICHT!
9. 9. 1965

Erstdruck nach einer Reinschrift aus dem Besitz von Linde Birk auf Papier des Frankfurter Hotels »Intercontinental«. Die Handschrift Kurt Leonhards ist im Druck kursiv wiedergegeben.
Erklärungen
Das Gedicht entstand bei einem gemeinsamen Frankfurt-Aufenthalt, anläßlich der Abschlußredaktion zum ersten Band der »Dichtungen. Schriften« von Henri Michaux (Frankfurt am Main 1966), für die PC als Herausgeber verantwortlich zeichnete und mit Kurt Leonhard zusammen die Übersetzungen lieferte. Abwechselnd schrieb jeder eine Zeile. Einer der Beteiligten klagte über Fußbeschwerden während eines Gesprächs über die Möglichkeit, die Übersetzung gegebenenfalls durch Fußnoten zu ergänzen. Die beiden Autoren hinterließen das Gedicht zusammen mit dem Buch-Manuskript auf dem Schreibtisch der damaligen Sekretärin im französischen Lektorat des Fischer Verlags, Linde Birk. Das Datum der Abschlußredaktion ist gesichert durch eine Widmung von »Sprachgitter« *an Leonhards Tochter Bettina:* »am Tage, an dem ich zusammen mit Ihrem Vater die Arbeit am ersten Band zu beenden hoffe, dankbar für diese Zusammenarbeit und mit herzlichen Grüßen und Wünschen, Paul Celan Frankfurt am Main, am 9. IX. 1965«.
franco, FORTE: *Die italianisierende Dekomposition des Ortsna-*

mens Frankfurt greift nicht nur die Angabe des Aufenthaltsortes von Verleger Gottfried Bermann-Fischer bei telefonischen Anfragen von Autoren in seinem Haus in Pieve di Camaiore durch seine dortige italienische Haushälterin (»Francoforte«) auf, sondern betont auch die Erleichterung der beiden Autoren über den Abschluß der Arbeit, der sie in besonderes starkem (»FORTE«*) Maße frei (*»franco«*) machte.*
Kurt Leonhard (* 1910): *Kunsthistoriker, Schriftsteller und Übersetzer, besonders aus dem Französischen*

A Entwurf von der Hand PCs im vorderen Deckel eines Tagebuchs von PC, das Eintragungen vom 2. – 9. 9. 1965 enthält, unten ›datiert‹: »Francoforte« / »9. 9. 9999« *und von beiden Autoren unten durch Initialen signiert*
Keine Satzzeichen, alle Verse beginnen mit Großbuchstaben.
Titel: Fuß- und zehnötlich [nicht zu ergänzen] geschützt
Rechts quer: ⟨Ausfahrt freihalten!⟩ [Vorsicht[,] ⟨Ausfahrt +⟩ Gedicht!] Gedicht!
Vor V. 1: [Die]
V. 6: Die Würfe[n]l sind gewichen

Alphabetisches Verzeichnis der Gedichttitel und -anfänge

(Bei Verweisen auf die Anmerkungen erscheinen die Zahlen *kursiv.*)

A LA POINTE ACÉRÉE *370, 371*
ABZÄHLREIME *385, 397*
AFFENZEIT 66, *358, 378 f.*
Als aus dem Spendekrug mehr 88, *391*
Als hätte 226, *491*
ALS UNS DAS WEISSE ANFIEL *391*
AM REIZORT 191, *477 f.*
Am schwarzen Rand deiner Sehnsucht 22, *351*
AN DEN TOREN *347*
AN DIE ZEHE 243, *497 f., 500, 501*
AN JACOB KASPAR D. *385*
AN UNGENANNT 179, *471, 472*
ANABASIS *374, 375*
ANORGISCH 181, *472*
ARS POETICA 1963 *385*
ARS POETICA 62 87, *389 f., 398, 475*
ASCHENGLORIE *380*
ATEMGANG *400*
ATEMGÄNGE *392*
ATEMKRISTALL *392*
ATEMKRISTALL *(Bibliophile Ausgabe) 492*
ATEMWENDE 91, *391, 392, 399, 403, 405, 408*, 412, *419, 423, 424, 454, 471*
Auch wir wollen sein 37, 305, *325, 355*
AUF DEN GEISTERSCHWELLEN 256, *503 f.*
AUF DER KLIPPE 31, *354 f., 526*
AUF HOHER SEE *349*
Auf tiefem Grün 39, *356 f.*
AUFLEHNUNG 153, *461, 464*
AUGENGNEISE 194, *479*
AUS ALLEN WUNDEN 13, *349*
AUS DEM MOORBODEN *474*
AUS DER VERGÄNGNIS *472*
AUS FÄUSTEN *393*
Aus scharfen Kräutern totem Geist 19, *350*
AUSSENBÜRTIGER 202, *482*

BAKENMEISTER *495*
BAKENSAMMLER *465*
BEDENKENLOS *419, 434*
BEFAHRENE STEINBLICKE 239, *495*
BEI ERDSCHEIN 276, *515*
Bei euch, ihr ewigen 61
BEI WEIN UND VERLORENHEIT *359*
BEILSCHWÄRME *465*
BEISAMMEN 11, *347 f.*
BELAGERT 111, *399 f.*
BELAGERTES ANTLITZ *400*
Bestechlichkeit 228, *492*
BILDNIS EINES SCHATTENS 21, *351*
Biwaks im Klärschlamm-Massiv 230, *492*
BLAUBLAU *385*
BRUDER OSSIP *371*
Byssus, gezwirnt 225, *491*

CHYMISCH *365*

Da bist du nun, wieder 149, *463*
Da wo die geige meist, da geigt die meise eben 103
Dans la montée du temps *522*
DAS AM GLUTEISEN *439*
DAS AM GLUTEISEN HIER 130, *437*, *438 ff.*, *440*, *445*
DAS GEISSBLATT BLÖKT 174, *469*
Das große Geheimnis – beim Bärlapp, da stands 87
Das herzrissige, wuchernde 148, *461*, *462 f.*
DAS IM-OHRGERÄT *470*
Das leise Gemerk 289, *521*
Das mückenbeinige Leben 277, *515 f.*
DAS NARBENWAHRE 122, *419 ff.*, *426*, *429*
DAS NARBENWAHRE *(Zyklustitel)* *401*
DAS SEIL 123, *423 ff.*, *426*
DAS STUNDENGLAS, TIEF *392*
DAS VERGESSEN 272, *513*
DAS WILDHERZ *466*
DAS WIRKLICHE 59, *358*, *371*, *373 f.*
Das Wort *Trink*, von Gläsern gesungen, von Mündern 89
De l'univers *524*
DEHN- *488*
Dehngrenze: hier will der Schaffner 217, *488*
DEIN HEIM 271, *512 f.*
DEIN HINÜBERSEIN *363*, *387*
DEIN MÄHNEN-ECHO *469*, *470*
Deine Augen, Lichtspur meiner Schritte 21
Dem das Gehörte quillt aus dem Ohr 297, *526*
DEN UNTERM SILBENFLUG 274, *514*
Den Wind im Rücken 146, *461*, *462*
DENK DIR *486*
DER ANDERE 29, *352*, *368*, *385*, *389*
DER GEGLÜCKTE *492*
DER GEIST *452*, *454*, *455*
DER GEIST, FLÜSSIG 134, *405*, *448*, *450 ff.*, *456*
DER GRAT *495*
DER MERIDIAN *386*
DER MIT DEM HIMMEL 235, *494*
DER NEUNZIG- UND ÜBER- 98, *395 f.*
DER SAND AUS DEN URNEN *347*
DER SCHMERZ SCHLÄFT BEI DEN NAMEN *370*
Der Schmerz schläft bei den Worten, er schläft, er schläft 57, *370 f.*
DER TOD 14, *347*, *349 f.*
Der Tod ist eine Blume, die blüht ein einzig Mal 14
DER WAHRHEITSKONSUM 278, *516 f.*
DEUTLICH *414*
DÉVASTATIONS? *459*
DIE ABGRÜNDE STREUNEN *469*
DIE ATEMLOSIGKEITEN *408*
DIE ATEMLOSIGKEITEN DES DENKENS 117, 318, *405 ff.*, *409*, *410*, *450*

DIE DICH BESCHWATZENDEN 280, *517*
Die Eingeweide des Klangsteins 147, *461*, *462*
DIE FAHNEN 258, *505*
DIE GESTOHLENEN BRIEFE 216, *488*
DIE HELLEN STEINE *374*
DIE KLEINZWEIIGE 178, *470f.*
Die Kunst zahlt den Preis, der Mensch 82, *387*
DIE LÄNGST ENTDECKTEN *399*
DIE LEERE MITTE 129, *434*, *437f.*, *440*
DIE MENSCHENSCHERBEN 284, *519f.*
Die Nacht 12, *347*, *348*
DIE NIEMANDSROSE 41, *357*, *358*, *359*, *363*, *369*, *371*, *372*, *379*, *387*, *388*, *392*
DIE SCHWATZENDEN *517*
DIE SILBE SCHMERZ *377*
Die Wahngänge: sag 111
Die Weichen sind gestellt 301
DIE WENDE 89, *391*
Die windigen Isoglossen, semiotisch 257
DIE ZERSTÖRUNGEN? 136, *456*, *458f.*
Dies ist der Augenblick, da 86, *388*, *389*, *391*
Dir in die un- 286, *521*
DU 177, *470*, *473*, *480*, *490*, *492*, *493*
DU BIST OHNE ENDE 206, *483f.*
DU, DAS GEWAND 207, *483*, *484*
DU, MICHAELA 213, *486*, *487*
Du mit dem Wort, das ich sprach 80, *387*
Du stehst, ich weiß, zu 151, *463*
Du suchst Zuflucht 270, *511f.*
Du und dein 223
DURCHS SCHÜTTELSIEB 267, *510*

EIN BLATT *470*
EIN BRIEF *399*
Ein-, ein-, ein- 62
EIN- UND AUSFAHRT FREIHALTEN! GEDICHT! 301, *526f.*
EIN TÄNZER *424*
EIN TEIL 161, *466*
EIN TEIL ALLER TEILE SEIN *466*
EINE GAUNER- UND GANOVENWEISE *366*
EINE HANDSTUNDE *67*, *358*, *379*
EINE MÜCKE 247, *499*
EINEM, DER VOR DER TÜR STAND *367*, *368*, *471*
EINGEDUNKELT 113, *400f.*
EINKANTER *479*, *491*
EINMAL *465*
(Einmal die Klinge, einmal die Schneide, einmal keins 196
Einmal, wars das Leben?, wieder 145, *462*
Einstmals, niemals, damals 53
EIS, EDEN *364*
EIWEISSKÖRPER 198, *480*, *481*
ENGLISCHES 253, *502*
Entmischen mußt du, entmischen 81, *387*
ER IST OHNE ENDE *483*
(Er hatte in der Stadt Paris 167, *467*
ERLISCH NICHT GANZ 131, *416*, *437*, *438*, *440ff.*, *445*, *448*, *449*
ERSTIEGENE STILLE 163, *467*, *489*, *496*

ERZÄHLUNG 53, *358*, *366 f.*
ERZFLITTER *478*, *479*
ES GEHT 311, *368*
Es geht 55
ES IST ALLES ANDERS *371*
ES SCHLEICHEN 261, *506 f.*
ES SIND SCHON *495*
Es war 144, *461*, *462*
ES WÄCHST 240, *495 f.*

FADENSONNEN 107, *392*, *399*, *400*, *401*, *464*
FAHNIGE STECKLINGE 279, *517*
FEMIGES 246, *499*
FLIMMERBAUM *366*
FLÜSSIGES GOLD 116, *403 ff.*
FRIHED *397*
FÜLL DIE ÖDNIS *419*
FÜR ERIC *492*
Für Jakob Kaspar Demus, zum 9. Juni 1960 77, *385 f.*, *389*, *397*
FUSS- UND ZEHNÖTLICH GESCHÜTZT *527*

GEDICHTZU, GEDICHTAUF 201, *481 f.*
GEENGELT 180, *471*, *472*
GEGENLICHT *(Die Tat)* *352*, *368*
GEGENLICHT *(Zyklus)* *347*, *349*
GEGENLICHTER *(Aphorismen)* *352*, *385*, *389*
GEGENWINK(E) *509*
GEHEIMNISUMFLOCKT 255, *503*
GERSHOM, DU SPRICHST 209, *484*, *485*
Gespräche mit Baumrinden 49, *363 f.*
GEWIDDERT 190, *476 f.*
Gib mir den Schaum der Nacht – ich wars, der schäumte 23
GLANZLOSER 51, *358*, *365*, *366*
GLASWABEN 252, *502*
GLIMMERGEKRÖSE 231, *492 f.*
GRAUMANNS WEG 162, *466*
GROSSE, GLÜHENDE WÖLBUNG *395*
GROSSES GEBURTSTAGSBLAUBLAU MIT REIMZEUG UND ASSONANZ *385*, *397*

HAFEN *392*
HALBZERFRESSENER *393*
Hast du ein Aug 38, *356*
HELLIGKEIT 52, *358*, *365*, *366*
HERBEIGEWEHTE 137, *410*, *458*, *459 f.*
Hin- und hinaus- 85, *388*
HINAUSGEKRÖNT *378*
HINTER DER HIRNSTILLE 173, *468 f.*
HINTER SCHLÄFENSPLITTERN *496*, *497*
HINTER VERLÄSSLICH 250, *494*, *501*
HOCHMOOR *477*, *478*
HUHEDIBLU *378*, *379*
HÜTTENFENSTER *378*

ICH BIN ALLEIN *349*
Ich bin der Perlustrierte 241, 322
ICH FRAG 160, *465*
Ich gab, ich gab – als Stein kommt es zurück 54
ICH HÖRE SOVIEL VON EUCH 205, *483*
ICH KANN DICH NOCH SEHEN *466*

ICH KENNE DEIN HÖHER 234, *494*
ICH SCHACHTE 282, *518f.*
ICH SCHREITE *495*
ICH TRINK WEIN *389*
Ich zwi und zwi 150
IL COR COMPUNTO 58, *358*, *370*, *371 ff.*, *373*, *385*, *405*
IM BLUTDSCHUNGEL 275, *514f.*
Im Himmel der Nelken weilt auch ein Mund, dir zu lächeln 11
IM KREIS 121, *416 ff.*, *440*
IM KREIS, LEER *416*, *417*
Im März unsres Nachtjahrs 30, *353*
Im Schilf, da stehn die Stunden – 312
Im Schilf, da stehn die Stunden – wo steht das Schilf? 56
IM UNAUFHELLBAREN 251, *494*, *501*
Im Zeithub 290, *521f.*
IMMER *358*
IMMERSIO 61, *375f.*
IN DEN REISFELDERN 244, *498*
IN DEN SCHLAF, IN DEN STRAHL 212, *486f.*
IN EINS *385*, *387*
In meinem zerschossenen Knie 222, *489*, *491*
IRRES GOLD 283, *519*

JAKOBSSTIMME *356*
JAN PALACH *519*
Jauche, Jauche. Jauche und Kot 58
JETZT WÄCHST DEIN GEWICHT 203, *482*, *483*
Jetzt, wo 291
JUDENWELSCH, NACHTS 54, *367f.*

KANTIGE 118, 319, *405*, *406*, *407*, *408 ff.*, *412*, *414*, *416*, *459*
Keine von euch 245
KEINERLEI KLEINZEIT 189, *476*, *477*
KEINERLEI ZEIT *476*
KEW GARDENS 291, *522f.*
KLAMMER AUF, KLAMMER ZU 196, *479f.*
KLEINE SILBE 285, *520*
KLEINE WALLISER ELEGIE *383*
KLEINSTSEITE 241, *496f.*
Klopfzeichen, Kopfleuchten 142, *461*, *462*
KOMM ICH DIR 211, *486*
KOMM ICH DIR HINTER DIE SCHLICHE *486*
KÖNIGSSCHWARZ 20, *350*
KRALLIGER LICHT-MULM 281, *517f.*
KREUZKOBOLDE 254, *503*
KRISTALL *360*

LA CONTRESCARPE *375*, *377*, *378*, *379*, *469*, *492*
LANDSCHAFT, NICHT OHNE FALKEN 257, *504*
LARGO *468*, *489*
LÄSTERWORT 23, *351*
LAUTER *466*
LE MENHIR *376*
LE PÉRIGORD 96, *392*, *393 ff.*
LEB DIE LEBEN 264, *508*
Lebe-Käuzchen, dein Schrei 141, *461*, *462*, *463*

Leg den Riegel vor: Es 45, 306
LEHMGETIER 273, *513 f.*
Leicht willst du sein und ein Schwimmer 31
LES BLANCS SABLONS 60, *374, 376*
LES DAMES DE VENISE 245, *498*
LES GLOBES *379*
LESEAST *468*
LEUCHTSTÄBE *468*
LICHTZWANG 155, *458, 459, 460, 464 f., 495*
Lieber Jakob, lieber Kaspar! 77
LIMBISCH 188, *475, 476*
LINDENBLÄTTRIGE 138, 321, *459, 460 f.*
LINSENSCHLIFF *495*
LÖSSPUPPEN *479, 480*

Maintenant que *523*
MANDELNDE *494*
MANDORLA *368*
MEIN GISCHT 184, *473 f., 479, 494, 521, 523*
MERVILLE-FRANCEVILLE 84, *388*
MIT DEM BUCH AUS TARUSSA *377*
MIT DEM ROTIERENDEN 124, *419, 423, 426 ff., 429, 431*
MIT DEM SONNTAGSPINSEL *357*
Mit der Friedenstaube 65, *378*
MIT DER KUNKELTAUBE 313, *378*
MIT FAHNIGER LUNGE *465*
MIT GESCHMEIDIGTEM SEETANG *435, 436, 437*
Mit kleinen 60
MIT MEERISCHEM TROSS 266, *509 f.*
MIT REBMESSERN *479*
MIT SEETANG-GESCHMEIDE *436, 437*
MIT SEETANG-GESCHMEIDE GEFESSELT 128, *434 ff., 437*
MIT UNS *430, 431, 432, 434*
MITERHOBEN *486*
MITTERNACHT 56, 312, *358, 369 f.*
MOHN UND GEDÄCHTNIS 7, *347, 349, 351, 353*
MOHN UND GEDÄCHTNIS *(Zyklus) 347*
MUTA 63, *358, 376 f.*
Mutter, Mutter 104, *390, 398 f., 475*

NACH DEM LICHTVERZICHT *416, 419*
NACHMITTAG MIT ZIRKUS UND ZITADELLE *376*
NACHTS, WENN DAS PENDEL *350*
Nachts, wenn der Ring ruht 232, *493*
NACHTSTÜCK *463*
NACKTSAMER 200, *481*
NARBENHERALDIK 263, *507 f.*
NARBENWAHR *400*
Niemals, stehender Gram 227, *491 f.*
Niemand, vergiß nicht, niemand 78, *386*
NOTGESANG 126, *426, 429, 431 f.*
NOTGESANG *(Zyklustitel) 400*
Nur die Nacht vor den Augen laß reden 20

O Blau der Welt 15, *347*, *350*
Ô les hâbleurs 229, 327, *492*
OBERHALB NEUENBURGS 95, *392 f.*
ODER ES KOMMT 125, *419*, *420*, *421*, *422*, *426*, *429 f.*, *431*, *432*
OFFENE GLOTTIS *473*
OLDEST RED 193, *478*
Ou bien avec nous *430*
OU BIEN S'EN VIENT *429 f.*

PARIS, KLEINSTSEITE 322, *496*
PARISER ELEGIE *358*, *376*, *380*
Pfeil die Tarnkappe weg, den 187
PLAYTIME *470*, *471*
POLNISCHE 259, *505*
PORT BOU – DEUTSCH? 187, *390*, *398*, *474*, *475 f.*
PSALM *364*
PULSSTRAHLEN 260, *505 f.*

RADIX, MATRIX *381*
... RAUSCHT DER BRUNNEN *399*
Regungen, Zuckungen, stumme 71, 314
REIMKLAMMER *480*
RHESUS – 62, *374*, *375*, *376*
RICERCAR 55, *368 f.*
RUE TOURNEFORT *490*

SANDENTADELTE 186, *474*, *475*
SCHIEFERÄUGIGE *395*
SCHLÄFENHITZE 269, *511*
SCHNEEPART 169, *467 f.*, *489*, *491*, *492*, *493*, *494*, *495*, *497*, *499*, *500*, *501*, *502*, *509*
SCHNELLFEUER-PERIHEL *495*, *496*
Schon Immer nicht noch mehr *357 f.*
Schon Immer nicht noch mehr *358*
SCHREIB DICH NICHT 133, 320, *440*, *445*, *448 f.*, *450*
SCHWARZERDE *367*
SCHWARZMAUT *465*
SCHWÄRZE 268, *511*
Schweres 52
SEHSTAMM *468*, *509*
Seul –: zu dreien gesprochen, stummes 63
SIBIRISCH *369*
Sichtbar-unsichtbar 152, *463 f.*
Sie bringen ein 233, *493*
SIE FÜTTERN 249, *500 f.*
SIE HABEN DICH ALLE GELESEN 210, *485 f.*
Sieglos lebst du mit mir 298, *526*
SILBENSCHLIFF *495*
SINN SIEHT SICH 185, *473*, *474*
SKAT MIT 199, *480*, *481*
SO SCHLAFE *350*
SOLVE *396*
Soviel 84
SPRACHGITTER 33, *352*, *355*, *356*, *359*, *368*, *526*
SPRÜCHLEIN-DEUTSCH 183, *472*, *473*
STAHLSCHÜSSIGER SEHSTEIN *481*, *482*
STATIONEN *358*
STIMMEN *356*, *368*
Streiflicht der Träume, Irrwisch der Liebe, Sonnen im nächtlichen Moor! 24
STREU MICH NICHT 195, *479*

TENEBRAE *356*
Tiefere Wunden als mir 29
TODESFUGE *359, 398*
TODESFUGE *(Zyklus) 347*
TRINKLIED 24, *351 f.*

ÜBER DIE KÖPFE *416*
Über die Köpfe hinweg- *423*
Über lauter verhökerten linken 293, *524 f.*
ÜBER SICH 248, *500*
ÜBERFLUSS, EINFLUSS 208, *484 f.*
ÜBERMEISTER 215, *487 f.*
UM DEIN GESICHT 115, *401 ff., 416, 446*
UM DEINEN SCHÖNEN TOD *447*
... und hagelte 159, *465*
UND KRAFT UND SCHMERZ *485*
UND SCHWER 50, 310, 326, *358, 364, 382, 386*
UND WER SICH NICHT HAT 192, *478*
UND WIE DIE GEWALT 214, *486, 487, 488*
UNGESPALTEN 262, *507*
Unter Omen-Beschuß, ständig 143, *461, 462*
UNTERHÖHLT 119, *412 f.*

VERJAGT 242, *497*
VERWORFENE *467*
VOM BLAU *347*
VOM HOCHSEIL *423*
Vom Kreuz, davon blieb, als Luft 59
VON SCHWELLE ZU SCHWELLE 25, *352, 353, 354*
VOR SCHAM 120, *414 ff.*

WAHNDOCK *392*
WAHNSPUR *392*
WALLISER ELEGIE 71, 314, *358, 371, 372, 379 ff., 405*
WALLISER ELEGIE 1961 *382*
WAS GESCHAH? *378, 379*
WEIHGÜSSE 135, *450, 455 ff., 458*
Welche Stimme hat, was du hast? 102, *397*
Welt 292, *523 f.*
Wenn du den Traum fierst, bootnah 101, *397*
WER FILZT 175, *469 f.*
WER SEIN HERZ *349*
Wer steuert den Lichtstreifen an 224, *491*
WER, UM SEINER UNSICHTBARKEIT WILLEN *399*
WER WIE DU *348*
WIE DAS FERNE 64, *358, 377 f.*
Wie die Tür, wie die Tür 79, *386*
WIE EINEN SEIN SIEG 197, *480*
WIE SICH DIE ZEIT VERZWEIGT *349*
WIEVIELE 204, *482 f.*
WILDNISSE 132, *438, 440, 445 ff., 448*
WIR GEHEN NICHT MÜSSIG 182, *472, 473*
Wir werden 83, *387*
Wirf mir den Handschuh der Stille vors Herz 13
WIRKLICH 176, *470*
Wohin, mit Wacholdersporen 96
WOLFSBOHNE 45, 306, *359 ff., 374, 376, 380, 387, 398, 489*
Woraus 95
WÜHL DICH 265, *508 f.*

Zahniger Zorn 221
ZEITGEHÖFT *389, 494, 521, 524*
ZEITLÜCKE 127, *429, 431, 432 ff.*
ZRTSCH 221, *488 f.*
ZU BEIDEN HÄNDEN *363*
ZUM JAHRES- BZW INSTRUMENTWECHSEL 103, *385, 397*
ZUR NACHTORDNUNG *468*
ZÜRICH, ZUM STORCHEN *359*
ZUWEILEN *358*
ZWEIHÄUSIG, EWIGER *369*
ZWITSCHER-HYMNUS AM HYPERURANISCHEN ORT 150, *463*

24 RUE TOURNEFORT 223, *490 f.*

Hinweise zu Abbildungen

Auch wir wollen sein, *Gedicht und Radierung (Gisèle Celan-Lestrange): Faksimile nach dem Exemplar im Besitz von Helmut Winkelmayer* 325

Und schwer *(Fassung des Anhangs): Faksimile nach dem Original im Deutschen Literaturarchiv Marbach* 326

Ô les hâbleurs: *Faksimile nach dem Original im Deutschen Literaturarchiv Marbach* 327

INHALT

Zeitraum Mohn und Gedächtnis

Nicht aufgenommene Gedichte
BEISAMMEN 11
Die Nacht 12
AUS ALLEN WUNDEN 13
DER TOD 14
O Blau der Welt 15

Verstreute Gedichte
Aus scharfen Kräutern totem Geist 19
KÖNIGSSCHWARZ 20
BILDNIS EINES SCHATTENS 21
Am schwarzen Rand deiner Sehnsucht 22
LÄSTERWORT 23
TRINKLIED 24

Zeitraum Von Schwelle zu Schwelle

Verstreute Gedichte
DER ANDERE 29
Im März unsres Nachtjahrs 30
AUF DER KLIPPE 31

Zeitraum Sprachgitter

Verstreute Gedichte
Auch wir wollen sein 37
Hast du ein Aug 38
Auf tiefem Grün 39

Zeitraum Die Niemandsrose

Nicht aufgenommene Gedichte
WOLFSBOHNE 45
Gespräche mit Baumrinden 49

Und schwer 50
Glanzloser 51
HELLIGKEIT 52
ERZÄHLUNG 53
JUDENWELSCH, NACHTS 54
RICERCAR 55
MITTERNACHT 56
Der Schmerz schläft bei den Worten, er schläft, er schläft 57
IL COR COMPUNTO 58
DAS WIRKLICHE 59
LES BLANCS SABLONS 60
IMMERSIO 61
RHESUS – 62
MUTA 63
Wie das ferne 64
Mit der Friedenstaube 65
Affenzeit 66
Eine Handstunde 67

***

WALLISER ELEGIE 71

Verstreute Gedichte

Für Jakob Kaspar Demus, zum 9. Juni 1969 77
Niemand vergiß nicht, niemand 78
Wie die Tür, wie die Tür 79
Du mit dem Wort, das ich sprach 80
Entmischen mußt du, entmischen 81
Die Kunst zahlt den Preis, der Mensch 82
Wir werden 83
MERVILLE-FRANCEVILLE 84
Hin und hinaus- 85
Dies ist der Augenblick, da 86
ARS POETICA 62 87
Als aus dem Spendekrug mehr 88
DIE WENDE 89

Zeitraum Atemwende

Nicht aufgenommene Gedichte

OBERHALB NEUENBURGS 95
LE PÉRIGORD 96
DER NEUNZIG- UND ÜBER 98

Verstreute Gedichte

Wenn du den Traum fierst, bootnah 101
Welche Stimme hat, was du hast? 102
ZUM JAHRES- BZW. INSTRUMENTWECHSEL 103
Mutter, Mutter 104

Zeitraum Fadensonnen

Nicht aufgenommenes Gedicht

BELAGERT 111

Gedichte aus dem Umkreis von Eingedunkelt

UM DEIN GESICHT 115
FLÜSSIGES GOLD 116
DIE ATEMLOSIGKEITEN DES DENKENS 117
KANTIGE 118
UNTERHÖHLT 119
VOR SCHAM 120
IM KREIS 121
DAS NARBENWAHRE 122
DAS SEIL 123
MIT DEM ROTIERENDEN 124
ODER ES KOMMT 125
NOTGESANG 126
ZEITLÜCKE 127
MIT SEETANG-GESCHMEIDE GEFESSELT 128
DIE LEERE MITTE 129
DAS AM GLUTEISEN HIER 130
ERLISCH NICHT GANZ 131
WILDNISSE 132
SCHREIB DICH NICHT 133
DER GEIST, FLÜSSIG 134

Weihgüsse 135
Die Zerstörungen? 136
Herbeigewehte 137
Lindenblättrige 138

Verstreute Gedichte
Lebe-Käuzchen, dein Schrei 141
Klopfzeichen, Kopfleuchten 142
Unter Omen-Beschuß, ständig 143
Es war 144
Einmal, wars das Leben?, wieder 145
Den Wind im Rücken 146
Die Eingeweide des Klangsteins 147
Das herzrissige, wuchernde 148
Da bist du nun, wieder 149
ZWITSCHER-HYMNUS AM HYPERURANISCHEN ORT 150
Du stehst, ich weiß, zu 151
Sichtbar-unsichtbar 152
Auflehnung 153

Zeitraum Lichtzwang

Nicht aufgenommene Gedichte
... und hagelte an mir umher 159
Ich frag 160
Ein Teil 161
Graumanns Weg 162
Erstiegene Stille 163

Einzelnes verstreutes Gedicht
(Er hatte in der Stadt Paris 167

Zeitraum Schneepart

Nicht aufgenommene Gedichte
Hinter der Hirnstille 173
Das Geissblatt blökt 174
Wer filzt 175
Wirklich 176

Du ... 177
Die kleinzweiige ... 178
An Ungenannt ... 179
Geengelt ... 180
Anorgisch ... 181
Wir gehen nicht müssig ... 182
Sprüchlein-Deutsch ... 183
Mein Gischt ... 184
Sinn sieht sich ... 185
Sandentadelte ... 186
PORT BOU – DEUTSCH? ... 187
Limbisch ... 188
Keinerlei Kleinzeit ... 189
Gewiddert ... 190
Am Reizort ... 191
Und wer sich nicht hat ... 192
Oldest Red ... 193
Augengneise ... 194
Streu mich nicht ... 195
KLAMMER AUF, KLAMMER ZU ... 196
Wie einen sein Sieg ... 197
Eiweisskörper ... 198
Skat mit ... 199
Nacktsamer ... 200
Gedichtzu, gedichtauf ... 201
Aussenbürtiger ... 202
Jetzt wächst dein Gewicht ... 203
Wieviele ... 204
Ich höre soviel von euch ... 205
Du bist ohne Ende ... 206
Du, das Gewand ... 207
Überfluss, Einfluss ... 208
Gershom, du sprichst ... 209
Sie haben dich alle gelesen ... 210
Komm ich dir ... 211
In den Schlaf, in den Strahl ... 212
Du, Michaela ... 213
Und wie die Gewalt ... 214
Übermeister ... 215

Die gestohlenen Briefe 216
Dehngrenze: hier will der Schaffner 217

Verstreute Gedichte
ZRTSCH 221
In meinem zerschossenen Knie 222
24 RUE TOURNEFORT 223
Wer steuert den Lichtstreifen an 224
Byssus, gezwirnt 225
Als hätte 226
Niemals, stehender Gram 227
Bestechlichkeit 228
Ô les hâbleurs 229
Biwaks im Klärschlamm-Massiv 230
Glimmergekröse 231
Nachts, wenn der Ring ruht 232
Sie bringen ein 233
Ich kenne dein Höher 234
Der mit dem Himmel 235

Späte Gedichtsammlung

Befahrene Steinblicke 239
Es wächst 240
KLEINSTSEITE 241
Verjagt 242
An die Zehe 243
In den Reisfeldern 244
LES DAMES DE VENISE 245
Femiges 246
Eine Mücke 247
Über sich 248
Sie füttern 249
Hinter verlässlich 250
Im Unaufhellbaren 251
Glaswaben 252
Englisches 253
Kreuzkobolde 254
Geheimnisumflockt 255
Auf den Geisterschwellen 256

LANDSCHAFT, NICHT OHNE FALKEN 257
Die Fahnen 258
Polnische 259
Pulsstrahlen 260
Es schleichen 261
Ungespalten 262
Narbenheraldik 263
Leb die Leben 264
Wühl dich 265
Mit meerischem Tross 266
Durchs Schüttelsieb 267
Schwärze 268
Schläfenhitze 269
Du suchst Zuflucht 270
Dein Heim 271
Das Vergessen 272
Lehmgetier 273
Den unterm Silbenflug 274
Im blutdschungel 275
Bei Erdschein 276
Das mückenbeinige Leben 277
Der Wahrheitskonsum 278
Fahnige Stecklinge 279
Die dich beschwatzenden 280
Kralliger Licht-Mulm 281
Ich schachte 282
Irres Gold 283
Die Menschenscherben 284
Kleine Silbe 285
Dir in die un- 286

Späte verstreute Gedichte

Das leise Gemerk 289
Im Zeithub 290
KEW GARDENS 291
Welt 292
Über lauter verhökerten linken 293

Schwer zu datierende Gedichte

Dem das Gehörte quillt aus dem Ohr 297
Sieglos lebst du mit mir 298

Paul Celan – Kurt Leonhard
EIN- UND AUSFAHRT FREIHALTEN! GEDICHT! 301

Anhang

Auch wir wollen sein 305
WOLFSBOHNE 306
Und schwer 310
ES GEHT 311
MITTERNACHT 312
MIT DER KUNKELTAUBE 313
WALLISER ELEGIE 314
DIE ATEMLOSIGKEITEN DES DENKENS 318
KANTIGE 319
Schreib dich nicht 320
LINDENBLÄTTRIGE 321
PARIS, KLEINSTSEITE 322

Abbildungen 323

Editorisches Nachwort 329

Anmerkungen

Zeitraum Mohn und Gedächtnis
Nicht aufgenommene Gedichte 347
Verstreute Gedichte 350

Zeitraum Von Schwelle zu Schwelle
Verstreute Gedichte 352

Zeitraum Sprachgitter
Verstreute Gedichte 355

Zeitraum Die Niemandsrose
Nicht aufgenommene Gedichte 357
Verstreute Gedichte 385

Zeitraum Atemwende
Nicht aufgenommene Gedichte 392
Verstreute Gedichte 397

Zeitraum Fadensonnen
Nicht aufgenommenes Gedicht 399
Gedichte aus dem Umkreis von Eingedunkelt 400
Verstreute Gedichte 461

Zeitraum Lichtzwang
Nicht aufgenommene Gedichte 464
Einzelnes verstreutes Gedicht 466

Zeitraum Schneepart
Nicht aufgenommene Gedichte 468
Verstreute Gedichte 480

Späte Gedichtsammlung 494

Späte verstreute Gedichte 521

Schwer zu datierende Gedichte 526

Paul Celan – Kurt Leonhard
Ein- und Ausfahrt freihalten! Gedicht! 526

Alphabetisches Verzeichnis der Gedichttitel und -anfänge 529

Hinweise zu Abbildungen 538

Copyrightnachweise 548

Copyrightnachweise